朗朗

三七

下

重庆出版集团 重庆出版社

目录

第十一章　婚姻法不保护濒危野生动物　/1

第十二章　人生不是用来演绎完美的　/19

第十三章　一切皆有可能　/45

第十四章　与病毒共存　/73

第十五章　劝人用周易，讨好人用中医　/101

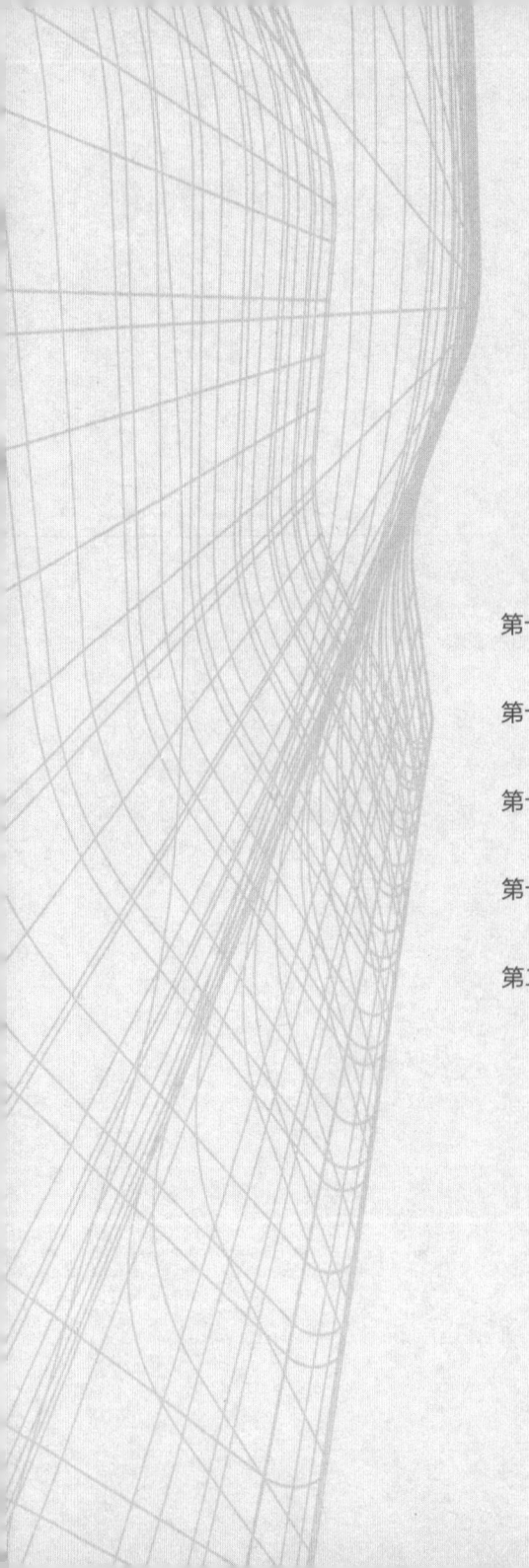

第十六章 到底是不是兄弟 /119

第十七章 也许还是喜欢你 /137

第十八章 世事常颠倒 /156

第十九章 比"走马灯"更好的设计 /175

第二十章 金不换 /189

第十一章

婚姻法不保护濒危野生动物

运动鞋、水杯、餐巾纸、湿巾、酒精免洗洗手液、太阳帽、吸汗巾、驱蚊液……路佳全神贯注整理着去游乐场的东西。突然想起！她还得赶紧选双最舒服的运动鞋！这日行两万步的游乐场项目，杜明堂说答应就答应，都不知道她背后需要做多少准备工作。这些年，陆之岸当惯了甩手掌柜，每次出门，都是路佳里里外外地忙碌。现在她已经是谈"迪士尼""游乐场"色变了，带娃去一回就跟军训拉练一样。而且，只要去了这种地方，就是操不完的心。太阳大了，怕娃晒着；躲进室内，又怕空调太冷；还得时时刻刻提防着下雨，斤把重的雨伞不敢不随身带。准备完这些东西，路佳提溜着小鲁班就出门了，时间赶得自己连个防晒霜都没来得及涂。

"喂喂！这里这里！"

路佳绕着游乐场的门兜了好几圈，才停完车，带着小鲁班出现在欢乐谷门口的时候，她已经汗流浃背。

打开运动步数一看，这还没开始玩儿呢，已经三千多步了！

可怕。

"明堂哥哥！"

"小——鲁——班！"杜明堂背着一个大大的双肩登山包，却一下就弯腰把小鲁班给举了起来！凌空旋转三周半！

小鲁班笑得嘴巴咧到耳朵根。

"走咯！！"

路佳还没反应过来呢，杜明堂就左手抱着小鲁班，右手接过路佳手里的大挎包，头也不回地往检票口走去。

路佳赶紧跟上去。

"妈咪，我要玩这个！还有那个……哇哦！！！这个！！这个！！！我要玩这个！！"小鲁班看什么都新奇，恨不能立刻从杜明堂身上下来，去把周边的项目玩个遍！

杜明堂却并不着急，路边买了个冰激凌就哄好了小家伙。

他对小鲁班道："别急别急，那边有个咖啡厅，我们先过去把妈妈安顿下来好不好？"

小鲁班听不懂"安顿"是什么意思，但是他现在已经是杜明堂手臂上的挂件了，"宿主"去哪里，他就得去哪里。

"一杯冰美式，一个提拉米苏。"

杜明堂扫完码，才端着食物，过来找路佳和小鲁班。

"你买这些干吗？"路佳不解。

杜明堂把托盘正对着路佳解释道："这座咖啡厅，位于游乐场的最中心，四面环窗。一会儿我带小鲁班过去玩儿，先玩左边的项目，再玩右边的项目！你坐在这里都能看得见。"

路佳怔了，这咖啡厅里的冷气确实让她挪不动道儿，但杜明堂这意思是……他要一个人顶着烈日，带小鲁班去玩儿？

"怎么了？不放心啊？你放心吧！我带我侄女来过好几次了，经验丰富得很！"

说着，杜明堂便从自己偌大的背包里掏出防晒喷雾，先给小鲁班喷了个全身。他又悉心地替小鲁班戴上防晒帽，抽紧安全绳，防止风和奔跑把帽子带掉。

"真的……不用我去啊？"

路佳嘴上这么说，身体却很诚实！

她已经一手把着冰美式，一手在戳蛋糕了！

平时带娃确实太辛苦了！

精神和身体的双重辛苦。谁带谁知道。

自己的娃，就是这样，一分钟不见，想得慌；但是带了一分钟以后，又恨不得——塞回去！

"你就别去了！多碍事！里面看着吧。"

说完，杜明堂抱起小鲁班就走了。

待路佳一块蛋糕干掉，杜明堂已经领着小鲁班玩了三四个项目了。

这个咖啡厅是圆形的，四周都是落地窗，所以他们上上下下，玩什么刺激的项目，路佳都能看见。

"身体真好啊！"路佳感叹。

杜明堂带着小鲁班玩完了儿童版的过山车、激流勇进等项目，还是满脸热情，精神抖擞，丝毫不觉得疲累。这不仅让路佳联想到以前每次和陆之岸一起来，他不仅跟个甩手大爷似的，啥也不管，就充当吉祥物。遇到带孩子玩项目，就开始推脱，说自己平时上课紧，能来游乐园不错了……等一大堆牵强的理由。以至于每次都是路佳带孩子去玩，小鲁班精力又旺盛，每次玩完，路佳感觉整个人都快散架了，哪能像现在这样坐在咖啡厅里跷脚吹冷气这么悠闲？

这时，杜明堂给小鲁班喝了几口水，又领他到另一边去玩项目。

路佳隔着落地玻璃窗，看他俩开心地玩旋转木马，还悠闲地跟他们挥了挥手。小鲁班自己坐了一匹小马，杜明堂便在外围选了一匹白色的高头大马，陪他坐着转圈。

杜明堂的腿很长，身姿挺拔，笑容灿烂，他真的就是货真价实的"白马王子"！

旋转木马，旋了几圈儿。他们又去玩旋转秋千，路佳便又挪了个位置，以便看得更清晰。

这时，路佳的脑海里突然闪现出一个清晰的想法！

SPACE！

路佳终于知道自己为什么总觉得SPACE项目的方案没有灵魂了。

因为SPACE那块地，属于人民广场，是最繁华的地段，她总觉得室内的视觉却因为窗户的分割，局限得很。直白地说，就是东边看不到西边的景，能看到博物馆的又看不到歌剧院！景观浪费得很！路佳恍然大悟，根本不是室内设计的锅，而是映景和视觉不能达到最完美的呈现，让这座建筑减分！

但……

路佳低头抿了抿唇，下意识地吮吸了一口手里的空咖啡杯。她找出了问题，却无法解决问题。于是，设计的难点就成了一个死结，扣死在她心里。所以接下来的行程，路佳就明显地心不在焉。

"路佳，这个鸡翅给你。"

午饭时间，杜明堂在儿童餐厅，给路佳夹了一块奥尔良鸡翅。

3

路佳心里堵着事儿，撑歪了胃，便没精打采地拒绝道："你们吃吧，我刚吃了蛋糕，不饿。"

小鲁班也看出了路佳的心不在焉，于是嚼着薯条问道："妈妈，你在咖啡厅休息了一早上，还不高兴吗？今天爸爸没有来，又没人跟你吵架，你怎么还不多吃点？"

路佳满脸绯红，就像被人掀开锅底灰一样尴尬。

是了，本来来游乐场就是费体力的项目，而且完全陪孩子，人累又没兴趣就容易烦躁，所以路佳之前和陆之岸来，基本上到了下半场就总吵架。

"让你见笑了。"路佳不好意思地说。

"嗨，这有什么？夫妻哪有不吵架的。我哥和我大嫂也总吵！"杜明堂闪烁着一双明媚的眼眸，秋波含笑道，"保不齐啊，以后我结了婚啊，也吵！"

既然话题已经干到这儿了，路佳赶紧将话转到杜明堂的身上，以掩饰自己的尴尬。

"欸，对了！杜明堂，你也不小了，女朋友有了吗？"路佳勉强咬了口鸡翅，"上回咱们在江边碰上的那个，追气球的漂亮小姐姐……"

"那是我二姐！"杜明堂一秒都不带犹豫地抢白解释，"亲的！"

"亲姐？"

路佳心里竟然有点暗爽，难怪那女孩儿长得那么好看呢，原来是和小杜同样的基因。但旋即，路佳心底又甩了自己一耳光，自己又在暗爽什么？莫名其妙。

"同父……异母。"

杜明堂再次解释道。

"那就不是亲的了。"路佳把嘴里的鸡翅吐了出来。

杜明堂有些不自在地抿了抿唇，没讲话。

他和杜明心的关系和亲密程度，说来话长，和一般人还真解释不清楚。

"妈妈，什么叫同父异母？"

这时，小鲁班听到了一个新奇的字眼，于是插话问道。路佳赶紧和杜明堂对视，两人都很尴尬，不知道怎么跟孩子解释。但望着小鲁班殷殷的目光，就跟要上海盗船似的。路佳还是吞吞吐吐地硬着头皮给解释了："就是不是一个妈妈，却是同一个爸爸。"

"一个爸爸，怎么会不是同一个妈妈呢？"

在五岁的小鲁班的世界里,他确实很难理解这句话。因为在他的世界里,他一直以为,每个小孩都是天使,从出生的那一刻,天使发了一个爸爸和一个妈妈。但最近,他渐渐开始怀疑自己的这个想法,于是默默低下了头。路佳本可以含糊过去,但是她又觉得,让孩子早点接触真实的世界也不是一件坏事。毕竟没有哪个父母,能保护孩子一辈子,还不如早点告诉他们,这个世界的规则。

于是路佳耐心给儿子解释道:"同,就是一样的意思;异,就是不同的意思。同父异母,就是同一个爸爸,不同的妈妈。同母异父,就是同一个妈妈,不同的爸爸。"

杜明堂低头吮吸饮料,心揪得很紧,也去看小鲁班的反应。

但同时,他又很佩服路佳的勇气!

他小时候,关于自己的身世,追问过亲妈很多次。但每次亲妈总是欲言又止含含糊糊,最后就是编瞎话,说他是石头缝里蹦出来的,垃圾堆里捡回来的。直到杜明堂长到很大了,都不知道自己到底是从何而来。甚至,他到了杜家之后好几个星期,才弄明白,他和杜明泉、杜明心是什么关系,为什么会凭空多出来一哥一姐,还不是同一个妈生的。

小鲁班听了路佳的话,先是觉得很神奇地眨巴眨巴圆溜溜的小眼睛,而后若有所悟,自觉聪明地说道:"妈妈,我懂了!你和爸爸离婚,如果以后你再和哥哥结婚了!那生出来的小弟弟,就和我是同母异父!"

路佳听了,虽然佩服自己儿子的逻辑能力,但又羞愧得想钻到桌子底下去!

上菜的服务员明显听到了孩子的这句话,于是用很惊异的目光看了看路佳。路佳心里在狂吼:你不要听小孩子瞎说话!什么爸爸、妈妈,又是"哥哥""弟弟"!这里头是四五门子的话呢!

服务员上完菜就很识趣地走了,丝毫不给路佳任何解释的机会!面对路人的误会,路佳也只得算了!但,杜明堂!这正主儿还坐在桌上呢!他也亲耳听到了小鲁班这段话,这……可咋整啊?!路佳真想从四面八方都借一个嘴!她憋着一张涨红的脸,内心独白:快让我原地隐身吧!

游乐场里有个民俗村。里面有捏面儿人、糖画儿、皮影、剪纸、西洋镜、踩高跷等,各种各样的好玩意儿。小鲁班看什么都新奇,每样都想尝试一下。

杜明堂很耐心地弯着腰陪他一个一个地体验，两人玩得不亦乐乎。临走时，杜明堂还在小摊儿上买了一个"走马灯"送给小鲁班。小鲁班对这个"走马灯"喜欢得不行，边走边转，大白天地还非要亮着灯泡。

"这东西这么好玩儿的吗！"

小鲁班光顾着拨弄玩具，走路都心不在焉的。好容易把他哄上车，坐在车后座上还在低头摆弄。"我来开吧。"杜明堂主动提议。路佳望着他真是一脸艳羡。这玩了一天，帅哥的脸上看不出丝毫倦怠，还有这么大把的精力要开车。年轻真好！

路上，小鲁班玩得太累，睡着了。

路佳坐在副驾上，和杜明堂有一搭没一搭地聊天。

"今天谢谢你啊，叨扰了你一天。"

路佳发出由衷的感谢。

"嗨！"杜明堂转着方向盘一笑，"我周末也没事儿，一块儿出来遛遛挺好的。这也算……"他顿了顿，而后无所谓地轻笑道，"也算弥补我的童年缺失吧。"

"什么缺失啊？"路佳歪着头不解地问。

于是杜明堂在车上把自己的身世一五一十地讲给路佳听了，最后叹了口气道："我小时候，也经常来游乐场，但大多数时候，都是我爸的司机和秘书陪我来的。我爸太忙，我妈又……"杜明堂欲言又止，一笔带过了自己不怎么幸福的童年。路佳也不好多追问，只能默默听他说。

"所以今天难得有机会，以'一家人'的形式来游乐场。也算是你给我机会实习了哈。"杜明堂笑。

"实习？这种事还带实习的？"路佳捂着嘴哈哈大笑。她这人线条粗得很，该听得出暧昧的时候，却就这么大大咧咧地滑过去了。

杜明堂黯然道："是啊。如果我结婚，肯定想有段踏实的婚姻。我最希望的，当然就是给我的孩子一个安稳的小家，固定的亲密关系；而不是……像我小时候那样，亲人不亲人的，聊胜于无罢了。"

车内的气氛突然间黯然起来。路佳感同身受，对他一阵心疼。她能理解杜明堂，都说人用一生来治愈童年。杜明堂年少漂泊，所以才会条件那么优秀还至今未婚吧。他需要精挑细选，选择一个温柔贤惠负责任的女孩儿，然后组建一个安稳的三口之家，将自己的缺失补给自己的子女。

这很正常。

无可厚非。

"实习"这两字儿，用得也是很贴切了。

"其实我挺羡慕小鲁班的。"杜明堂继续幽幽道，"至少他还有你这样一个妈妈，能够悉心陪伴他长大。路佳，也许你的婚姻就快结束了；但你当妈妈，在我看来，一直非常成功！"

"嗨！你也别乱夸。"路佳低头绯红了脸，"我哪有你说的那么好。"

"你就是这么好啊。你要对自己有信心！"

"行！你说啥都对。看路。"

其实，杜明堂对小鲁班这么好，一半是因为路佳；一半也确实因为他将小鲁班代入了自己的童年。送完路佳母子，独自回家的路上，明堂还是忍不住地试想：如果当初他的妈妈像路佳一样心志坚强、独立，能够无所畏惧地面对失败的婚姻，面对这个世界……那么，是否，他的童年就会不一样？结局也会不一样？方才路佳问了杜明堂好几次，他亲妈在哪儿？杜明堂欲言又止，没肯告诉她：自己的亲妈至今还在精神卫生中心长期住院。杜明堂的妈妈，因为和杜康生不明不白的婚姻，彻底精神失常了。先不明不白地被小三，后来又不明不白当了小三的小三，这么复杂的经历，搁谁谁都要疯。

何况，杜明堂的亲妈只是一个平凡淳朴且没有什么文化的农村女人。村子又那么小，一点风吹草动，村口的狗都能吠个半天。人言可畏啊。杜明堂不怪他亲妈，但无数次地，他还是期望她能够坚强起来，不要靠药物和逃避活着。想到这儿，杜明堂捏紧了方向盘，蹙紧眉头。这也是为什么，无论杜康生给自己提供多么优厚的物质生活，都无法消弭他的恨！每个人都要为自己的行为买单！路佳回到家，安顿好呼呼大睡的小鲁班。

黑黢黢的屋子里，她望着熟睡的儿子，第一次觉得从游乐场回来也不是那么累。

她站起身，尚有力气去给自己贴个面膜。一动，路佳的脚踢到一个东西。她捡起来一看，是杜明堂买给儿子的"走马灯"。小巧精致，路佳情不自禁地端详起来。她打开电池开关，走马灯的图案就浪漫地围着房间开始旋转。路佳来了闲情逸致，望着墙上那些如皮影般变化莫测的图案，宛如身在爱丽丝仙境。仙境里，浮现的是：下午她和小鲁班还有杜明堂弯腰低头围着"走马灯"端详时的温馨场景。确实多么像"一家人"……

突然！她灵光乍现！一个奇特的灵感油然而生，摁都摁不住！SPACE！路佳醍醐灌顶，一股心流从她的体内贯穿而过！她鞋都没来得及穿，就提着"走马灯"摸黑兴冲冲地奔进书房！她知道了，她悟了！

她突然彻底想通了！怎么解决市中心景观的问题。

在市民活动中心建筑的中心位置，如果能够设立一个"走马灯"式样的旋转镜面装置，那么不仅身在其中，就能坐拥市中心四面八方的美景，而且，建筑本土化的概念有了！甚至有益于整个建筑的通风和空间感的设计！

人不会走进大厅，就一眼看透整个空间。就宛如苏州拙政园里的各种各样的亭子，就是为了让进来的人不能一眼望到头，反而曲径通幽。绝妙的设计！路佳赶紧"唰唰唰"地在图纸上画下了灵感草图！她越画越兴奋，陷在心流里，整个人进入了"忘我""超我"的境界。待她"还魂"，路佳激动得恨不得马上打电话给老靳，告诉他有了"走马灯"这个设计，SPACE项目他们想不赢都难！但抬眼看了下手机，凌晨2:30。算了。吵着老靳的双胞胎就不好了。

......

第二天一早。

陆之岸狂打路佳的电话，说要约她出来谈一谈小鲁班抚养权的事儿。路佳头昏昏的，拒绝道："昨天带小鲁班去游乐场了，我现在头还晕呢！改天谈。"

"嘿，路佳！你是不是跟我故意拖延呢！"

陆之岸的电话开着免提。

陆父陆母不停地给他挤眉弄眼，提醒他夜长梦多。

"拖延个啥？"路佳很淡定，"今天星期天，民政局不开门。你实在要谈，等我睡够了，下午三点。"

"不——行——"

陆之岸眼望着对面狂摇手的亲妈，果断拒绝了路佳的三点邀约，立时三刻地就要跟她谈判。

"我管你行不行。"

说完，路佳就挂了电话，关机！

捂紧被子，她翻了个身，又沉沉睡去。电话那头的陆之岸一家人感受到了路佳的压迫，和她死死的拿捏。于是陆母又不忿地说了几句路佳的坏话，类似于"家门不幸，怎么娶了这么个母老虎"，又或是吃后悔药："我早就跟你说过，外地的女人不能娶！"而陆父则捏着一把大蒲扇，在屋子里心烦意躁地踱来踱去！一屋子弥漫着焦虑。路佳笃笃定定睡到日上三竿起来，吃了亲妈和路野准备的"爱心午餐"，又优哉游哉地化了一个美美的妆才出门。

临走前，她拉开小鲁班上下铺拖床下面的抽屉，从里面抽出一个淡蓝色半透明的 A4 文件夹，塞进手提包里。

咖啡厅里。

陆之岸远远看到单刀赴会、光彩照人的路佳，显然愣了一下！自己的老婆虽然已是三十七八岁，却依然风姿不减，远远看着就像二十五，干净利落，时髦洋气。陆之岸心底隐隐后悔，早知道就不激怒这个女人了。但仅仅是"不激怒"，他永远不会反省自己在婚姻里的过失。

"小鲁班抚养权的事，你考虑得咋样了？"

路佳坐下，陆之岸来不及给她点一杯咖啡，就硬头硬脑地问。

"这事儿需要考虑吗？上了法院，我的儿子肯定是判给我啊！"路佳觉得他真好笑，"本来我今天都不想来。但实在太好奇了，你到底有什么理由觉得抚养权这事儿有得谈？"

"小鲁班是我们陆家三代单传。"陆之岸双手捏拳，放在台面上，说道。

"所以呢？"

"所以孩子的抚养权必须归我！"

"嗤——"路佳忍不住地讪笑出声，"陆之岸，你还大学讲师呢，文化么，可能有那么一点；但法律常识，你是真一点没有！谁会因为你们家三代单传，就把孩子判给你们啊？！三代单传，只能说明你们家繁殖能力不行，基因不活跃。婚姻法又不是专门保护濒危野生动物的。"

"你！"陆之岸轻轻捶了下台面，"路佳，你说话不要那么难听。"

路佳不屑地瞥向窗外，她说话就是这么难听。你奈我何？

"再怎么说，我也是小鲁班的爸爸。抚养权我们还是可以在法庭上争一争的。路佳，你虽然挣钱多，但法律也不是看哪一方挣钱多，就把孩子判给谁，还要看陪伴时间和孩子自己的意愿。我是大学老师，身边有优秀的教育资源；我自己本身还有寒暑假，父母又都退休，可以帮忙带孩子。而路佳你呢，除了有钱，还有什么有说服力的理由？"

"就你有吗！"

前面，陆之岸说什么陪伴时长，教育资源，她还没炸。

但一听说，父母退休，能帮忙带孩子也称为抢抚养权的理由了，路佳就十分不服，直接拍案而起！陆之岸这话摆明了在暗示路佳：别忘了，你没爸。他俩夫妻多年，陆之岸明明就知道，早年丧父是路佳心中永远的痛，这个痛至今无法结痂。陆之岸掌握了路佳的软肋，却对她毫无怜惜。把刀递给对手，再告诉他戳自己哪儿最疼，这简直就是精准命中！陆之岸没有良心，拿着最尖的刀，往路佳心脏上最薄弱的部位捅！但，路佳还有亲妈啊。她亲妈退休了，也能带孩子！于是路佳怒怼："我妈也能带孩子！你少拿这个说话。再说了，你爸妈平时带了多少，我不说，你自己心里清楚！"

"是吗？"陆之岸显然有备而来。

他睥睨了路佳一眼，阴邪的笑容里，似乎拿住了路佳什么把柄，胜券在握。

"你妈癌症晚期了，你还不知道吧？"

说着，陆之岸嘴角勾着一抹阴鸷的冷笑，将一张检测报告，用食指压着，沿着桌沿慢慢推到她眼前。路佳拾起那张单子，脑袋"嗡"的一下！就跟捅了马蜂窝似的炸了！别的她也看不懂，但是"阳性"，"癌细胞病变"这些，每一个字眼就像射出来的一根箭，直刺她的眼球！

"这单子你哪儿来的？"路佳慌了，质问陆之岸。

陆之岸嗤笑了一声，换了个方向跷起二郎腿。

他凭什么要告诉路佳？除非她求自己。

"我问你，这单子到底哪儿来的？！"

路佳顾不得旁的，咖啡馆里，直接声调飙升高八度，瞬间吸引了所有人的目光！

"女士，不好意思，这里不能大声喧哗。"有服务生走过来好意提醒。

路佳抖开人家，直接将单子拍在桌上，双眼直勾勾地盯着陆之岸，压低了语气警告他："你不说，以后就别想从我这拿走一分钱。"

"本来也拿不到钱。"陆之岸流氓。

"不说是吧？"路佳两眼喷火，端起桌上的冰咖啡，作势就要泼向对面。

"我说！我说！我说！"陆之岸已经领教过了，无可奈何地说道，"是你妈自己东西没放好，搁在吸排油烟机上，被我看见了。"

呃。

路佳立刻泄了气，瘫坐在椅子上，倒抽好几口凉气。

她原本还抱有侥幸，希冀这是陆之岸做的局在诈她。

10

可陆之岸居然摊牌了，来龙去脉说得这么低智商，这事儿就不太可能是假的了。

难怪这次老太太回来，万事显得极其开明，原来是其言也善。

路佳单手支撑着头，检测单就搁在眼皮下。

这一瞬间，她从来没感觉到如此无助过。

她爸就是癌症走的，癌细胞的扩散速度，至今令她胆寒。

这一次又来，路佳妈还没过70岁生日呢。

陆之岸还在对面落井下石幸灾乐祸："你妈这个癌，其实也没那么严重，一时半会儿死不了人，你也别太担心了。但是吧，这直系亲属癌症，也算是重疾了，在争夺小鲁班的抚养权问题上，你就不占优势了。"

路佳蹙眉默默听着。

半晌，她从双手间抬起头来，看着对面得意扬扬的"准前夫"，心里一阵反胃恶心。

路佳妈对陆之岸不薄。

女婿的衣裤她都是一视同仁地手洗，陆之岸爱吃什么，她隔三岔五地拿自己的退休金去菜场买菜回来做。

陆之岸这个渣男，就像蜥蜴一样冷血，完全不知道感恩。

"陆之岸，你到底想怎么样？"路佳心浮气躁，整个人有气无力，和方才完全判若两人。

她现在只想早点解决了这个垃圾人，赶紧回去处理路妈的事。

"要小鲁班的抚养权。"

"别装了。"路佳直接打断他。

多年夫妻，路佳突然觉得自己既认识眼前这个同床共枕的男人，又不认识他。

路佳对陆之岸，从一开始的隐忍，到后来的企图感化，再到后来的彻底失望和划清界限，她以为自己已经看清了这个渣男的嘴脸。

但其实，他刚才对路佳妈的那份凉薄，让路佳又被刷新了眼界，这个男人根本就毫无下限！

"要多少钱你直说吧，我也挺忙的。"路佳冷静下来，用低缓的语气说道。

"两百万。"

陆之岸见目的达到，觑着张大脸，伸出两根手指。

"行。"路佳一口答应,"这个价格合理!"

旋即,她捞出包里的那个蓝色A4文件袋,甩在陆之岸面前。

"你好好看看这里面的材料,应该不止两百万。"

陆之岸疑惑地看了眼路佳,迅速打开材料。

刚翻了几页,他额头上的汗就不自觉地沁出来了!

而且越来越密!

"你怎么……这……这些……你是怎么弄到的?!"陆之岸语无伦次,显然被震慑得不轻。

"是你自己东西没放好。"

路佳以其人之道还治其人之身。

"虽然不是在吸排油烟机上拿到的,但——我就是拿到了。"

"路佳!路佳!"

陆之岸被吓得手足无措,一时间,不知道该向谁喊"救命",只能先叫唤了两声"路佳"。

既像是哀求,又像是绝望。

"我知道,如果举证你生活作风有问题,你不一定在乎。因为你一直觉得,文人就应该风流。说不定兜出去,你还觉得脸上有光,觉得你陆之岸人到中年还十分有魅力。而且,现在也不是过去了,学校也不会因为几桩风流韵事,就开除讲师,伤不到你的根本。"

到此刻,路佳的心已经完全平静如水了。

"但是你在乎事业。你曾经和我说过:一个男人最重要的就是事业,有了事业,就什么都有了,票子、尊重、女人。"路佳继续道。

"没错,我说的这话有错吗?"

都这时候了,事实摆在眼前,陆之岸的眼里闪烁着狡黠的光。

"事业不是满足你欲望的天梯。陆之岸,你对自己的实力从来就没有清醒的认知。空有的,只是私欲无限膨胀的野心!"路佳最后告知他,"你想成为教授,成为学科带头人。那你就应该潜下心来,好好做学问。而不是成天抱怨大环境不好,做出一副怀才不遇的样子。你大骂所有比你好的人,觉得他们的成功进步,都是使用了非法手段、学术造假;而你自己呢,你总能将自己的失败合理化!甚至,你才是那个道貌岸然把象牙塔的清水搅浑,花钱买论文,学术造假的人!"

"黑猫白猫，抓到耗子就是好猫嘛！比我恶劣的人，多的是。"陆之岸根本就不知悔改。

永远叫不醒的，是装睡的人。路佳放弃了，给陆之岸下了最后通牒："你是要两百万，还是要我把这些材料提交给你们学校。你选吧。"陆之岸明显犹豫了，他比路佳更知道"学术造假"这颗原子弹的杀伤力！如果这些证据爆出来，那么，他不光会被现在这所高校开除，可以说，以后他在这个学科都完了！

没有任何一所高校会要一个学术造假的书蠹。

"我……回去再好好想想。"

陆之岸已是满头热汗，却还想用缓兵之计拖延。路佳没有给他任何机会，直接又是一份离婚协议，甩了过去！

"看看吧。来之前我就准备好了。你要么现在把这份协议签了，要么出了这个咖啡店，我就直奔你们学校，把材料交给你们院长。"

豆大的汗珠，从陆之岸的额上吧嗒吧嗒地往下掉！

路佳从来没见过他这么狼狈，看来这回是真戳中他了。

陆之岸完全一副被卡住脖子的样子。

"签不签？"路佳厉色逼他。

眼下这个境地，对敌人但凡有半分仁慈，就是对自己的残忍！

陆之岸勉强拿起条款极其苛刻的离婚协议，面露难色，他开口哀求路佳："路佳，好歹我们夫妻一场……你不用做这么绝吧？一日夫妻百日恩，你这样……"

他不提"一日夫妻百日恩"还好，一提，路佳感觉自己的身体上像满是蛆虫在爬。被陆之岸这种人玷污了小十年，路佳愤怒于自己的无能和眼瞎。

"不签是吧？"路佳抬起身，"你手里的证据是复印件。不瞒你说，我一共复印了十份！你只要不签离婚协议，我保证，明天一早从你们学校，到你的学科协会，都会收到同样的一份。噢，对了！我还多留了一份，寄到你毕业的母校，给你的研究生导师！"

"路佳……"

陆之岸竟然真的哭了。哭了。他埋头死死拽住路佳的衣角，满脸写着仇恨和不甘心。但是，那又有什么用呢？权衡再三，他还是不情不愿地带着哭腔，向路佳妥协了："我签、我签。"陆之岸是文科类专业，如果离开高校，又涉嫌学术造假，那他下半生想要养活自己，就只有一条出路——去送外卖。就算是送外卖，现在大公司都会做背调，背调完也不定要他。他只能去开滴滴。一个开滴滴的，以后哪还会有如花似玉的女大学生带着崇拜的眼神倾心于他。都这时候了，陆之岸不思考怎么通过自己的劳动养活自己，依然沤臭于那些猥琐龌龊的低劣想法。签了，至少能保住自己体面的"铁饭碗"。来日方长。路佳心满意足地收回了两份离婚协议，上面明确写着：房归她，钱归她，孩子的抚养权归她。

"路佳，你这个女人真狠。"

陆之岸对着路佳，咬牙切齿，那眼神，仿佛要剔她的骨头，喝她的血！

路佳只是轻蔑一笑，留下句"你买单吧"，就消失在咖啡馆门口。

路佳觉得陆之岸这种人，真就是又坏又蠢，还总喜欢自作聪明，拿别人都当傻子。这些年，路佳单纯善良、言出必行，从不放大炮，说空话，只要承诺的事，必兑现。陆之岸总因为路佳的正直善良拿捏她。甚至善用"煤气灯效应"，自己很多占便宜的猥琐错漏，都阴暗地栽赃到路佳头上。比如他个性欺软怕硬，对困难极其懦弱，他却说这是路佳个性"强势"所导致的。路佳有理想，工作忙，从不在这些琐事上耗费心思，婚姻里明里暗里吃了不少亏。有时候，她明知自己吃亏了，也不计较。是真的没时间计较。当陆之岸为三根葱两颗枣算计她的时候，商海沉浮，职场诡谲，正有其他人，为三个亿两个亿在算计精益。两害相权取其轻。路佳的心，才是更多地放在事业上，搞钱上。

陆之岸以为路佳这样的人是"傻"，默认这次她也会遵守"契约精神"，只要他签了离婚协议，就一切平安。但他却错了，路佳可以包容他一万次；但只要触及底线了，只需一次，以路佳的能力，一个奋起，就能永远拍死他！

过去的路佳是讲信誉，但这次，她也想做一回"不讲诚信"的"坏人"。

另外十份复印件，在来之前，她就已经叫了快递公司，发往了它们该去的地方……

离开陆之岸，路佳只觉得恶心反胃。

她捏着那张检验单，也不敢立刻回家，怕露出什么情绪来，被妈妈看到。百无聊赖，她干脆约了钟明理去了上次那家拳馆。

发泄完，两人又去新天地吃饭喝酒。

几杯酒下肚，钟明理明显看出路佳是在猛灌，联想到方才她出拳的样子，于是关切地问道："你这又是怎么了？碰着什么事儿了？你前夫一家人又跑出来恶心你了？！"

路佳微醺，用食指点了点空气，而后用力将舌腔里的一口酒咽了下去。

"不是他恶心，而是我觉得自己恶心！"

"这……"钟明理一头雾水。

路佳借着酒劲，把下午遇到陆之岸，他扯什么"一日夫妻百日恩"的话给说了。

"明理，你说，我怎么能跟那么个人……"路佳实在是难以启齿，却又如鲠在喉。

那些过往的夜幕里的细节她都不敢想。陆之岸在那方面也是极度自私的，他喜欢躺赢，一点力气都不肯花。钟明理听懂了，她压低了声音小声询问路佳："你这些年，难道都没有……？"路佳酒醉心却清醒，她如实回答："一次也没有。""那你到现在才离？！"钟明理一时没控制住，高声喊了出来。她知道路佳能忍，没想到她这么能忍。路佳劝她低声，又苦涩地抿了一口酒道："那我有什么办法？要不是陆之岸越来越过分，我也不会因为这个离婚。"钟明理听了却摇摇头，正色道："路佳，你这个观念太传统了！现在早就不是封建社会了，女人有追求'幸福'和'性福'的权力。这不丢人。婚姻里，性是钢筋，情是砖头。你这连钢筋都没有，难怪婚姻的大楼摇摇欲坠了。不过反过来说，你俩感情不好，你不认可对方，那方面也不会和谐的。"

路佳垂头丧气，短声道："你说得没错。"而后，她又抿了口酒，极其痛苦地对钟明理吐槽："可我现在只要一想到过去跟陆之岸的那些事儿，就……"路佳说不下去了，谁都无法将过去像日记一样撕了，也不能像硬盘一样格了。陆之岸和她交融的场景，每一幅画面里都爬满了蛆虫。路佳恨不能像蛇一样蜕皮，再长出一层干干净净的新皮肤。

"好了好了，别想了。"钟明理轻轻拍了拍路佳的手，安慰她，"就当被狗咬了。被狗咬一口和被狗咬十年，性质都是一样的。觉得恶心，忘了就好，不必自己恶心自己。"

但那些和陆之岸赤诚相见的画面，他肚子上浮油一样的赘肉，就像是今天被那句话，打开了机关，不停在路佳脑海里回放。

她控制不了。

"你骨子里很传统。"钟明理安慰路佳,"不过传统也不是缺点。如果你真忘不掉,那我建议你,不妨用新的记忆去替换那些不愉快的旧经历。"

"替换?"路佳拿餐巾纸掩住鼻子,睁大了眼睛。

"对,替换法。"钟明理解释道,"如果文件无法删除,那么最好的办法就是替换。"

"哎哟,我的亲妹妹!"路佳绯红了脸,还好有酒精的掩饰,"那这事也得有人配合我呀!你以为我是某女郎啊,追我的人从这里排到法国,都等着能和我春宵一度?"

"你眼前不就有现成的嘛。"钟明理眨巴了两下睫毛,提醒她。

"谁啊?!"

路佳搜罗整个脑海,也想不出有谁能等在那,就为了和她搭房子"扎钢筋"。

"杨叶啊!"钟明理明示。

噗!——

路佳一口老酒从鼻腔里喷了出来!差点没呛到自己!

"我的亲娘四舅姥姥!"路佳忙不迭地辩白,"我要和他有事儿,那八百年前早有了!还等到今天啊?他——"

"他怎么了?"钟明理满不在乎地拿吸管戳了戳杯子里的莫吉托,"我们杨总,又高,又帅,又有气魄……还有钱!多少小姑娘排队倒贴他呢!"

钟明理说"又高,又帅,又有气魄"的时候,不自觉地秒变星星眼。

"你还真是受人之托忠人之事,吃人嘴软拿人手短啊你!"

路佳拍醒她,乜斜眼表示嘲讽!

"那你觉得他那么好,怎么不自己考虑一下?"

路佳明知钟明理对杨叶毫无意思,还是故意调侃她,不能就自己一人硌硬不是。

"我喜欢比我小的。"钟明理摊牌。

"那我也……"路佳差一秒就脱口而出!

很快,她立刻警醒!

她差点就脱口而出:"那我也喜欢比我小的。"

但……路佳从来就没有思考过任何"姐弟恋"的问题,这个"喜欢比自己小的"观念,到底是谁灌输到她脑海里的?!!

16

太诡异了!

她完全是下意识地,根本就不经过思考直接给出的答案!

"你也什么?"钟明理还在对面,眼巴巴地眨着长睫毛,期待着她的下半句。

"那我也是佩服的。"

路佳赶紧端起面前的酒,一饮而尽,掩饰自己的心虚。

"你真的不考虑杨总啊?"钟明理不死心,"那你可别后悔!我可听说杨总离婚后,在公司可吃香了!好多新来的小姑娘围着他转。"

"转吧转吧。"路佳无所谓地挥挥手,"他就是太阳,有个九大行星也正常。"

胡侃闲聊到这,路佳还是逃无可逃地,一股悲切涌上心头。

她是可以用插科打诨掩盖自己内心的恐惧,也可以逃避到离婚的痛苦里去回避更大的伤痛,但是那张检测单,终究是实实在在地躺在她的包里。

白纸黑字,给她的亲妈判了死缓。

路佳又猛灌了几大口酒。

钟明理看得透彻,也渐渐敛起神色,认乎其真地递了张餐巾纸给路佳:"行了!说正题吧。到底什么事?"

"咳咳!"

路佳接过餐巾纸擦了擦嘴,从包里掏出那张检验单递给钟明理。

"癌?"她睁大了眼睛。

"我妈。"

"什么时候的事啊?"

"陆之岸今天才给我的。"路佳忍住崩溃道。

"路佳……"

一时间,钟明理也不知道该怎么劝慰自己的姐妹了。

阎王叫人三更死,谁也活不到五更天。生命就是这么残酷。来的时候,不征询当事人意见;走的时候,也不会提前告知归期。

"我爸。"路佳带着酒劲儿哽咽了,"我爸就是我读书的时候,得癌走的。从发现癌细胞到人变成骨灰砌进墓地,一共半年。"

"路佳,你别难过,也先别急。"钟明理竭尽全力地劝慰,"这癌跟癌,也是不一样的。人跟人,更不一样,也许阿姨的抵抗力强呢。"

"明理，你别安慰我了。"路佳心里明镜似的，"我下午百度过了，她这个病短则半年，最长也就三五年。我也很想逃避，但是逃避不了，事实就摆在眼前。"

"这……"

钟明理明白，路佳这时吐露的，才是内心最真实的痛苦。

"你跟我去一个地方！"

钟明理想了想，不由分说，拉起路佳就往外走。

"去哪儿啊？这还没喝完呢！"

"下次再喝！你现在跟我去一个地方！赶紧的！"

路佳感觉自己的手都快被她钳断了，不得已，跟跟跄跄跟她上了出租车。钟明理带着路佳，径直来到瑞金医院 ICU 病房门口。她指着里面一个躺在床上，全身插满管子的老人，说道："这个老人，他家里人曾经找我做过法律咨询。"路佳伸头望了望里面奄奄一息的老人，不解地回头，用眼神质询钟明理。

"这个老人 90 多岁了，你猜他在这里面住了几年了？"

"嗯？"

路佳还是不明白一脸严肃的钟明理是什么意思。

"整整四年多。"钟明理抱着胳膊坦然地自问自答。

"这么久？！"路佳又伸头往里望了一眼，觉得简直不可思议！

"四年前，老人因为脑梗住进了这间 ICU。进去后，整个人就是神志涣散，不能主动进食，全天靠护工护理。早晨刷牙，就是护士用镊子夹着一块沾水的棉花，伸到老人口中擦一擦。"

"这……"

路佳无法相信眼前的场景。

"这还有什么生活质量和尊严可言？"良久，她忍不住回头感慨道。

"没办法。"钟明理摊了摊手，"老人的家属希望老人活着。因为老人有着丰厚的退休金和财产，只要他还有一口气在，他的子女就能拿到钱。ICU 允许家属每天探望 1 小时，其余的 23 个小时，老人都是在寂寞和恐惧中度过的。这位老人，已经在这里度过了 1460 天了，如果每天以 5000 元计算，光费用已经超过了 730 万。"

"乖乖。"

路佳感叹。

但她还是不甚明白,钟明理带她来这里的目的。

钟明理只好边扯着路佳往医院外走,边开解她道:"生什么病,什么时候生病,是老天爷决定的。但是生病以后,怎么办,这个决定权在本人和子女手里。"

路佳略略开悟:"你是说我妈……?"

钟明理搀着路佳点了点头:"阿姨现在已经确诊了。那你现在更加不能消沉逃避。不管是半年,还是三五年,你都得打起精神来,让阿姨在最后的岁月里活得有尊严、有质量。尊重阿姨的选择的同时,最大程度地尽到做子女的孝道。让阿姨开心、满意、了无遗憾。"

"我明白了。"路佳含泪用力点了点头。

她由衷地感谢钟明理的帮助。

"你想想阿姨现在最希望的是什么?"钟明理不忘提醒,"肯定不是物质,也不是吃喝,而是子女的幸福和未了的心愿。"

路佳抿了抿唇,仰头深呼吸醒了醒酒。

任重道远,还有万里路要行。此刻确实不是堕落迷茫的时候。面对眼前的一切,路佳捏紧肩膀上的包带,她作出了一个慎重且大胆的决定——她决定先假装一切都不知道。陪着路妈演完这最后一程。

第十二章

人生不是用来演绎完美的

第二天一早,路佳和陆之岸就约到了民政局门口。陆之岸签字签得极其爽快,仿佛在签逃命书。

暗红色的本本一到手,他夹进手包里就埋头兔子一样地逃了。连声"再见"都没和路佳说。招呼也不打。路佳望着他的背影,不禁联想到一句话:不清不楚地开始,必然会不明不白地结束。当初路佳受了杨叶的情殇,不情不愿地委身于陆之岸,连一束求爱的鲜花都未曾收到过。陆之岸唯一"付出"过的,也许就是他那些都不押韵的蹩脚情诗。路佳没想到这个婚离得如此顺

19

利。本以为要跋山涉水历尽千山万水，谁知竟然立刻就云开月明了。果然在利益面前，渣男都是果断的。

"嘀！嘀！"

钟明理开着敞篷保时捷，戴着墨镜，在马路边冲路佳摁喇叭。

这闺蜜能处，听说路佳今天扯证，钟明理非亲自来接她。

一开始，路佳还嘴硬，说："不就是离个婚吗？又不是长途旅行回来，还需要人接机。"但钟明理就是非要来。

路佳上车，钟明理从副驾驶座递过一束鲜花："祝贺！开启新的自由人生！"

路佳苦笑着抱着那束花，在副驾驶上呼吸着迎面而来的热风。

"明理，我想哭。"

迎风，路佳突然还是由衷有了想流泪的感觉。路佳妈的担忧，还是发生了。老人家就是走的桥比年轻人走的路多，都是吃过见过的。无论路佳之前做过多少强的心理建设，瞻前顾后思虑得有多周全，到底在拿到暗红本本的那一刻，她才切切实实地体会到了结果。现实，只有在被直面的那一刻，才成为现实。路佳手握暗红本。从此后，在这个世界上，多了个"离婚女人"。这四个字无疑是沉重的、不可逆的。它不仅总结了一个女人前半生的失败，还预示了未来的岁月里，这个女人的身后不再有人。路佳不是圣人，她只是一只略坚强的情感动物。此时百感交集，阵阵阴郁伴随着车的颠簸，苦水涌上路佳的心头。

"餐巾纸在下面那个抽屉里。"

钟明理打了个方向盘，开始往郊区开，又合上了天顶的敞篷。

她为路佳营造了一个安全封闭的空间。

哭了一会儿，路佳突然又矛盾地觉得很没必要，于是擦干净眼泪，望着前方。

钟明理已经将车子开到了一片树荫的乡间小道上。

车停在路边。

"让你见笑了。"路佳擤了擤鼻子，"我的婚姻亡了，哭两声以示尊重。"

望着路佳"苦恼人的笑脸"，钟明理缓缓摘下墨镜，对路佳道："我知道你哭什么。其实和'离婚这事儿'半毛钱关系没有！你哭你人生的失败，和对这个结果的万分遗憾！你委屈，是因为你不能原谅当初的自己，觉得自己眼光愚蠢又活得不够用力！"

"对对！"路佳猛点头。

钟明理就是她的最佳嘴替。两个要强的女人，这一刻心生共鸣。果然不管是幸福还是痛苦，都要分享给懂的人听。在所有人面前，她们这样的女人，都必须永远坚强，永远飒爽，永远的万事不慌，神清气爽。

这是她们对自己的要求，因为这样，才能活出高尚的人格。

但其实，她们也会懊恼、会失落，会对自己的无能感到愤怒，也会偶尔觉得自己是个很差劲的人。离婚是一个结束，也是一个出口。路佳压抑了这么多年的感受，在这一刻被钟明理给共情地说出来了。这种被人理解的感受，让她低到谷底的心情，立刻有了回温。

"不过，生命就是用来体验的，不是用来演绎完美的，不是吗？"

钟明理用骄傲的侧脸问路佳。

所有的情绪，如决堤的潮水，在这一刻喷薄而出。

路佳猛点头："去他×的完美！"

她伸手去捉窗外的风，那些香甜的气息，就是当下，就是未来，就是自由的力量。

"明理，这辈子我还真没羡慕任何人。"路佳收回手，微微转头笑道，"你看我这么狼狈的时候，有这么完美的你陪在身边，更令我自惭形秽。"

"你这是替刚才的狼狈自圆其说吗？"

钟明理戴上墨镜，发动车子打趣她。

路佳的心情亮丽了许多，言语也明媚起来："你答对了！你以后可不能笑话我，离个婚还哭哭啼啼！"

"我没你想的那么完美。"

汽车缓缓前行，钟明理躲在墨镜后的眼神黯淡一瞥。

安慰一个人最好的方法，从来都不是说不痛不痒的安慰的话。

而是告诉那个人，你自己活得比她还惨。

钟明理是懂安慰人的。她对路佳说："你知道为什么我至今未婚吗？身边也没什么感情。实话告诉你，我大学的时候……"

钟明理说到这，仍不放心地扭头瞥了路佳一眼，看到了她清澈的眼神，才又放心地开口道："我大学的时候，'被小三'过。"

"啥？！"

路佳简直不敢相信自己的耳朵，这么"完美"的钟明理，竟然也有着刻着伤痕的过去？！

她如果为了安慰自己，那么大可不必！

路佳不想钟明理自揭伤口，只为安慰自己，于是轻轻对她道："过去的事情，就别提了。反正在我的心里，你永远是仗义、正直、值得信任的钟明理。"

钟明理默不作声，回转了一下方向盘，还是提起一口气，坚定地对路佳继续道："路佳，你就让我说吧！反正这件事也在我心底好久好久了。这么多年，我也一直没有遇到一个令我信任的人。今天说出来，希望可以分散你的注意力，缓解你离婚的难受。你要坚信，在这个世界上，没有一个人是完美的，哪怕她的外表再光鲜亮丽。"

"好。你说，我听着。"

钟明理对路佳讲述了那段尘封在心底、无法启齿的经历——

她大一的时候，遇到了自己法学院的一个年轻讲师。

讲师年轻有为，一眼发现了刚进校门明艳动人的钟明理，于是展开了疯狂且猛烈的追求。

他让钟明理当课代表，替她去食堂打饭，多晚都去图书馆接她下晚自习，圣诞节、情人节更是鲜花礼物不断。甚至钟明理生理期，他都记得清清楚楚，回回抱着保温桶，来女生宿舍楼下送红糖水。但让钟明理万万没想到的是，其实这位讲师，早就结婚了。因为在沪没有买房，所以老婆一直在老家。而且更让人可气的是，她的很多同学和师姐都知道这位讲师结了婚，却没有一个人告诉她。甚至她还和一位同乡师姐，分享过讲师和她的恋爱日常，每每此时，那位师姐都是暧昧嘲讽地笑而不语。

单纯的钟明理竟然什么都没有看出来。直到东窗事发，讲师的老婆闹到学校。讲师立刻翻脸，将所有的锅都甩到钟明理头上，说她"不知检点"。钟明理百口莫辩，有苦难言，她是真的不知道这位讲师已经结婚了。无论她对着学院领导如何指天誓日，没有一个人相信她。甚至有人检举：×××早就知道导师结了婚，钟明理不可能不知道。这位×××就是钟明理最要好的同乡师姐。后来很多年以后，钟明理才想明白，原来那位师姐一早就嫉妒她的条件和才华，巴不得看她笑话，所以故意捂着这件事，就是不说。钟明理栽了老大一个跟头，从此后就封心锁爱，对任何人都死死关上了自己的心门。连同乡师姐、同班同学和三尺讲台上的老师都能出卖她，还有谁值得

22

信任？从此后，钟明理发了疯地学习、考研、申请各种奖学金和项目。只有自己不会背叛自己。工作之后，她先是玩命打工接案子，而后立刻成立了自己的律师事务所，用工作来消弭过去的耻辱和悔恨。路佳听了这段，气得太阳穴边的青筋直跳，拳头也捏得咔咔响！这垃圾讲师，简直就是陆之岸加强版、无耻男人的加强版、天花板！她现在只想赶紧揪出这个人，先揍一顿，替钟明理解解气再说。钟明理嘴里说着这些，手上却淡然地开着车。

她转而言归正传，继续劝说起路佳："所以，路佳。你一定不要因为离了婚就自卑和消沉，一定要振作起来！那些人五人六歧视你离婚的人，还不知道自家锅底灰黑成什么炭样呢！咱只要知道，哪里跌倒了，哪里爬起来，继续往前跑。等你跑出去五米，那个坑还是那个坑；但等你跑出去五十米，那个坑就成了一个黑点；你跑出去五百米，那个坑就看不见了。"

"你不用安慰我！"路佳和钟明理一个脾气！仗义得不行！

你欺负我可以，欺负我姐们儿不行！

她还没从钟明理过去受的窦娥冤里出戏，一挥手道："你就告诉我，那个破人姓甚名谁，在哪里上班！江湖虽然路远，但说不定某年某月某日就狭路相逢了，到时候我非得替你狠狠收拾了这个人渣不可！"

钟明理抿唇摇了摇头，又暗自庆幸，自己这招果然是对的。

看着路佳坐在副驾驶位上撸袖子打抱不平的样子，大概、应该她已经忘了自己早上刚从民政局出来吧。

"善恶有报，因果不虚！呸！这种人迟早遭报应，妻离子散，家破人亡！"路佳往地上啐了一口，还在那沉浸式诅咒。

善恶有报，因果不虚。

钟明理内心掂量着这八个字，嘴角浮出丝丝苦涩。

忍了忍，她最终还是没有把故事给路佳讲完：那名讲师，后来一步一步也升了副教授、教授，但是常在河边走哪能不湿鞋，最终因为劈腿女学生还是东窗事发，被学校给开除了。但是他就算被学校给开除了又怎样？他本身就是学法律的，知法犯法的人更为可怕，他在离职后把学校给告了，说他们非法窃取职工隐私，拿到了一笔赔偿。

更恐怖的是，此人还直接摇身一变，成了从高校退休的"精英人士"，成立了自己的律师事务所，目前更是兼任着神武法务部门的老大……

为了等路佳回来,路佳妈和路野在家是准备了又准备,排练了再排练,演习了又演习。

"待会儿你姐回来,你说话注意点儿!什么'分'啊,'离'啊,'抛弃'啊,这些不吉利的字眼儿通通不许说!"

路佳妈边卖力地抹桌子,边提醒自己儿子。

"还有,啥都别问。别一会儿犯傻,你姐一回来,你跟她要离婚证看!"

"哎呀!妈!我有病啊?那离婚证全国长得都一样,咋的?我姐那张烫金啊?!"

路野正帮亲妈布置,听着她的这些白嘱咐,感觉自己还跟三岁似的,路佳一回来就跟她要糖吃。

"别贫嘴!我跟你说的话,你记着!今天千万别惹你姐不高兴。"路妈一抖抹布,继续指挥路野道,"那芝士蛋糕,你倒是把盒子给脱出来啊!哎哟,装盘子里,拿上叉子,你姐一推门不就能吃上了?"

路佳喜欢吃芝士蛋糕,路妈和路野都记得清清楚楚。

"还有那个提子,你把皮剥了,拿保鲜膜蒙上。荔枝也是!还有那个蓝莓,你拿电风扇吹吹,沤在水里一会儿就软了,都没嚼劲了!"路妈关心则乱,唠里唠叨。

路野耐心再好,到底还是个毛头小伙子。

而且他也理解不了这成年人离婚是件多伤筋动骨的大事儿。

于是他跟亲妈犟嘴道:"妈,你操这么多心!要不要,我把这火龙果的籽儿也给我姐挑干净了?"

路野无奈地举着一只玫红色半切开的火龙果。

从小他就知道,在路妈眼里,女儿是亲生的,儿子是垃圾桶里捡来的。

"你还贫!你还贫!你还贫!"路妈上来就给了路野几击爆锤,丝毫不带手软,儿子胳膊都青了。

"妈!"路野小眼眶泛红。

这时,路佳面无表情地推门进来,母子俩才停止了打闹。

路妈赶紧迎上去,对着路佳就是一通关怀备至的嘘寒问暖:"回来啦?怎么样?顺利吧?来来来,这出去大半天肚子肯定饿了吧?桌上有芝士蛋糕,路野都给你装好了,快尝尝!"

路佳抬眸瞥了亲妈一眼,她殷殷切切的表情,就如同当年她从高考考场上刚下来一样。

想问成绩,又不敢问,唯唯诺诺的。

"这个啊,是提子,路野给你皮都剥好了,你直接吃也行!拌酸奶吃也行!"

路妈近乎讨好地将餐桌上的水果又给路佳捧了一遍。

路野忙活了半天,自己倒只能"吃葡萄不吐葡萄皮",又挨了路妈几记"铁砂掌",此刻正气呼呼地在一旁望天花板。

路佳当然知道路妈这么做,是怕自己接受不了离婚,难过。

她竭力的关心和讨好,不过是希望路佳觉得有人支持,心里好受一点。

路佳领情,又想到那张检验单,不禁鼻子一酸,没忍住,别过脸去,滚下一滴热泪来。

路妈见状,更是心急如焚。果然,闺女还是跨不过这么大的坎儿!哪个女人离婚不脱层皮呢?这可如何是好?!

情急之下,路妈又捶了路野一下,让他说句话!

路野也看到路佳流泪了,不明就里的他,心想为个破陆之岸,姐你至于吗?

但面儿上还是含糊不清地指着桌上的草莓道:"姐你吃草莓!"

路佳为了不让家人担心,于是认真拉过桌上的芝士蛋糕开始戳。

"我去给你泡杯红茶。"

见闺女肯吃东西,路妈欣欣然地跑去忙前忙后。

这时,路野也坐了过来。他凑过来的第一句话就是:"姐,离婚证拿到了?给我看看呗。"

"离婚证不都长得一样,有啥好看的?"

路佳捂紧自己的包,怕弟弟过来强行翻,再把妈那张检测报告给翻出来。坏事。

"我就是好奇嘛。"路野嬉皮笑脸地搓搓手。

"你这还没结婚呢,就摸这种东西?不怕晦气啊!"

路佳直接把包搁在膝盖上,搂着继续吃。

"晦气个啥?!"路野不以为然地放声笑了一声,"就陆之岸那样的?跟他扯证,你那本离婚证,就是祥瑞执照!"

"你少来吧。"

路佳白了亲弟一眼。

"大人的东西,小孩儿不许看!"

说着,路佳继续大口大口地吃蛋糕!

打发这小兔崽子,就跟玩儿一样。

可是面对路妈对她的关心和慰问,她得认真回应。让亲妈放心最好的方式,不是强颜欢笑,而是把面前美食通通吃光!吃着吃着,也无聊,路佳又想起钟明理的事。她越想越气,恨恨地叉着蛋糕。

一会儿,她又长吁短叹:果然没有完美的人,也没有完美的人生,这么好的人,怎么就碰上这么不公平的事儿呢……哎,造化弄人啊!

路佳妈颤颤巍巍端着红茶和路野在不远处看着路佳边吃东西边自言自语,十分担心起来。

路佳妈悄悄捅了捅路野的胳膊,小声询问道:"你姐这,不会是魔怔了吧?"

"魔怔?应该不至于吧?但她这样子,的确挺吓人。可能真受刺激了吧。"

待路妈和路野走近了,路佳又换了副热情坦荡的表情,笑着迎接路妈的红茶道:"妈!你辛苦了哈!这芝士蛋糕就该配热腾腾的红茶,地道!路野,你不许和我抢哈。"

她这一番前言不搭后语的操作,直接把路妈和路野吓得尴尬地躲进厨房。

"小野啊!这可怎么办呢?你看你姐那样子,像不像是……那什么?哦,对!精神分裂!"

"妈!你别吓人!说得我瘆得慌!"路野双手抱了抱自己的胳膊,上下滑了滑。

但很快,他又劝慰亲妈道:"可能就是应激反应。过了今晚,明儿咱再看看吧。"

待母子俩再次出来,路佳正拍着自己圆鼓鼓的肚子,面对着桌面上风卷残云后的空碟,等待着他俩的表扬。

路佳妈本来准备这个"欢迎仪式"的初衷,是怕路佳心情不佳,吃不下东西。

但现在看来……

"这算不算暴饮暴食啊?"路妈用唇语问路野。

路野望着他姐,那副惬意无比的傻地主婆样儿,一时间倒也拿不准了。

这时，路佳又开口了。

"路野，今晚你带小鲁班睡！我要和妈睡！"

"啊？！"路佳妈又被吓了一大跳！

这太阳打西边出来了？

自从路佳爸爸走了以后，她早就习惯了一个人睡。就算她过来帮忙带外孙，但每次来了，不是路佳固执地要搂着小鲁班带夜觉，让路妈独自去睡个好觉；就是路佳加班太晚，她便搂着小鲁班哄睡。母女俩已经很久没有在同一张床上挨过边儿了。面对路佳突然提出的同席而眠的请求，路妈一时间很不适应。但一想，女儿刚离婚，受了刺激，寻求安慰，寻求爱的港湾，也很正常！于是便一口应了下来！晚上。路佳睡在路妈旁边，侧身一直默默盯着她看。路妈佯装闭目朝天，但母女间的感应，她就是知道路佳在看她，心里直犯嘀咕。路佳借着微弱的光，望着黑暗中亲妈漆黑的侧颜剪影，突然一阵悲从中来。

她不知道，她还能这样看亲妈多久，看她几次。她亲妈还能有温度地，活生生地，在自己身边躺多少个夜晚？她从没出生，就和亲妈脐带相连，体内流通着同样温热的血。她从来没想过，那个曾经用脐带给她输送能量输送血液的身体，有一天也有可能一点一点变凉。路佳没忍住，又抚了抚眼角，一滴泪沿着鼻梁再次滚落。完全控制不住的那种。最是人间留不住，朱颜辞镜花辞树。同样留不住的，还有与至亲相伴的时光。

"你想哭就哭出来吧，这儿也没别人。"

路妈竟然闭目都能感知到女儿悄无声息地流泪了。

"妈，您放心！我没事！"路佳擦眼泪，下定决心道，"离婚没什么，以后我还是会活出个人样儿来！我一定会幸福！一定会特别特别幸福！妈，您真的放心。"

"我自己的闺女，有什么不放心的。睡吧。"

路妈语气平静，翻了个身，朝外若无其事地睡去了。

月光下，一滴清泪，同样背着路佳，划过老人家沟沟壑壑的脸庞……

第二天。

路佳按部就班地去上班。

她一走进办公室，就发现杜明堂又跟守株待兔似的，搁那儿"蹲"她。

"昨儿怎么请假了啊？"杜明堂关心了句。

"没啥。"路佳放下手提包,"去离了个婚。"

"啥?你真离了?手续都办完了?"

杜明堂听了无比激动地站了起来,甚至脸上还有抑制不住的窃喜。果然,这世上冷暖只能自知,多的是幸灾乐祸之人。路佳认为杜明堂是在看她笑话。

于是,她揶揄道:"办完了。需不需要我去人事那,把婚姻状态变更成离异,杜总?"她清冷抬眸,目光挑衅。

杜明堂,你一个男人还真八卦!

杜明堂来不及解释。这时,路佳的门"咚!"一声又被人给推开了!准确地说,是踢开了!只见杨叶肩膀上架着一摊烂泥的杜明心,没头没脑地闯了进来。杜明心醉得不省人事,手里还不忘提着 Jimmy Choo 的细高跟鞋。路佳和杜明堂同时关切地上前探望。

"可找着你了!原来在路佳办公室。"杨叶穿着衬衫西裤,满头大汗,"你这姐姐!赶紧给我弄走!谁爱伺候谁伺候,反正我杨叶是不伺候了!"

杜明堂接过烂醉如泥满身酒气的杜明心,满脸的心疼和莫名其妙。他正想询问发生了什么事,没想到一向光明磊落的杨叶直接交代了个底朝天!

"昨儿,我约见申通钢材的米总!让你姐过去帮忙应酬一下,结果这姑奶奶……"

杨叶似乎受了莫大的委屈,胸脯一鼓一鼓的,一时间都不知道从何开始告杜明心的状了!整个人有点语无伦次。但杜明堂也不是吃素的,一下子抓到了重点。他放下杜明心,打断杨叶,就开始了咆哮。

真的是咆哮!

"杨叶!你脑子是被卡车轧了还是被叉车碾了?!你让我杜明堂的亲姐姐陪酒???你丫活腻了是不是?搁我这故意找死呢?!"

杨叶倒是十分坦然,面对杜明堂的失控,并没有任何发怵的意思。

"我阳溢建设,不养闲人。"他大大方方地坐下解释道,"你姐姐,大家出身,人又漂亮!还说得一口流利的英语,我让她出来帮我应酬一下怎么了?再说了,她的职位本来就是行政,有问题吗?而且事先我征求了你姐的意见,她自己想去,我才带她的。"

杜明堂压根不听杨叶的解释!此情此景,话里话外,他就从杨叶嘴里提取了"陪酒"二字!杜明堂二话不说,要护着亲姐,于是揪起杨叶的衣领,生硬地挥起一拳,就将他抡翻在地!杨叶整个一大无语。直到摸到嘴角破了的血,他还不明白,自己怎么就触动了这位大少爷的逆鳞了?!他到底还要受这位大少爷多少不明不白的气!!欠他的啊!好在,这时候,杜明心的酒有些醒了。她迷迷糊糊看见了杜明堂,便一脸兴奋地凑上去,拉住他道:"小弟!小弟,我正好要找你!你说姐牛不牛?几杯酒就帮阳溢拿下了一个——大单子,原来我也不是毫无用处嘛。"

"你看看你,像什么样子。"

杜明堂赶紧脱下自己的外套,给杜明心披上。他回头用手指狠狠指了指杨叶,意思是,马上就抽他的筋扒他的皮!路佳望着眼前的景象,她抵制一切不尊重女性的行为,于是也帮腔嗔责杨叶道:"杨叶!你过分了嗷!你怎么能让女孩子出卖色相替你拉生意呢?!你变了!变得……变得越来越无耻,越来越俗气了!俗不可耐、厚颜无耻!我鄙视你!"

"我???"杨叶这时捂住脸,终于站直了,他满头黑线地高声为自己辩驳道,"你们真的都误会了!"

他心里很难受,杜明堂不把他当人也就算了,自己怎么就在路佳心里也越来越不是人了呢?

他冤啊!!!

杜明心终于清醒了点,能站直了。

"明堂,咱米叔可真够意思的!说三杯酒,我干了!他就跟阳溢合作!"她跟跟跄跄地拍胸脯炫耀着,并伸出三根手指。

"说三杯就三杯,米叔大气!!!"

杜明堂听得莫名其妙。

他疑惑地指着杜明心问杨叶:"三杯酒就把她喝成这样???你们喝的什么酒啊?工业酒精、乙醇啊?"

"不是乙醇,是三小杯茅台!"

杜明心喝美了,抢着接茬。还比了个迷你杯的高度。

"三杯茅台喝成这样?"杜明堂不信。

他对杜明心的酒量是有数的,质疑:"她喝三两茅台都没事?"

"是没事啊!"

杨叶都快抹脖子上吊以证清白了。

"也怪我不好,想着你们杜家和老米有交情,晚上应酬就带上了你姐。

本来生意谈得好好的,三小杯茅台,当场签合同,我和老米都挺高兴的,老米对着你姐还一口一个'大侄女',大家吃得挺开心了!结果,这不是酒局结束了吗?你姐非说今天她帮我谈成一笔大生意,要我帮她庆功!说什么高低都要拉我去酒吧喝一口!我从来不去酒吧,这不是怕你们杜家大小姐不安全吗?只能陪她去了!"

"结果你猜怎么着?"杨叶说到激动处,一拍大腿,"进去的时候,我问你姐能喝多少?她给我伸出一根手指。我以为一两或是一斤,结果她跟我说是'一直喝'!"

"扑哧——"路佳在一旁听着,没忍住,手指放在鼻子下面笑出了声。

"是她能干出来的事。"

杜明堂想起自己亲姐一贯的德行,也不得不小声嘀咕着承认。

"乖乖!我的祖宗!这进了酒吧,你姐就是游鱼进了大海,满场转得那叫一个疯啊!杜明堂,你是不知道啊!后半夜,你姐,杜明心!看见保洁阿姨,都要跟人干一杯啊!你说,我能有什么办法?"

杨叶委委屈屈地控诉完。杜明堂的脸都红成猪腰子了!这事儿一听就写着杜明心的名字呢。四六不靠。听到这儿,杜明堂确定、一定以及肯定杨叶是无辜的了。杨叶把话说明白了,站起身:"得嘞!那人送到了,我就走了!路佳,你送送我。"

要不是杜明心此时已经趴在杜明堂的肩上呼呼大睡了,杜明堂分身乏术,不然他绝对能扒拉开杨叶,挡在路佳前面:"你又不是幼儿园小孩,还要家长接送啊?!"但无奈,他分不开身,只能眼睁睁地望着路佳送杨叶出去了。

电梯里。路佳告诉了杨叶自己已经领证离婚的消息。

"太好了!"

杨叶表现得比男足赢了世界杯还兴奋。但抬眼撞见路佳,正瞪着自己,他又连忙收敛了。

"幸灾乐祸。一个德行。"

路佳嘟囔。

杨叶不解,问:"我和谁一个德行?"

路佳不想再回忆杜明堂当时的小人嘴脸,于是没有接茬。

"不过,我可提醒你。陆之岸是小人,小人最大的特点就是难缠。"杨叶提着公文包,轻轻拍打了一下胸前被杜明心揉皱的西装。"你可当心点。

他回过味儿来，保不齐使坏。我还是挺了解你前夫那个大渣男的。"

"不劳您费心。"

路佳客气又礼貌。她本想等杨叶出了电梯，自己就还坐原梯上去。但门缓缓合上的瞬间，她望着杨叶的背影，隐约感到他有疲态。于是，路佳不忍。

在电梯门合上的最后一秒，她还是伸手扒开电梯门，又冲了出去。

"你现在自己一个人开公司，怎么样啊？现在阳溢的运转正常了吗？"路佳追上杨叶问。

见路佳关心自己，杨叶回过身，心里不禁腾起一丝温暖。

"嗨，初创公司，都一样！前期烧钱呗。"他下意识地回答。

杨叶说的是阳溢建设目前的最真实情况。他的眼神里有一闪而过的忧虑。直到真正自己开了公司，杨叶才意识到，他这个左膀右臂养得再粗壮，都不如一个能扛事的宽厚肩膀。当年，终究是老靳一个人扛下了所有。现在杨叶每天一睁眼，就是数不清的开销，数据不停地在他眼睛前面滚动。更别提内忧外患，错综复杂的人际关系了。杨叶就是有八个头，也觉得运转费力，每日疲于奔命。还要应付杜明心这种"突发状况"，他确实挺不容易的。路佳想起，最近杨叶也不因为SPACE的事和她明里暗里地较劲了，似乎有意淡出这个项目的竞争。见路佳沉默不语，杨叶怕她担心，于是又改口安慰道："你也别担心我，我杨叶还是有几分家底的。这不，你前嫂子，金银银，刚抵押了一套房给我周转。"

"谁担心你了？！"路佳附上白眼一枚。

而后，她为了安慰杨叶，故作轻松地笑道："别的公司是'前期烧钱'，你这是妥妥的'前妻烧钱'啊！我金银银嫂子就那么信任你吗？"

杨叶诡秘一笑，接："那当然！她眼光可比你好多了！"

但路佳见杨叶还有心情说笑，估摸着他公司的形势可能也不会太差。于是，路佳挥挥手，送他离开。

"行！那你快走吧。我也赶着回去上班。"

说完，路佳掉头就走。

杨叶也掉头，分开两个方向。

但走出去几步，杨叶看着自己皮鞋的尖尖，还是不放心地又转身提醒了一句："你可记住我电梯里跟你说的话？"

路佳冲天挥了挥手。

但其实，她压根就记不起来杨叶刚才讲了什么话。

……

杜明堂怀里扶着杜明心，两人从公司走回自己家。

结果看到公寓，杜明心死活不上去。

"我要回江景别墅！"

杜明心撒娇，她迫不及待地想和杜家人炫耀一下自己的"战绩"！

杜明堂都无语。说白了，米叔那就是逢场作戏，昨晚纯粹见面三分情，给杜家面子。杜明心那个傻缺喝不喝那三杯酒，合同都能签成。这点，米总清楚且识相。杨叶清楚且鸡贼。杜明堂清楚且无奈。这傻姐姐还搁那儿能耐呢！

"怎么了？！"杜明心借着最后的微醺不服气，"我就是想让爸妈知道我也不是一无是处！"

杜明心太想得到杜家二老的肯定了。但杜家人已经很久没有正眼看过她了。越得不到的东西，所以才越渴求。杜明堂望着她那殷切的眼神，最终还是心软了。

"司机，开车！别墅。"

半道上，杜明堂接到了倪豪的微信：一切准备就绪。是否对王强动手？

杜明堂抬头望了望窗外变幻莫测的风景，又侧脸看了看满脸期待的明心，默默低头打出了一个"OK"的表情。

"爸！妈！我和明堂回来了！"

杜明心一进杜家别墅的大厅，抬头望向那熟悉的层层叠叠晶莹剔透垂坠着的水晶灯，竟不自觉地张开手臂，来了一个陶醉的回旋。

杜明堂低头跟了上去，扶住歪歪扭扭的她，又狠狠给她递了个眼色。

让她收敛点！

"这不是自己家。"他压低了嗓子提醒。

"这怎么不是自己家了？"杜明心还白目地拿胳膊肘回推他。

这时，前后两路人马突然向他俩夹击过来。楼梯上，褚灵灵穿着正装领着大嫂，款款而下。身后，杜明泉刚陪着杜康生从高尔夫球场回来换衣服。所有人，汇集在水晶灯下。仿佛约定好了一般。众人尚未开口，杜明心就得意扬扬地将昨天陪杨叶去和米总谈合同的事给说了。杜康生他们听完前因后果。除了杜明堂，所有人都黑脸僵在原地。

"怎么……我做得……不好嘛……"面对环绕一圈的冷脸冷眼，杜明心也心虚起来，她战战兢兢地问。褚灵灵和大嫂压根就没有搭理杜明心的意思。而杜明泉则厌烦地皱了皱眉，想搀着杜康生赶紧上楼，进书房。杜康生更是当杜明心空气一般，径直走了过去。走出去几步，杜康生背对着杜明堂和杜明心，驻足停步。这时，这位老杜总才冷冷地发出了他经典的杜式三连问：

"阳溢建设我们有入股吗？老米会给我们回扣吗？这事对我们神武集团有什么好处？"

资本在嗜血的道路上，永不停歇，不会为没有价值的人和事，停住脚步。杜康生能发出这连环三问，就已经很给这个没有脑子的女儿面子了。你一个行政，拿7000工资，帮人家应酬什么？还是利用家里的资源，刷杜家的脸。就算是杜家人刷杜家脸，那也要付出相应的代价，不可能白嫖。资本家永远拥有最绝对的清醒。沉迷者，才会念念不忘；清醒者，永远利益至上。

"爸爸。"

杜明心低头抿着唇，内心一阵翻涌，一阵难受。杜康生都走出去好远，她还是不甘心地抬起头。望着她眼里的幽怨，杜明堂有预感又要出事！他还没来得及拉住杜明心，就见她踩着高跟鞋，追上杜康生，拦在他面前，攥住他的袖子。一股酸馊味的酒气袭来，旁边的大哥杜明泉立马拿手掩了掩鼻子。杜康生目不斜视，无动于衷。

杜明泉这个亲哥倒先不乐意了，嫌弃妹妹耽误时间。

于是，杜明泉开口道："明心啊，你要没什么事，就回去吧。我和爸还忙着呢，一会儿还要开神武的视频会议。全是'正'事，耽误不得！"

杜明心还是一副很不甘心的模样，目光盈盈地盯着亲爸杜康生。她就像是一个渴求得到家长表扬的小学生，期待且纯粹。那是她亲爹啊！不能如此冷漠。杜明堂原地跺脚，真的是哀其不幸怒其不争。凭什么不能。怎么都到这个程度了，杜明心还对这家人抱有希冀呢？土豆永远是土豆，变不成西瓜。渣男和原生家庭，是两个永远无法调教的客体。他未来得及上前解围，就又被他大嫂钻了空子。杜明泉老婆撇下婆婆褚灵灵，走过来，想把杜明心拉走。

"明心，别胡闹！别耽误爸跟你哥的正事儿！有什么事儿，你跟嫂子回房说，好不好？"

这一举动，彻底激怒了杜明心。明知她没安好心。杜明心到底是千金小姐，又是窝里横的那一种。

她甩开大嫂的手,又像青春期那样,叛逆地忤逆起杜康生:"爸!是不是我做什么你都不满意?我在家混吃等死,你嫌我丢人;我出去工作了,你还是嫌我给杜家丢人!是不是我杜明心在你眼里,生出来就是丢人的,干啥啥不行!那既然这样,你和妈,把我生出来干什么?!"

"哎呀,明心,你怎么又来?"杜明泉满脸写着不耐烦。

但杜明心根本就控制不住,继续道:"爸,是不是在你眼里,只有大哥和小弟是亲生的!我是捡来的?!您从小就重男轻女,把我当联姻工具培养,逼着我学钢琴学芭蕾!你知道我有多讨厌那些惺惺作态的课程吗?"

杜康生依旧是面无表情,仿佛一尊威严的雕塑。

"又来!"杜明泉忍无可忍,烦躁地反讥她,"明心!你这些废话到底还要说多少遍?!你自己要发疯,就去自己的房子里发!不要三天两头地来家里搅和我们!祥林嫂啊你!"

"是啊。"

一个被窝睡不出两种人。一旁的大嫂赶紧顺着话头帮腔:"明心,你是不是昨晚又喝醉了?回来发酒疯来了?"

"我没发疯。"

杜明心怒瞪大哥大嫂。

大嫂也不甘示弱地出言继续讥讽道:"是是是。你厉害,谈成了一笔'大生意'!我们都很佩服你。"

反正她把杜明心这个没有心机的小姑当软柿子捏惯了。

"在这个家里,大家都很忙的。爸和大哥要操心集团的事,妈要管家,我要带孩子。明心啊,你要是真觉得没事干,就去恒隆,买几个包,买点珠宝,反正家里每个月给你的零花钱也不少。"

大嫂话里话外揶揄杜明心,她每个月几十万的零花钱,一直是大嫂的心头刺。她潜意识里认为,自己就是未来杜家的女主人,这钱就跟提前从她兜儿里掏出来似的。杜明堂站在一旁也恼火,恼火的点,一方面是他们一直在挤对明心;另一方面,他们似乎在讨论杜家的家事,却故意把杜明堂晾在一边,没有人看他一眼,他就是个外人。习惯了习惯了。杜明堂狠力压住心底的怒气。过了三十岁,他确实越来越能沉住气了。一时的情绪不重要,嘴巴上的输赢更不重要,重要的是结果,谁能拿到真正的实惠。

于是,杜明堂默默吸了一口气,笑靥盈盈地上前,先奉承杜明泉老婆道："大嫂说得对！确实，在这个家里，最贵的就是时间成本。姐，别闹了，跟我回去。"

见杜明心不动，杜明堂又暗暗挑眉招手："走啦。"

但杜明心今天就跟吃错药似的，摆出一副非要和杜家人一决高下的样子，哭闹起来道："你们对我不好！你们都对我不好！把我赶出去！不管我死活！爸，你已经多久没看我一眼了！你眼里除了钱和神武，还有什么？"

"杜明心！"杜明泉一声厉呵，强行替亲爹挽尊，"胡说八道什么呢？没有爸辛辛苦苦地经营神武，我们全家人吃什么喝什么？！你现在哪还有资格不去上班，站在这里胡搅蛮缠？！你太不懂事了！赶紧走！别惹爸生气！"

不得不说，杜明泉是懂拍马屁的。杜明堂看得真切，他们两口子这些年在杜家也不容易。就像太子想熬死皇帝一样，一方面极尽奉承，一方面心底又暗暗盼着杜康生早点归西。杜明泉事业上最大的桎梏和瓶颈，就是这些年他一味地害怕和奉承杜康生，对他言听计从，所以很多关键节点上毫无自己的想法。在神武遇到问题的时候，他最大的想法，就是揣测杜康生的想法。

"就是啊！明心，快别胡闹了！你大哥也是为你好！你快跟明堂回去！"大嫂乐得扇风。他们回回都是这样，已经形成套路了。

杜明堂看不下去了，他一把拉开杜明心，冲上去询问杜康生道："爸，我能说句话吗？"

"说。"

杜康生齿缝里吐出允许，但不多。

"明心姐确实帮杨叶谈成了生意，爸，你应该看到姐的进步。"明堂道，"而且以我对杨叶和阳溢建设的了解，米叔和他们合作不亏的。阳溢虽是初创，但杨叶这个人有能力，未来米叔赚了钱，也会感念是杜家的面子。如此双赢，我觉得姐做得很好！"

此言一出，有理有据。

气氛立马从之前杜明泉夫妇打发小孩儿急不可耐的尴尬，转变为游刃商场和人情的冷静。

杜康生虽然没说话，但表情明显绵软缓和了许多。他至少不再是一尊"冰雕"了，而是回过头来，目光看向杜明堂他们。

"爸，我和姐回来，就是和你汇报一声。既然您知道这事儿了，我们就走了。"

说完，杜明堂冲长辈们点了个头，拉起委屈的杜明心就要往外走。

"等一下。"

一个凌厉的声音，锁住了他们的脚步。杜明泉夫妇的心，也因这一声，明显又提了起来。这回开口的是褚灵灵。要说这个家里，杜明泉夫妇是耍心眼的铂金钻石星耀，那褚灵灵就是妥妥的王者。她和杜康生同床共枕这么多年，对老头子心思的拿捏，不能说是百分之百，但也至少是八九不离十。方才她一言不发地站在岸上冷冷看戏，此时却突然换了副面孔，笑容逐渐绽放地迎上来，拉住杜明心和杜明堂。

"走什么走？这都快到饭点儿了。我们一家人也好久没在一起吃饭了，正好！中午我让阿姨烧一桌菜，昨天刚到的鲍鱼和牛肉，大家一起尝尝。"

面对褚灵灵态度的转变，杜明泉夫妇还看不懂。

杜明泉强辩道："妈，吃啥饭啊？爸和我还要去书房开会呢！"

大嫂也道："妈！明心不是喝多了吗。你让明堂先带她回去醒醒酒。牛肉鲍鱼放在冷冻室坏不了，等周末再叫他们回来吃也不迟！我下午一点半还要去参加学校的家委会，参加东东的期末颁奖，顺便讨论班级暑假去新加坡游学的事……"

大嫂一大通输出，主旨就是，她一刻也不想这俩所谓的"弟弟妹妹"在这个家里多待。抢了杜明泉的风头是一回事，内心深处深深的看不起也是掩藏不住的。大嫂家也是两姊妹，她们家的生意仅次于神武，所以她打心眼里，是看不起没有任何利用价值的杜明心和"私生子"杜明堂的。从小惯于家族争斗，她比杜明泉更深谙"见面三分情"的道理。就怕老爷子动心。但她太急躁了，也太看不透了。

"杜家什么时候轮到媳妇说话了？老褚，你怎么当家的？"

杜康生脸色一黑，冷冷地说。

就这一句，吓得刚才还自以为是的杜明泉夫妇，立刻噤了声。

大嫂乖乖地跟着褚灵灵去厨房，开始和保姆一起准备午饭。

厨房里，大嫂还不死心，又说话给褚灵灵听："明心怎么还跟小孩儿似的？靠杜家谈成了生意，有啥可骄傲的？非得逼着爸妈表扬。要我说，女人还是要独立自强，哪能靠别人的评价活着呢！妈，我也是为了明心好。说句您不爱听的，明心变成现在这个样子，就是小时候太娇纵她了！"

褚灵灵当然知道儿媳妇什么意思，她虽然现在也不待见杜明心，但到底是亲闺女。于是她很不客气地回了一句:"那你还参加什么东东的颁奖?别娇纵她呀!"

大嫂撇嘴。

褚灵灵趁机补了一句:"早就和你说了,别把心思放在乱七八糟的事上,赶快给杜家生个孙子是正经!"

褚灵灵之所以现在由着杜明泉两口子胡闹,不分青红皂白地给他们撑腰,是因为她心里门清儿:她要想稳稳当当地一直是杜家的当家人,杜明泉两口子就得给杜家生出个长孙来!杜康生是传统男人,最在意这个!只要长孙出来,杜明堂那个幺子就等于彻底出局了!为了这个长孙,她就是牺牲女儿也无关紧要。但奈何,东东现在都上小学一年级了,这杜明泉两口子肚子还是没动静!

"还杵在那里干什么?还不快滚进去帮你妈跟你嫂子干活!"

杜康生面对杜明心,明显是松口了。再不喜欢,到底也是自己的女儿。可杜明心并不需要这种不情不愿的血缘关联,她要的是关心,是认可,是爱。于是她毫不客气地掉头,再一次甩脸子走了。一旁的杜明堂蹙了蹙眉,没说话。他姐还是太任性了,老头子都给台阶了,她却看不懂。

摆明了杜康生不喜欢憨蠢直接的女人,纵然褚灵灵她们是曲意逢迎,但只要这种逢迎能让自己感到舒服,即使是假的,又怎样?杜康生没空计较那么多。可杜明心次次胡闹,都是先明目张胆地往杜康生头上扣一盆屎,然后大摇大摆地掉头就走!骄傲且……傲娇。

可能老头子心底也是郁闷的吧。杜明堂猜。

"你,跟我过来。"

杜明堂四下看了看,确定了亲爹是指自己之后,乖巧巧地便低头跟他往三楼书房走。倒是杜明泉顿时处境尴尬起来,跟上去也不是,走开则更难堪。犹豫再三,杜明泉还是硬着头皮跟了上去。反正老头子也没明说不让他跟去。他确实很好奇,老头子接下来要找杜明堂谈什么。合上书房的门。杜康生自然而然地掏出一根雪茄,点上。父子三人坐在暗红色真皮沙发上,方位正好是三足鼎立。

"你刚说那个阳溢建设的杨叶……"杜康生先发声道。

"嗯。"杜明堂刚想接口。

37

杜明泉却为了表现自己的资讯发达，抢答道："这人我知道，不是靳陆仪的人嘛。靳陆仪从精益套现后，这个杨叶就出去单干了。"杜康生轻轻瞄了大儿子一眼，眼神驻留了两秒，没有说话。而后，他依旧是目光转向杜明堂："市中心那个项目怎么样了？"这一秒，杜明堂突然醒悟。杨叶这样的人，对杜康生来说，在生意场上，实在是太小了。根本不配入法眼。随口地一问，不过是在给杜明堂方才那番话面子。只有A股上市企业的老板，才配在他亲爹那排得上名号。所以，杜明泉的抢答，纯属多余！

"正做着呢，还挺顺利的。方案就是AI出图，元宇宙风格，现代前卫，正好搭上现在人工智能的风口……"

杜明堂刚回答到一半，就被杜康生伸出一只手，打断了他的话。

"这些废话，你不留着去和规划局、资方、股东说？"

杜康生严厉的目光躲在镜片后面，寒光一闪。

杜明堂心里一惊，不自觉地盘算了起来。

这亲爹到底是想问什么？

他凛了凛心神，努力思索该怎么交出正确答案。

杜明泉还在那自作聪明，以哥哥的身份"教育"杜明堂："爸是想问你，这个项目推进得怎么样了？需不需要精益王总和秦总那边配合你，把有些不稳定的因素去除掉。"

也是他这句话，给了杜明堂启发。杜康生心里的意思，应该不是利用王强和秦昌盛把不稳定因素去除掉。而是——他们就是这个项目的不稳定因素。杜康生是传统企业家，毕竟他们接受的是"与天斗，与地斗，与人斗，其乐无穷"的教育。杜明堂猛然醒悟。杜康生想搞走王强，压根就不是为了SPACE。而是搞SPACE这个项目，纯粹是为了干掉王强。是杜明堂自己本末倒置了！杜康生总是把"钱""营利""利好"这些字眼放在嘴上，其实他到了这个年纪，神武达到了目前的体量，钱还算什么东西啊？杜康生要的是权力！对神武的绝对控制权！以及对他手底下所有人的控制权。包括他的子女。目之所及，但凡有不服的，或是不按他思路出牌的，就要被干掉。从这个思路上分析，杜明心其实和王强是一样的。顺我者昌，逆我者亡。杜明堂的脑子飞速运转，接下来在不拆穿杜康生真实目的的前提下，把话说得滴水不漏。他是不可能变成杜明泉那样，对着亲爹日日跪舔。君君臣臣父父子子。他要怎么在这个游戏规则里，游刃有余地实现自己的才华，又让杜康生信任自己呢?

"这个问题很难回答吗?"

杜康生警告他的小儿子,有些问题他思考得太久了。

"啊?!"

万分紧张中,杜明堂抬起头。

他先佯装懵懂,而后冷静地回道:"项目的事是我想复杂了。爸,您说得对!能赚钱的项目就是好项目。达到目的就行,不管用哪个方案。"

亚当·斯密在《国富论》中说过:"使用价值很大的东西,往往具有极小的交换价值,甚或没有;反之,交换价值很大的东西,往往具有极小的使用价值,甚或没有。"

杜明堂想:既然亲爸如此忌惮王强,那他今天动手除掉王强,除了沽取秦昌盛的信任为自己所用之外,更应该提出一个有利于自己的交换条件!

不得不说,杜明心今天这一闹,帮了他大忙。杜康生听了很满意,于是抬起屁股就要下去吃饭。杜明堂却十指交叠不动,用言语拦住他:"爸,我还有点私事,想和你单独谈谈。"听到"单独谈谈"这几个字,杜明泉明显不悦,但也没办法。因为杜康生又坐了回去。此刻要是杜明泉再不独自离开,那就是不识趣了!他不情不愿地走了。书房里,就剩下杜康生和杜明堂父子。杜明堂只有在这种时候,才真真切切感觉到杜康生是他爸。因为有其他任何人在的场合,杜明堂都是竞争者,而杜康生是裁判。

"什么事?"杜康生问。

杜明堂怔了怔,将自己下午计划会产生的结果告诉了杜康生。

果然亲爹的脸上露出了千载难逢的笑容。

同时作为交换,杜明堂提出了自己的疑惑:"这个王强,是非干掉不可吗?"

为了维持生态平衡,哪个企业不养几只苍蝇?水至清则无鱼啊。杜康生一愣,旋即低头拾起眼前的茶杯,深深抿了一口。

他似乎在思索,杜明堂为什么会问出这样一个问题。过了一会儿。老头子气定神闲地抬起头,回答他道:"两个原因。一,精益总裁的位置上坐着谁都不要紧,但我要他把位置空出来,他就得空出来;二,王强是……你懂的,最老的一批。"

杜康生没有说下去,但"杯酒释兵权"的意思明显。神武这艘船太大,靠着这艘大船在外捞好处，在里面掏空的人太多太多了。杜康生必得拿一个做法，让"臣子们"乖乖听话。这条老掉牙，但是第一条，他仍旧不解。杜康生想要精益总裁的位置空出来，要给谁坐？自己吗？完全没必要。杜康生如此"集权"，别说他这个外面养出来的儿子了，就是杜明泉这个嫡子的算盘怕也是要落空的。老爷子不到死，估计都不会交权。就算杜明泉天天在心里祷告老爷子快点退休颐养天年，让他接手神武。压根就没戏。既然权力牢牢掌握在杜康生手里，那当然是付钱请来的"打工仔"更好控制。

"听懂了？"

见杜明堂出神，杜康生放下茶杯，两只手一拍沙发把手就要起来。

"你就想知道这个？还要把你哥支走，才肯问？"

杜明堂微微点头，这个问题的答案他必须厘清。

"其实你不把你哥支走也行。"杜康生话锋一转，"他就从来没有问过我这个问题。"

杜康生也逐渐意识到了两个亲生儿子之间的差异。今天的事，他对这个小儿子有一点刮目相看。杜明堂不吭声，只是谦恭地点头。在老头子面前，永远都是多说多错，少说少错。闭口不言保平安。杜康生也一样，和谁都不喜欢说太多。聪明人一点就通，笨蛋就算是掰烂了揉碎了他也还是听不懂。

没必要。

临出门前，他突然又停住了，幽幽然对杜明堂来了一句："你把明心接走，是对的。她有你这么个弟弟，该知足。"杜明堂低头不说话，但他心里清楚，赌对了。不管全家人如何对待杜明心，在老爷子心底，她永远是杜家人。而褚灵灵和大嫂就很难说了，再风光再得意再能干，她们血液里也没有流杜家的血。而自己的亲妈，还在精神病院里。吃饭的时候，餐厅里觥筹交错，时刻上演着"父慈子孝""兄友弟恭"。杜明堂除了演戏，内心一直在咀嚼，老爷子要精益的那个位置有何用？又或者是要给什么人？……

"弟弟，你多吃点！多吃点才能帮爸和你大哥把项目做好。"大嫂假惺惺地给杜明堂夹菜。

"谢谢大嫂。"

杜明堂有礼有节，但他的态度就像一块灰岩。所有的敌意和不怀好意到了他这里，只会被吸进，却从不会有任何反射和回馈。他大嫂拳拳打在棉花上。杜明堂就像是一个深不见底的黑洞。吸附万物，寂静无比，无比能沉得住气。

"哼！！！"

杜明心饭都没心情吃，就窝着一肚子大小姐脾气，闯进了杨叶的办公室。

她觉得自己实在没地方去。杨叶应该收留她。而杨叶，抬眸，蹙眉。怎么了？还没完没了了？这鼻涕虫不是早上刚甩给杜明堂吗？怎么？还带回弹的吗？杨叶从累赘的工作中站起身，叉腰来到杜明心面前。他想告诉杜明心，她这班也不是非上不可。即刻、马上、瞬间消失，就是对她7000工资的最大尊重。

可杜明心大小姐，压根就没给他杨总开口的机会。

"气死我了！他们怎么能这么对我呢？个个挤对我，人人看不起我！什么一家人？都是骗子！"

杜明心抱着杨叶沙发上的一个抱枕，一个劲儿地在那儿嘟囔。

"他们除了钱，还给过我什么？把我赶出来住还不算，现在回去，和他们三句话都说不上。"

那个抱枕是杨叶有时候加班睡办公室时候的枕头。他这人有洁癖，现在他满眼睛晃悠的，就是怎么把自己的"枕头"给抢下来。但杜明心却毫无感知。

"我爸现在已经不和我说话了，我妈也当家里就没我这个人，大哥大嫂……哼！他们根本就不是我的亲人，只有明堂，明堂对我好，可是他们也不待见明堂。气死我了！真气死我了……"

说完，杜明心直接把抱枕摔在了地上。杨叶心底的白眼，此刻完全是朝着天花板乱飞。但面儿上，他还是咬牙若无其事地先弯腰把自己的乖乖抱枕给捡了起来，拍了拍。见杨叶没有回应，杜明心又撒娇撒痴了。

她竟然还振振有词地抬头反问杨叶："你到底在没在听我说话？！"

杨叶：……

整个一大无语。

他用意味深长的眼神，上下打量了杜明心一番，而后居高临下地轻轻勾了两下食指和中指。

意思是：你先给我站起来。别弄脏我的沙发。

杜明心四下看看，看不懂，完全看不懂。她的超短裙已经快撩到大腿根

41

了，两条洁白的美腿任性地盘成一根玉雕的麻花。她只要不尴尬，这个世界就奈她不得！杜明心就这么扑棱扑棱地眨巴着无辜的长睫毛，仰面望着杨叶，期待着他的安慰。

"杜明心，你脑子里装的都是什么？"

杨叶终于愠怒了！

他这是阳溢建设，不是市精神卫生中心，更不是巨婴托儿所！！！

"你搁我这说啥呢？"

杨叶的言下之意：快走。

杜明心很认真地回答他："我跟你说我们家的事儿呢。"

她丝毫不觉得自己逻辑有任何问题。

杨叶内心：今天真够倒霉！

自己一大堆的工作要做，偏偏这无脑缠人精还过来搅和。

但他出于做人最基本的礼貌，还是最后一次给了杜明心机会，努力启发她道："明心小姐，这里是阳溢，我，杨叶，是你老板；你，现在就是个行政，你们家的事儿跟我说不着。明白么？"

"怎么说不着啊？你不是收了我弟好处，我弟把我托付给你了，所以，你就得给我提供包括情绪价值在内的，我的一切所需。"

杜明心内心坦然，她丝毫不觉得自己的做法有任何问题。得不到，就作闹！我管你对方是谁。情绪和情感的双重索取，就是杜明心的基操和日常。

简称，过日子。

杨叶耐着性子，努力想用什么方法告诉眼前这位大小姐，她不是宇宙中心，不是任何人都有理由和义务围着她转的。

"我收你弟什么好处了？"杨叶特别不满，"我那就是纯粹帮熟人一个忙。"

"那我昨天还帮你谈成一单大生意呢！"杜明心更不满，"你不该谢谢我？听我说说心里的不愉快怎么了？怎么了？"

"我……"

杨叶用手奋力揉了揉眼睛。

往上算，从他奶，他外婆，到他妈，到他前妻，到他女儿，到路佳，甚至到他年轻时候遇到过的那些个莺莺燕燕，他从来没碰到过杜明心这么不懂事的！在这个未知领域，杨叶八面玲珑的人情手段，实在是无法施展。他只能秉着打不过就加入的原则,既然三句话打发不走,那不如就按杜明心的思路来。

"我是真没听明白。这样,明心!你坐这好好说,到底碰上什么问题了?能解决,我帮你解决!不能解决,你改天再来,好不好?"

"嗯!"

杜明心这才满意地对杨叶一点头。杨叶拉起裤管,气沉丹田,在沙发上坐下,开始听她说。两个小时过去了。桌上的餐巾纸堆积成了一座小山。杜明心先是吐槽早上细枝末节的不爽和憋屈,然后越说越激动,开始义愤填膺地控诉原生家庭,最后直接演绎成声泪俱下地诉说自己的"苦命"人生……120分钟,全凭一张嘴。脱口秀演员还得提前写个稿儿呢。杜明心就这么轻松稳住了全场。杨叶此刻脑子里充满了"嗡嗡嗡"的声音。

要不是他尚有一分功力在,差一点就被念晕过去了。

"哇——"

这还没完。

杜明心说完最后一个语气助词,直接委屈至极地扑进杨叶怀里,痛哭上了!杨叶立马举起手来。

杜明心才不管,主打的就是个自我,发泄!她鼻涕眼泪、残余的彩妆亮片,全蹭在杨叶的棉质衬衫胸口上。杨叶真要不是念着她是杜明堂的姐姐,确实听完明心的身世,也对她有那么一丝丝的同情,早把她像面前那坨餐巾纸一样,揉成一团,扔进垃圾堆了。

绝对的有害垃圾!

"你坐直了听我说。"杨叶好言相劝。

杜明心则继续拿杨叶的衬衫卸妆。

"坐直了!"

杨叶韧性再好,此刻也拿出男子气概,气吞山河地咆哮出声。

这一吼,他成功震住了场面。杜明心终于眼泪汪汪地乖巧抬起头。杨叶凝望着这不成器的家伙,十分无奈地掏出自己的手机,微信推了个名片给杜明心。

"这是谁?"杜明心不解。

杨叶不答,还训她:"你就是情商低!"

顿了顿,他解释:"人活着,想要达到自己的目的,得用这里!"

杨叶点了点太阳穴。

脑子是个好东西，杜明心有，但却不知道用。

"你呀，就是只把自己当人，把其他所有人都当千篇一律的机器人。"

"我没有！"杜明心听不进去反驳。

杨叶可不惯着她："怎么没有？你刚说了那么多。我问你，你对待你爸、你妈、你哥、你嫂子、你前夫、你前公婆的方式，有任何区别吗？你口口声声指责他们伤害了你！但其实你自己也是无差别地对待了他们呀！你对别人有爱的预期，而且预期很高，一旦别人达不到，你就又哭又闹，勒索他们顺你的意！杜明心，我说句实话哈，就你这样的，是怎么活到今天的？"

杜明心怔了怔，这些话从未有人对自己说过。

但杨叶的语气又实在太过严厉，加上一针见血地针砭了她。

明心受不了这样的打击，再次"哇——"的一声，哭出声来。

"你教训我！杨叶，你教训我！"

杨叶深吸一口气，拿了张餐巾纸给她，继续道："明心啊，你真该好好学学'做人'了。你想要得到的，用对方法都能得到。"

"真的吗？"明心不信。

"我推给你的名片，是我前妻，她这人做人做事滴水不漏，情商极高。你放心地去找她，我交代好，她会一点一点教你人情世故。"

"你前妻？真的？？"

杜明心握着手机，不相信。

杨叶很肯定地点了点头："真的。找她有用。信我。"

"那你前妻这么有情商，你为啥还和她离婚了？"杜明心仍旧不解地问。

杨叶站起身，回到办公桌前。

他今天已经在杜明心身上耽误太多时间了，于是边埋下头工作，边最后敷衍了一句："有些人很好，但你就是无法爱上。人的心，太狭窄了，永远都只能装下一个人。住不进心房的人，不如放生掉，对彼此都好。"

"那你心里那个人是……？"杜明心的泪花还沾在睫毛上，好奇地问。

杨叶已进入工作状态，用沉默回答了杜明心的最后一问。杜明心临走前，凝望着杨叶伏案工作的轮廓好久。她心底突然一阵悸动：要是，她有杨叶这样一位哥哥该多好啊！杜康生对她疏离，杜明泉对她冷漠，明堂对她迁就宠溺，却没有一个人，想过要真诚耐心地教她生存处事之道。杜明心这些年，

44

看似外表光鲜，说难听点，纯粹就是在瞎活。生活一塌糊涂。混日子。

现在，她决定听杨叶的，去拜金银银为师。

第十三章

一切皆有可能

憬悟建设。

总裁办公室。

杜明堂、老孙、倪豪三个人坐在里面。

空气凝固。

"哥，你放心。下午王强那边我亲眼看见已经闹起来了！我专门请了财经记者和当地社会新闻的记者。明早头条已预定，就请看好吧。"

倪豪压低了声音先表态，他活儿干得瓷实。老孙满意地点点头。唯有杜明堂一个人，坐在硬皮沙发上，十指交叠，眼睛直勾勾地凝视面前的白板。白板上写满了各种词条。憬悟建设、杜康生、杜明泉、精益建设、神武集团、王强、路佳、杨叶、SPACE……词语之间都用马克笔做了勾圈和连接。杜明堂实在想不通，假如王强那个位置空出来，谁会坐上去？他说出了自己的疑问。

倪豪首先不以为然："哥，咱们的目的不就是把精益建设给搞乱，SPACE落入憬悟就行了嘛。说句难听的,项目到手了,你还管精益洪水滔天？"

老孙精明点，低沉道："小倪！明堂肯定是觉得这里面有什么问题，才召集我们开会。大家一起想一想。"

杜明堂站起身，若有所思地走向白板。

最终他停在面前，双手抱胸托腮，对着"杜明泉"的名字首先陷入了沉思。

"我们能想到重新偷偷创办一个憬悟建设，跟精益抗衡，又干掉了王强。我不相信我哥能一点动静都没有。"

虽然杜明泉没能力，表面上假装服从老爷子。但杜明堂相信，他此时的状况，应该立场和自己是一样的。他未必想不到，驾驭一个新公司，暗地里

45

用来对抗杜康生和精益。

"杜明泉在澳大利亚读的是商科,他不懂建筑。所以,他最有可能的常规做法是——"杜明堂自言自语地分析着。

"收购。"老孙悟过来,接茬。

"对!收购!"明堂赞许地点头。

而后,他回过头,问倪豪:"你最近有没有打听到动静,杜明泉在跟哪些外面的人接洽?咱们行业的。"

"他哪儿认识人啊?!"倪豪表示不屑,"公子哥儿,成天对老杜总寸步不离的。"

杜明堂垂下眼睑,默默捡起一根马克笔。沉默良久。他突然将"杜明泉"的名字连上了一个八竿子打不着的词条——"杨叶"。

倪豪看不懂,摊手笑道:"哥,你别闹。他俩根本就不认识好吗。沾不上边儿都。"

老孙则扶了把眼镜,道:"很有可能。既然杜大少不懂建筑这个行业,他又想进来踏一脚。那他肯定会收购这个行业里最有前景,然后老大又足够专业的初创公司。杨叶是从精益脱模脱出去的,也算是和神武沾亲带故。"

"他们联系上是早晚的事。"

杜明堂点头,收起笔,继续对着白板参详。

"我听说杨叶的公司,现在经营状态不太好,主要是资金链的事儿。他家底不厚,前期烧钱太厉害。后期的投资很难拉,就算是拉到了,但钱到账也有个周期,现金流紧张是肯定的!"倪豪补充。

"那有没有办法,什么人到我大哥面前再扇一把火,让他早点收购杨叶的阳溢建设?"杜明堂问。

"他是你哥,你去说呗!"倪豪的脑子,是可有可无。

比如现在,就无。

下一秒,他又有了,扇了自己一嘴巴:"越是你说,他越不信!"

"这个人选很重要。"老孙提醒。

杜明堂一时想不到人,这个问题先搁置。

他们进入了对下一步计划的演习讨论。

"SPACE招标就在后天。憬悟的方案你们都看过了,就选'长信宫灯'。"杜明堂做事极其谨慎。

他喜欢万无一失，不能接受百密一疏。

"是！外观是简化了的长信宫灯，内部是走马灯装置，整体方案和标书锁在保险箱里。不等招标结束，绝对不拿出来。"

有什么样的老板，就有什么样的下属。

同样地，老孙做事也滴水不漏。

"另外，按您交代的，这个建筑专利，我上周就申请好了，相关的专利论文我也找了香港的网站发了英文版本。"

"哎哟！哥，你搞那么复杂干吗？直接拿着方案，招标那天去干死他们不就完了？"

倪豪有些无法理解杜明堂的计划。明明特别简单的事，他却要舍近求远绕远路。以他哥杜明堂的建筑才华，秒杀精益和外面那些乌合之众一样的建筑师，不是分分钟的事。在任何比赛中，职业选手都会狠狠惩罚每一个自以为是的业余玩家。但杜明堂就是不同意，让憬悟直接去竞标，这么好的一个方案还要藏着捂着。

搞啥无间道呢。

杜明堂白了他一眼，让他闭嘴。老孙则觉得，倪豪听不懂也不失为一件好事，因为这个计划还是越少人知道越好。现在三个人，已经属实有点太多了。他手握憬悟的原始股份，杜明堂是老板。杜明堂可以相信自己的兄弟，但是他老孙不能。

于是，老孙敏感地先用言语弹压倪豪，而后迅速岔开话题："你哥这么做，自己有你哥的道理。你不需要懂，只需要听话，管住自己的嘴，就是帮你哥了。事成之后，你哥答应给你5%的憬悟股份，你就等着发财吧。"

"5%？"倪豪惊得嘴都合不上了，"这么多？！"

就算是憬悟建设只值一个亿的市值，那么"个、十、百、千、万"，倪豪掰着手指计算位数，他也即将成为百万富翁。

为了这些马内，他也得把嘴给闭牢了。更何况杜明堂这个人，对自己人是真的好，这些年一点都没亏待过倪豪。现在就是让倪豪冲在前面替他挡子弹，他都认！但最好是不要死，毕竟即将有那么多的钱，等着给他花。世间少有的好老板。好兄弟。

"下个月，公司加一个人。"杜明堂冷静地说道。

"还有人来分钱？？？"倪豪嘴巴大，还贼快。

47

明堂瞪了他一眼，对老孙："秦昌盛来了之后，给他憬悟的副总裁名头。"
"这老狐狸你钓他来干吗？"倪豪继续大惊小怪。
杜明堂懒得理他："有用！"
然后他便起身回了精益。憬悟这里，他确实不能待得太久。
到了精益，杜明堂路过路佳的办公室。
隔着落地玻璃和稀松的百叶窗，他看见她正埋头孤独地默默准备着方案。杜明堂抬起那块被路佳揶揄过的百达翡丽。时间是：北京时间 20:58。他轻微叹气，驻足了一秒，蹙起的眉头里满是心疼和各种复杂的情绪。但很快，他立刻收敛起所有闲思乱绪，眼神清冷如常，面容平缓，坚定地大踏步背离了那盏灯光，往自己的办公室走去……路佳在办公室里，又最后检查了一遍封面印有招标单位精益建设的市中心 0724 号地的招标方案。在确认这是一本标准版的建筑招标书后，便起身打开自己办公室的保险箱，将它锁了进去。这本标书的封面，几乎和她家里保险箱里那本，一模一样。唯一不同的是，那本标书的招标抬头是"精心建设"。

……

杜明心真的去找了金银银。金银银十分热情，在别墅实地培训了杜明心一天，给她毫无保留地传授了自己的终极情商课。其实杜明心挺聪明的，只是以前没有人诚恳地教过她这套丛林法则里的生存逻辑。金银银稍稍点拨，杜明心逐渐就转圜过来了。过去，因为成长环境优越，导致她认为，这个世界上的，全是好人，碰到一个坏人，算她倒霉。现在，金银银让她要先想通的第一条，就是将这套思维反转：先预设所有人都是坏人，然后再在相处过程中筛选出真正的对自己好的人。杜明心一开始觉得这道题很难。

金银银对她说："你觉得你哥嫂跟你有血缘，是亲戚，便天然的是好人。所以你和他们的相处方式，就是对亲人的撒娇和直来直去毫不保留的付出。你现在试着想想，你们家那么大的家业，谁更优秀，谁就能分到你爸更多的财产。你和另外几位姊妹，本来就是天然的竞争关系。和竞争对手应该怎么相处？"

话都说到这份儿上了，杜明心还有什么不明白的呢。

她非要认下金银银当姐姐，两人推托僵持不下之时，正好路佳进来了。

三人在别墅撞了个正着，都很讶异。

"你怎么在这儿？"

"你怎么在这儿？"

杜明心和路佳同时脱口而出这句话。

唯有金银银，很淡定地又去泡了一杯洛神花茶。

"嫂子，你还记得我爱喝洛神花？"路佳放下包，对金银银感激一笑。

金银银纠正她："是前嫂子啦。"

转头，她又对杜明心："如果脑容量够用，尽量记得每一个人的喜好。没有人是不喜欢投其所好的，尤其是男人。"

杜明心心服口服地虔诚点头，脑海里思索着亲爹杜康生的喜好，心事重重地离去。

"你俩……？"

杜明心走后，路佳不解地比画了一下金银银和她的关系。潜台词是，你俩怎么搭上了？

金银银如实相告："还不是老杨，说小姑娘不懂事，非让我教教人家。搞得我都挺不好意思的，你说人家一大家闺秀白富美，我一个十八线城市来的中年妇女，能教人什么？"

"嫂子您谦虚了。"路佳恭维一笑。

而后，她敛起说笑的神色，郑重询问起金银银："嫂子，我今天来是想问，杨叶他……"

"杨叶他现在挺难的。"

不用路佳开口，金银银就能望闻问切说出她的心思。在这世界上，真正关心杨叶的，除了她金银银，就是路佳。路佳肯定是最近听到了阳溢的风声，过来跟她求证的。路佳叹了口气，仍觉得有些不可思议。她了解创业艰难，却未曾想到这么难。以杨叶的手段，竟然一两个月便到了捉襟见肘的地步。可见这创业比登天还难。

"所有的房产都抵押出去了。包括这间别墅。"

金银银给路佳斟了点茶，心平气和道。

"嫂子，你心里不着急吗？"

金银银看起来反倒是比路佳还气定神闲些。

"要是杨叶亏了，那你怎么办？你们的孩子怎么办？！我听说乐乐现在上的高中，补习费不便宜；而且以后申请国外的大学，也是一笔很大的开销。"

"焦虑有啥用。"金银银莞尔一笑,"我相信老杨。"

路佳真是搞不懂这前两口子。杨叶和金银银之间,建立起来的100%的信任,几乎超越了100%的夫妻。他俩不像夫妻,更像是盟友。一路同行,共同面对着生活这头洪水猛兽的盟友。路佳也相信杨叶会成功。在这世上能成功的有两种人:一种是,天生的自信,天生的成功;另一种是,不成功,毋宁死,被生活严刑拷打到遍体鳞伤,也不放弃要胜天半子。杨叶就是第二种人。路佳若有所思地端起茶杯,纵然如此,商海诡谲,她心底是真的很担心杨叶。

金银银突然又开了个口,却一秒转移了话题:"路佳啊,我听老杨说,你正式离婚了?"

"咳咳。"路佳呛茶,讶异地抬起头,回答,"是啊。"

她心想,老杨这都和你说?

这才几天啊。

"那你有没有想过……"金银银试探性地问。

"没想过!"

路佳坚定果断地掐断话头。她知道金银银要问什么,无非就是问她和杨叶纠缠了这么多年,还有没有可能在一起,是否考虑往前走一步?襄王有意,神女无情。这金银银早就看出来了。她今天这么问,无非是想拿话头激路佳。

"你不会是因为老杨现在生意还没起色,资产又都抵押出去了,就……"

眼看着"嫌贫爱富"的帽子就要扣下,路佳搁下茶杯,很认真地告诉金银银,也希望她回头能将这些话转述给杨叶:

"嫂子,杨叶是我生命中很重要的人。无论他是资产过亿,还是身无分文,都不会改变和动摇他在我心里的地位。"

顿了顿,路佳继续说。

"但他在我心里的地位,也就止步于此了。"

"嗯。"

金银银笃定地点了点头。

果然和她猜测的一样,这两人这辈子注定了是有缘无分。

男人对初恋,终生都有着放不下的情愫和执念;

而女人,多半拿初恋,当成是人生的第一课,过了也就过了。

杨叶这个忙,金银银是帮不上了。

"嫂子，您就一点都不吃醋吗？"

路佳一直不解，她望着门口，也就是刚才杜明心离开的方向，道出了自己内心深处多年来深埋的一个疑惑。杨叶把所有女人能处理的问题，和所有女人的问题，前半生都抛给了金银银。可是，他是否也顾忌过，在那么多仰慕他的女人中，也有金银银这么一位。路佳觉得，爱是不能分享的。感情里的大度，多半是以退为进的伪装。金银银还是那样从容淡定地笑。杨叶总夸金银银情商高，但路佳每次觉得和她相处，又总能感受到她的真诚。高手过招，真诚必杀。

金银银对路佳道："说不吃醋是假的，但那都是很多年前的事了。路佳，这辈子你真心爱过一个人吗？当你真真正正爱一个人的时候，你就会不自觉地去观察他的行为举止，他的生活习惯，他的处事逻辑。一开始是揣摩，是迎合。日子久了，你就会慢慢开始不自觉地用他的方式思考问题，尊重他的感受，就像是尊重自己的感受一样。你和他，逐渐合二为一。"

路佳又低头抿茶，大部分的富豪老婆都是这么想，这不稀奇。

"但杨叶给我最大的感受，和其他人是不一样的，就是婚内他对我的尊重。他让我觉得自己特别——"金银银卡顿了一下，继续娓娓道，"特别'贵'！"

路佳怔了怔，觉得这观点清奇，于是放下茶杯。

"路佳，你是知道的。我就是一个县城来的，高职学历。虽说家里在镇上有点小钱，可那点家底，放到魔都，买个内环内的厕所都不够。"金银银说，"但杨叶不同，他和你一样，名牌大学毕业，还是研究生。他长得也帅，又有能力。我不怪外面那些女人喜欢他，因为我也是看一眼就喜欢上了！"

原来，金银银心里一直对她和杨叶的差距门清儿。

"但路佳，你知道吗？我和杨叶在一起，他却从来没有打压过我的条件，一次都没有。他总夸我，夸我家务干得好，孩子带得好，情商高，会理财。我来到魔都，每买一条裙子、一双鞋，回来他总会注意到，并且赞美我半天，说我眼光好，说我爱进步，逐渐融入大都市，越来越贵妇。他从来就没有觉得我配不上他，所以我更加要好好努力，让自己配得上他。"

原来，真正配得上一个人，就是从心底觉得自己配得上他。路佳望着金银银，替她高兴，她真的做到了。有人被夸着长大，但遇到坏男人后就被疯狂打压，比如路佳。有人平平淡淡地长大，但嫁了人之后却被捧成了掌中花，比如金银银。

"那你俩为什么要离婚呢？"路佳半开玩笑道，"总不会是创业前，为了转移资产吧？"

金银银一笑："你还是觉得杨叶鸡贼是不是？"

路佳看破不戳破，这个死杨叶，真这样骚操作，也完全合理！

八面玲珑长袖善舞的杨总，人设永不崩塌！

"当然不是了。"金银银反驳她，"你觉得以杨叶现在的格局，会使这种小心思吗？是我。离婚是我主动提的。杨叶对我好，是因为他人好，并不是因为我'特殊'。我想他幸福。当然，我也要幸福，因为只有我幸福了，他才会真正幸福。"

这里的他当然是指杨叶。

"这辈子，我被人温柔对待过，但我也想找到我的'特殊'。虽然我和老杨离婚了，但是，路佳，我还是恳求你，不管以后如何，在事业上，你永远不要站到老杨的对立面上。"

话说到如此，路佳带着极其复杂的心情离开了别墅。

她无法承诺什么，但就像她对金银银开诚布公的那样：这辈子，杨叶，始终是她生命中很重要的存在。

……

夜晚。

杜明堂窝在自己的房间里。

点燃一盏海洋香薰蜡烛，默默拿出一大纸箱的北欧木积木，他盘腿坐在波斯地毯上，开始搭模型玩儿。

这是心思深沉的杜明堂，释放疗愈自己的途径。

一层、两层、三层……

突然，杜明堂心烦意乱地，将搭成的成果，反手打掉！

原来杜康生要的是"控制"，谜题揭晓后，杜明堂觉得可笑又可悲。他突然恍然大悟了，为什么每次去精神病房，他亲妈总是抱着散乱的头发，嘴里一直反复喃喃着：都行！好的！全听你的！一百遍的重复。解了多年的谜题，答案竟然这么简单。这有点让杜明堂接受不了。他本以为，自己的亲爹坐上了百亿总裁的位置，灵魂需求会和别人有任何不同。没想到庸俗地困于马斯洛需求理论。"控制"的反面是"失控"。杜明堂坐在摇曳烛光中，望着散落一地的凌乱积木，手扶额头，脸色逐渐恢复了平静冷冽。

荔枝上火，但荔枝皮却去火；鸭梨寒凉，但梨皮却性温。所有的剧毒，五步之内，必有解毒之法，这便是大自然相生相克的规律。杜康生才是杜明堂升级打怪的终极 BOSS。

想赢这一题，杜明堂隐忍地准备了快 20 年，今天他才逐渐摸索出了破解之法……

"明堂！明堂！"

杜明心又是没有礼貌地破门而入，打断了杜明堂的思绪。

他若无其事地像什么都没有发生，去捡地上一块块的积木。

"明堂，我和你说，这个杨叶人真的太好了！你从哪儿给我找了这么个神仙公司上班？杨叶真的和我以前接触到的那些人都不一样，他太有人格魅力了……"

杜明心的这些花痴的话，往日里就像穿堂风，从杜明堂的左耳朵进，右耳朵出。但此时此刻，他捡起最后一块积木，脑海里似乎又捡起了一片计划拼图。

他抬眸，望着姐姐，有了想法。

明堂微微一笑，抱起那盒子积木，装作随口道："杨叶人是不错啊！不然我也不会介绍你去他那了。所以你不用和我说杨叶多厉害，你要真有空，可以去说给别人听。"

"其他人谁关心杨叶啊？"杜明心一挥手里的手提包，脱口而出。

杜明堂经过她，嘴角浮出一丝意味深长的笑。

杜明堂走后，杜明心咀嚼着这句话，突然又联想起下午金银银教她的话：敌人的敌人就是朋友，而朋友的敌人就是敌人；有时候夸一个人，不是为了让当事人受用，也可以是为了让他的对手不爽。这也是一种说话之道。

杜明心品了品这句话，内心略有醒悟，不再缠着明堂，而是冷静下来，转身回了自己房间。

她也有一个计划，她要回杜家，重新做回那个众星捧月的"杜小姐"。

再下一天就是 SPACE 项目的正式招标了。路佳说心里不紧张，那是假的。于是，她把钟明理约出来吃午饭，聊天放松心情。两人约在一家日料店，路佳专门订了个包厢，请钟明理。

"这顿说什么都不能让你请我。"

钟明理放下包，刚弯腰坐下，就跟路佳表态。

"为什么？"路佳以为她客气，调侃，"我看起来是快破产了吗？请钟大律师一顿饭都请不起？"

钟明理用力摇了摇手，急急抿了口大麦茶，道："你的事儿，杨叶可说我了哈。昨天他见到我，冷嘲热讽地问我：哎呀，那个路佳离婚了你知道吧？可能你出的力，我看不见吧。但我相信你肯定尽力啦！"

钟明理把杨叶的阴阳怪气学得绘声绘色，很肯定地说："就这个调调。"

路佳"扑哧"一声笑了！她绝对信，钟明理连杨叶的微表情都学神了。

"你管他。"路佳安慰明理，"他那个人……就那样吧。"

今天，路佳实在不想把时间花在杨叶身上。

她离婚的事，钟明理也不是没出力。比如最后举报陆之岸，钟明理千叮咛万嘱咐，一定要实名举报。因为现在但凡举报，实名制都是第一时间受理，如果是造谣诬陷的话，法律会追责。所以，学校领导也知道，一旦实名举报，百分之八九十是真的。何况路佳还提供了十成十的证据。

"后来你前夫没找你麻烦吧？"

钟明理夹了块橘黄色的三文鱼问。

前夫？！

哦，对！

路佳突然想起来，自己隐约好像是有个前夫来着！可奇怪的是，为什么人人都担心那个前夫来找自己麻烦？自己真的有那么多麻烦可找吗？陆之岸因为抄袭，现在已经被学校开除，臭名昭著，失业了。如果是路佳，当务之急，不是应该改行找工作吗？哪有那么多闲心，来搞打击报复。

"你怎么不说话啊？这个问题需要想很久吗？"钟明理边吃边问。

路佳实在很不好意思地告诉她："我最近还真没想起这个人来，外头家里都是一堆事儿。"

说着，路佳就展开了她的吐槽模式，也算是解压吧。

"精益的烂摊子就不说了，到处暗流涌动，明天就是SPACE项目招标了，我心里都紧张死了！"

"杜明堂的公司，你那么入戏干什么？"

钟明理无情戳破了全天下打工仔的压力肥皂泡。

"你就是个建筑师，工作换工资。没必要把公司的兴旺衰败背在肩上吧？"

钟明理当然知道，路佳心里更烦恼的是老靳那头的"无间道"。但原理一样啊！路佳就是个出来混饭的，她既不需要跟杜明堂交代，也不需要跟老靳交代。谁赢，她就接着跟谁混，有啥可杞人忧天的？

"哦，对了！"

聊到这里，钟明理突然搁下筷子，想起一个很重要的点，提醒路佳。

"你上次问过我27%股权的事，当时我觉得太巧了。回去以后，我想了一下，其实也不用那么担心。"

"怎么说？"路佳也搁下筷子，专心请教。

"从这点上说，老靳可能真的是把你当成是自己人。因为老靳如果想绝对控制精心建设，只需要持股67%，他让你拿剩下的那27%，可能就是放心你会一直听他的话。"

"这样的吗……"

钟明理给出的解释合情合理，但是路佳的第六感还是隐隐约约觉得哪里不对。

"那老靳有没有可能收回那27%？"她警惕地询问。

"如果你们之间没有签署其他协议，比如对赌协议之类的话，那么只要你不触犯法律，不出卖公司的利益，他一般很难有理由收回。"明理答。

"哦。"路佳略略松了口气，点了点头。

两人低头吃菜。

"嗯嗯。阿姨最近身体还好吧？你到现在还没让她知道，你已经知道她病情的事？"

难得聊聊天，钟明理问起了路佳的家事。

"还行吧，就那样。演得挺辛苦的，我都快成奥斯卡影后了。"

路佳的脸上浮起一丝愁，随后她悄悄告诉钟明理，"我跟你说，明理。我最近发现我妈偷偷在服药了。我也不能拆穿她，好想把她的那些药都换成进口的！"

"别！你可千万别！"

钟明理嘴里的饭团都没咽下去，就急急捂嘴拦住路佳。

"其实癌症到了一定阶段，进口药和其他药，效果差不多，无非就是一个副作用小点，一个副作用大点。又不是说，用进口药，就能根治癌症。你现在要是帮她强行换药,不就等于官宣,你知道她得癌的事了嘛。你让老人家以后怎么自处?这都说治得了病,治不了命。你现在没有十成的把握,可别随便瞎折腾。"

路佳当然知道明理说的有道理,可感情上,她就是想多尽一份孝心。

"你还是提供点阿姨真正需要的吧。"

钟明理摇了摇头,重新拾起筷子。

路佳苦笑,她想起她妈真正需要的,于是试探性地问了钟明理一句:"不说这了。你最近和我弟发展得怎么样了?我听说,他在追你啊?"

"嗨,别提了!"

钟明理倒是大大方方。

"你弟不断地跟我吹嘘他身体好!"

说着,钟明理不好意思地抬眼眸瞟了对面的路佳一眼,绯红着脸,开启了"难以启齿"的控诉。

"于是啊,他周一带我打网球;周二带我去射箭;周三带我 KTV;周四带我剧本杀;周五带我羽毛球;周六带我去爬山!连最后一天礼拜天都不放过我,你猜怎么着,他带我去护城河划皮划艇!"

"噗!——"路佳听了,直接笑到喷饭!

上一秒还愁云惨淡,也不妨碍她这一刻没绷住!都怪钟明理吐槽吐得太生动了!这不就是她那个"不成器"的弟弟的日常嘛。

"乖乖,路佳,你是不知道我要不是长期健身,就这几个礼拜的折腾,我能散架。"

"行行行,回头我说说他!"

路佳赶紧给钟明理夹了一只牡丹虾,算是替家弟赔罪。

钟明理剥虾的时候,路佳盯着她手上那只明晃晃的手镯,好奇地问道:"你这镯子挺好看的!是很新潮的款式!最近刚买的?"

"你弟送的。"

钟明理吐出虾壳,自然而然地说。

"要一万多块!"

"啊——!是嘛。"

路佳承认她这个当姐姐的酸了。

这臭小子!什么时候给自己买过这么贵重的礼物?!气死老姐也。不过也看得出来，他是真的喜欢钟明理无疑了。

"路野保研了，你知道吗？"

"我不知道啊！"路佳瞪大了眼睛！

保研？！

什么时候的事？！啥时候申请的？结果又是啥时候下来的？路佳这时候才回过神儿来。原来天上只一日，地上已千年。她焦头烂额的日子里，日月轮转，其他人还是在按部就班地过着自己的日子。确实是，她平时对路野的关心完全不够！

"他保去西安交大医学院了。"

"什么？"

路佳嘴巴张了又张，怀疑自己耳朵没听错吧！

西安交大是好学校。但路野本地读得好好的，去什么西安啊？难怪今天早上路野在睡懒觉没起来，路妈像有什么事儿急着跟她商量似的。路佳忙着送小鲁班出门上学，一句"晚上再说"，就把她妈的话头给堵了回去。

现在想起来，她真是有点悔不迭。

"那你是怎么想的？"路佳赶紧不放心地追问钟明理，"我弟要是去西安了，你俩还处吗？"

钟明理是魔都本地人，从出生，再到幼儿园到大学到研究生，她都是在本地读的。

可以说，钟明理这辈子就算是出差、旅游，也绝没有离开过魔都超过一个月。

"我也不知道啊。"钟明理有些顾虑，"我的家，我的事业都在这里。西安，对我来说太遥远了。走一步看一步吧。"

"嗯，也好。"

路佳没有再做任何的强求。

第一，她没有身份强求。

第二，她不喜欢强求任何人为了任何人委曲求全，去过自己不想过的生活。

如果钟明理不能去西安，那大概率她和路野处不下去是必然。

如果真是那样的话，她俩还可以继续做好闺蜜。一码归一码。

嗞——嗞——

路佳的手机突然振了。是工作电话。她随手接起。

"什么?!"

听完下属的叙述,路佳控制不住地大叫起来。

"你说的是真的?!"

面对突发状况,路佳第一时间向对方求证真假。

"是的。神武建材现在已经乱成一锅粥了,王总今天早上也没来公司!"下属语速急促,"我听说,神武建材有员工直接打起来了!动静闹得挺大,神武系好多小群里都在吃瓜!"

"好,我知道了。"

"什么事?"钟明理望着路佳的神情有些担心,关切地问。

"怎么偏偏在这时候。"路佳烦心,如实相告,"神武建材好像因为内部人事问题闹起来了,现在公司全乱了。王强也回去了。"

钟明理宽慰:"神武建材乱,让它乱去呗。跟精益建设又没关系的咯!"

"我是担心明天的招标。"

紧张的路佳,为了确保万无一失,当然不希望在任何环节意外掉链子,更不希望节外生枝。就像她始终不放心老靳承诺的那27%一样,她隐隐觉得,神武建材挑在这个节骨眼儿上出事,多多少少有点冲着明天的招标来的意思。神武建材和精益建设都是神武的子公司,王强还一肩挑着两家公司的总裁。虽说是神武建材内部的人事问题,但只要涉及王强,就勾连着精益建设。不过这样也好,说不定路佳到时候可以把自己的锅甩得更加干净!杜明堂叫她做的就是个"屎方案"!但就是"屎方案",那也是路佳亲自经手的不是,她择不干净的。

如果神武建材闹得太过分,连带着精益建设的名誉受损,那她倒是可以甩锅连带名誉受损的。这么想,路佳又觉得这是件好事。

路佳吃完午饭回到精益。精益已经乱成一锅粥了。各种小道消息漫天飞!比之前老靳跑路还离谱。

"怎么个事儿?"

路佳也不想去一个一个地扒群,干脆来了招擒贼先擒王,直接冲到杜明堂的办公室里跷脚坐下。

因为之前的事,路佳最近一直对杜明堂淡淡的。

杜明堂丝毫没有思想准备，她今天会主动上门。

"哟，连路总都惊动了？"

杜明堂还想顾左右而言他。

路佳直接拿食指敲了敲桌子，警告："到底什么事？"

"嗨。"杜明堂无所谓地笑笑，从座位上站起身，"王总原来的建材公司出事儿了。他不是来精益了么？他小舅子不是副总嘛，主持大局。结果忽悠了60多个同事集体跳槽，等那60个人真辞职了，王总的小舅子却失踪了。"

"就这么简单？"

路佳不信。

"还能怎么复杂啊？哦，对了，正好前阵子税务局不是正查他们建材公司的么？好像就这一两天找到点证据。"杜明堂补充。

路佳扑棱着一双质疑的眼睛，望着杜明堂。

她是有脑子的，立刻问道："杜明堂。60个人，集体辞职？在没有任何书面合同的保障下？就这么100%地相信副总的承诺？你当我三岁小孩儿？"

杜明堂被她怼得一愣，他没想到路佳的反应这么快。

尴尬之下，他只得笑道："这不……一切皆有可能嘛。"

好在，路佳没有在这个点上和他做过多的纠结，她本来也不是真心关心神武系。

路佳道："你们神武系的狗血事儿，你们自己解决！我来就是问你一声，明天SPACE的招标不受影响吧？"

"不受影响啊。"杜明堂恢复了神色，轻描淡写道，"受啥影响？是王强倒了，又不是精益倒了，招标继续呗。换总裁，换设计师，这地球离了谁不转？"

"这地球离了谁不转，可是你说的。"路佳斜着一双水汪汪的眸子，睨了杜明堂一眼。杜明堂本来今天心情挺舒畅的，在王强的事情上打了个漂亮的翻身仗。这是他掀翻神武的第一步。可路佳接下来的操作，却一下子让他燃起的热情斗志，折损了半截。

"啪！"

路佳将两份材料，随手甩在了杜明堂的桌上。

不等他细看，路佳便按原计划，朗声说道："一份是SPACE的标书，

59

我按杜总的要求准备好了；另一份，是我的辞职信。"

杜明堂满脸的莫名，两份材料来回叠，根本就没心思细看。

"辞职？为什么？"他问。

"地球离了谁都转，杜总，我不干了。"她以子之矛攻子之盾。

路佳想起钟明理的那段至理名言：都是出来打工的，不需要跟任何人交代，只需要站在赢者的那一边。路佳眼中的赢，就是自己的方案中标，自己的建筑理想得以施展。路佳不解释，起身就要告辞。杜明堂一心急，一把拉破了路佳的袖子。下一秒，他眸子一沉，用路佳自打认识他，就从未见过的阴鸷反问："路佳，精益没有亏待过你吧？"路佳低头瞄了眼破损的真丝袖口，也有点被惊到。气场一下子轮转过来。她怵多愁善堂的眼光，最后还是抿唇摇了摇头："没有。"虽然这时候路佳来谈离职，是做过充分的心理建设的。但也不知道为什么，她的坚定，却只在杜明堂露出真实面目的那一秒，就消解在他眼球里的碧海寒潭里。这样的杜明堂，真的好陌生。这是一种毒。

两人僵持了几秒，最终还是杜明堂后发制人地从容一松手。

只见他直起身，重新拿起桌上的两份文件。

他面色如水，淡淡一笑："行，标书和辞职信我都收到了。谢谢你为精益的付出，去人事那里办手续吧。"

这回换信誓旦旦的路佳愣了，她本以为，在投标前夕提辞职，是将了杜明堂一军。却没想，他放手得如此爽快。仿佛之前的求贤若渴和对自己的重视全部都是装出来的。这一秒，路佳困惑了。连同杜明堂那看起来对她若有似无的好感。见路佳有一丝纠结犹豫，杜明堂抛下手里的文件，最后奉送了她一句实话："反正今天王强这事儿一出，要走的又不是你一个。"路佳垂头思忖了一下，她的判断是对的，破鼓万人捶，王强现在就是最好的背锅侠。

她还是赶紧溜吧。

合上杜明堂办公室的门，路佳盯着锁孔，又回忆起方才杜明堂的眼眸。算了，从此以后，她和这里就没关系了，又何必多愁善感呢。辞职这一步，是她重新搭上老靳的那一刻就想好的。天时地利人和，未承想竟然顺利到这般程度。再想想杜明堂让她用人工智能出的那个"怪物手稿"，路佳又巴不得像甩鼻涕一样，将目前精益的一切甩掉，离开这个是非之地。下午路佳的离职流程走得特别快。可能是杜明堂打了招呼。待她抱着一个纸箱，从精益大楼里出来的时候，蓦然回首，竟然只有落霞漫天，甚至灯火少了暮色的陪

60

衬，都不显得那般光明璀璨。想起之前的精益大楼，路佳似乎也只记得它灯火通明的样子。因为每每也只有更深露重，繁星露眼的时候，才是路佳下班回家的点。其实在老靳跑路的时候，精益就盛传，说路佳会离职，因为一朝天子一朝臣。

后来，杜明堂对路佳不错，又有谣传说路佳很有手段能搞定各路老板。

路佳不知道，自己今天的辞职，明天江湖上又会流传自己怎样的传说，都不重要了。

因为这一天，她是真的离开精益了。这个自己工作了快10年的地方。路佳今天的心情，有兴奋，有迟疑，有不舍，更多的是一种不安。虽然钟明理一再安慰路佳，老靳的操作没有任何恶意。但她的第六感总隐隐觉得事情没有那么简单。加之杜明堂今天异常的态度，如同冰山出现在北回归线以内的冷绝。越发让抱着纸箱子的她内心忐忑不安。加之，明天投标的压力，路佳突然觉得自己有些低血糖，身边人影幽幽，她在路边不自觉地蹲了下来。杜明堂站在精益建设的顶楼，将这一切尽收眼底。此时的路佳，渺小得就像是路边的蚂蚁，不仔细辨认，根本看不出来是她。蹲了一会儿，路佳收拾起心情，坚强地开始往前走。她可以在任何时候倒下，但绝对不能是现在——SPACE招标的前一晚。还有万里路要行。当夜，路佳脑海里盘旋着各路想法。那些谜团一个一个交错着，在黑夜里打着各种死结。

……

同样的夜晚。路佳打着死结。陆家也打着死结。

"家门不幸！怎么摊上这样的女人，把儿子弄得来稳定工作也丢了，名声现在一塌糊涂！"

自从陆之岸被路佳举报之后，陆家人每天的晚饭辰光，就只剩下对路佳那个"蛇蝎毒妇"的吐槽。

今天又是陆母先启开话题："这个女人哦，真的是心狠！再怎么，好歹我家儿子也是她小孩的爸爸。她怎么下得去狠手哦！也不为自己小孩的未来想想。"

"就是说啊！她要是不举报我们岸岸，好歹小鲁班的亲爹还是大学教授！"

陆之岸的姑姑区分不出教授和讲师，但只要是说前侄媳妇的坏话，她全部积极参与。

"现在好了，啥都没了！"

陆之岸的姑姑嗦着筷子啧啧吐槽，丝毫不顾及坐在桌上阴郁沉闷的陆之岸。

失去体面工作的陆之岸，又没有一技之长，彻底地颓了。

见儿子一副蔫儿样，像霜打了茄子，要脸面的陆父越发气不打一处来！

他气哼哼地敲了敲陆之岸的碗。

"哐哐哐。"

"不要光顾着吃！"

陆之岸抬头，他就狠狠逼迫道："我说你，不要成天臊眉耷眼地在家给我们看。你自己那个前老婆，把我们家害成现在这副样子，你就这么便宜了她？"

"那我有什么办法？"

陆之岸也很烦躁。毕竟路佳举报他的材料都是证据确凿。事情是他自己做下的，想翻案也翻不了。黑的不能变白，老母鸡也不能变鸭。陆之岸无所事事在家的这段日子，每天都是相当憋闷。但憋闷归憋闷，他的憋闷是路佳为什么要举报他。加上陆家三老的不断拱火儿，他压根就没有时间沉下心来反省自己为什么会走到这一步。所有的错都是路佳的。他没有错，有错也是路佳逼的。更何况路佳还让他净身出户。陆之岸现在和陆家其他人一样，恨死路佳，恨不能喝她的血吃她的肉。

"你这副样子有什么用？"陆母看儿子心疼，于是更恨始作俑者，"你也该让让你难受的人难受难受！"

"就是！不能就这么便宜了那个路佳，她这么嚣张，还以为我们老陆家没人了呢！"

"这要是以前，我花再多钱，也要叫这个女人沉黄浦江！"

"就是！当年她个大龄剩女，又是外地的，要不是我们家岸岸收留她，她到现在还是没人要的老姑娘呢！现在倒好，农夫与蛇。她有房有钱有儿子了，反而把我们家岸岸给坑了，说什么我都咽不下这口气！"

"啥学术抄袭？！这学术么，本来就是我抄抄你，你抄抄我。不然怎么叫天下文章一大抄呢？这女人就是处心积虑，祸害我家岸岸！别让我逮到机会，逮到机会，我也要让她尝尝滋味。"

陆家人你一言我一语，终于把陆之岸心底的愤怒给拱上来了。

只听他"啪！"一声，拍下筷子，终于"硬气"了一回："行了！你们别说了！我也早想报复这个女人了！明天她有个重要的招标，我反正闲着没事儿，准备去路上堵她。之前一直下不了决心，就是拉不下我这张脸！"

说着，陆之岸赌气用力拍了拍自己的脸颊！

这一掌，也拍碎了他作为知识分子的最后一点面子。

望着他脸上的红印，陆母护犊子地第一个站起来："她都做得出，你有什么拉不下脸的，明天是吧？我和你去！"

陆家姑姑看热闹不嫌事大，跟着兴起："明天我也去，谁怕谁啊，我叫上我家那位，吃好饭就去打印店做横幅！"

陆父一开始还犹豫，觉得这么做不一定有用。但实在咽不下儿子丢工作这口恶气，陆家姑姑既然连横幅都拉得出，那他也去给儿子助助胆子。他对前儿媳是真恨，咬牙切齿地恨。以前路佳和陆之岸没离婚前，路佳每个月给他们二老3000块零用钱，陆父喜欢钓鱼，钓具都是路佳给买。对于这些，陆父习以为常了小十年。最近，突然收走，他仿佛就忘了这一切本来就是路佳有孝心才给的，反而觉得是路佳夺走了他原有的这一切。

怎么能不恨呢？

"横幅就做：恶毒女人连老公都坑，谁敢跟她合作？"

"对对！做两条。另一条：有钱就变坏，路佳抛夫弃子！"

陆母和陆家姑姑商量得有来有去。陆之岸渐渐地也安静下来，反正他现在已经是一无所有了，还顾忌什么呢？身边人看他笑话看得还少么？路佳既然这半年来这么看重这次招标，那么让她丢丢脸也是好的！

陆之岸下定决心，重新拾起筷子，吃饭！

明天可是个大日子。

对谁都是。

入夜。

路佳孤独地躺在床上翻来覆去地睡不着。有一双熟悉的眼睛始终在她面前晃。那双眼睛，有带她和小鲁班一起去游乐场那天的真诚温柔，也有下午收到辞职信时眼底划过的阴鸷冷漠。那双眼睛，就像一个黑洞，分分秒秒，将路佳不自觉地深深吸引进去。路佳实在受不了这种折磨，索性从床上起来，赤脚走进书房。

她打开保险箱，拿出里面的招标方案又翻了翻，才略微定了定心。

"老靳是因为相信你，才把那27%交给你。"

钟л理的话，再次在路佳耳边响起。她的话，和老靳的过往，还有杜明堂那双深不见底的眼睛，交织回旋，几乎占满了路佳所有的脑空间。路佳内心仅剩的最后一点空间，则留给了杨叶。她又有些担心杨叶，明天他也参加投标，要是他没中，那么对于阳溢建设无疑是雪上加霜。没有优质项目，杨叶纵然巧舌如簧，也无法凭空捏造故事赚钱。资方不傻。他肯定不会中的。路佳心底笃定，杨叶最近一直在拉投资，而且他那个智能制造的想法，也并不十分出彩。他的心思不在设计上，越来越像老靳——一个纯粹的商人。金银银手上已经没有更多的资产给他劈柴烧了。心烦意乱间，书房里，路佳又看见了那盏游乐场带回来的走马灯。她轻轻捻起，下意识地"啪嗒"一声打开开关。房间里一瞬间就晶莹剔透起来。空间仿佛被点燃。光影回旋，琉璃闪烁，宛如梦境。

这抹绚烂，将路佳从凡尘俗世中解脱出来。她痴痴盯着寂静深夜里的一切，如置身万花筒。原来环境，真的能解脱一个人的内心。一瞬的抽离，仿佛时光流转到游乐场那天，路佳的表情也逐渐变得轻松明媚。这一切太美太静谧。每一个幻影投射在白墙上，都像是真的车水马龙。谁说建筑是凝固的音乐？一盏走马灯转起，建筑就是音乐，就是戏曲，就是华丽的故事本身，就是诡谲明媚的人生。不知不觉间，路佳手握那盏走马灯，迷迷瞪瞪地在书房沉沉睡去……

"姐！你好了吗？粥给你盛好了！"

路野在餐厅边盛粥，边冲外面喊。

"姐！你今天不是要投标吗？快点儿出来。"面对路野的催促，路佳在卫生间里置若罔闻。她默默对着镜面，拿起粉扑对着脸拍了又拍。倒不是臭美，而是她一早起来，依旧是心神不宁，左眼睛一直跳啊跳的，仿佛有什么事要发生。路佳忐忑地出来，把眼睛跳的事给路野还有路妈说了。

路妈拍着大腿一笑："哦哟！我当什么事儿呢！在里头磨叽半天！左眼跳财，右眼跳灾。左眼跳，跳得好！"

路野手忙脚乱，正给小鲁班解围脖擦嘴，没带脑子也接了一句："可我听说男左女右啊！那女的……"

突然，路野抬起头，醒了。

他紧张地望着他姐，硬把话拽着抻着往回拗："那什么，新社会了哈，男女都一样！不分左右了。跳财！跳财！姐，你今天肯定中标，到时候请吃黑珍珠哈！"

"吃啥？吃真猪？"

路妈瞪大了眼，不解地问。

"嗨，妈。黑珍珠就是给餐厅定级的，一时半会儿和您解释不清楚。您还是赶紧让我姐吃了去中标吧。我先去送小鲁班了！走了哈！"

说完，路野挎上小鲁班的蓝色小书包，就领着娃往门外走。路佳勉强喝了两口粥，把投标方案装进手提包里，也急忙忙换鞋出门了。临出门，路佳的高跟鞋搭扣怎么也钩不上。路妈看在眼里，也替她着急。最后无奈之下，路佳只好换了一双和衣服不匹配的鞋子出门。到了楼下，汽车又打了两次火才启动。第一次刚发动就熄火，一股不好的预感在路佳的心头油然而生。路佳走后，路妈蹲在地上收拾她换下的鞋子。路妈轻轻提起刚才那双搭扣怎么也搭不上的鞋子，"咔嗒"一声，鞋子竟然一瞬间又好了！搭上了！路妈静静凝视了那双鞋好几秒，又想起路野那句"男左女右"。她立刻转身，冲到自己的床头柜里翻手写的电话本……投标中心距离路佳家要40分钟的路程，闲来无事，路佳鬼使神差地给杨叶拨了个电话。每次投标前，就像大战前故意在肃杀中找从容一样，他俩都会用插科打诨来缓解焦虑。

这一次，他俩虽然是竞争对手，但路佳依旧不想改掉这个习惯。

"行不行啊，杨总？"

路佳从容地打着方向盘，掠过一个绿灯转弯。

"路佳，我可听说昨天你辞职了。这会儿你要不是在肯德基麦当劳喝咖啡的话，我可劝你悠着点儿。"

那头传来杨叶同样优柔轻松的声音。

"干吗非得肯德基麦当劳啊？我的收入水平就不能喝星巴克啊？"路佳故作轻松地说笑。

她心里却还是犯嘀咕，昨天下午辞的职，今天杨叶怎么就知道了？她还想今天到投标中心，也让他大吃一惊来着。

不过想想，天下没有不透风的墙。何况精益，有几个杨叶的前臣余孽也很正常。这耳报神，够快。但杨叶那头传来的声音，接二连三又给路佳泼冷水：" 你要是跟着杜明堂，我觉着你可能还能喝上星巴克；可如果是老靳，那我估计你明天大饼油条饿肚子都有可能。"

"嗞——"

红灯。

路佳一个急刹!

"杨叶,你说什么呢?"

路佳一下子激动了起来,她听懂了。

"我说什么,你比我清楚啊。"杨叶也敞开天窗说亮话,"都说吃一堑长一智。路佳,你让我说你什么好?你怎么就不长脑子呢?!还准备在同一个地方摔倒两次吗?"

"你是怎么知道的?"

路佳压低嗓子警惕地问。

杨叶直说:"路佳,你别忘了!不是只有你跟了老靳十年!我的十年也是十年!老靳是个什么玩意儿,我比你清楚一百倍!你要听我的,就现在掉头回去!"

路佳被杨叶给唬住了,她侧脸看了看放在副驾驶位上的包,包里装着精心建设 SPACE 的招标方案。

犹豫了半个红灯,路佳就决定不听杨叶的话,而是继续向前开车。今天这个投标她必须参加!谁说都没用!

"我看你啊,就是想诈和!"路佳心里打鼓,于是嘴上开始逞强。

"我诈和?"

杨叶也知道他的话路佳听不进去,她眼里心里只有她那个破方案。

明知拦不住,临门一脚了,杨叶还是想硬上试试。

就……没用呗。

于是,杨叶迅速调整心情,继续陪路佳逗闷子:"行呗!我就诈和了怎么啦?我就觉得我们阳溢的元宇宙智能制造的方案挺好的。等 SPACE 这个项目结束,下一个项目,我规划给泰山安个电梯。"

"给泰山安电梯?"路佳信他个鬼。

"怎么啦?我这人就喜欢专治各种不服。"杨叶贫嘴。一语双关。

"我建议你直接发明个自动喂饭机。第一个就实验你自己,给脑子喂喂饭。"路佳笑。

杨叶听着对面的笑声,加足了脚下的油门。

他想争取和路佳同时到地方，估摸着时间应该差不多。自从前一阵，杨叶摸清了SPACE项目的路数和有些人的底牌之后，他就不想来参加今天的投标。明知会失败的事，他不想浪费时间。何况他现在公司里焦头烂额，也确实没有这么大块的时间可以浪费。但他就是不放心路佳。于是今天还是抛下一切，赶来看看。杨叶又是一脚油门，超过一辆私家车。他自己都笑了，也许这就是正宗的"陪标"吧。陪路佳中标。两人电话里有说有笑。

突然！

"嗞——"

眼见前面就是投标中心了，路佳又一个急刹！

"唉呀！！！"

这个刹车比刚才更急，她脑额直接磕在方向盘上！

眼冒金星！

眼前糊了一片！

"谁啊？！"

路佳是个文明人，但此刻，她却想在心底把会的所有脏话都骂出来。

车开得好好的，怎么会有人突然横穿马路呢？路佳看见一个黑影，就这么直直地往她车上拦了过来！

"怎么了，路佳？"

电话没断，杨叶在那头急切地问。路佳抬起头，却看见自己车的挡风玻璃，渐渐被一大片横幅给遮住了！那块红布，盖住了前面，也盖住了天。路佳赶紧推门下车，下车的一幕，更令她震惊！居然是陆之岸一家人，他们手里还扯着两条不堪入目、不伦不类的横幅！

"路佳？路佳？"

路佳的蓝牙耳机里传来杨叶的呼喊声。

但她已经顾不得那么多，直接摘下耳机，丢在车上，迎着那家人就走了上去！

"陆之岸，你这什么意思？！"

路佳几乎是边咆哮边走了过去，她内心的愤怒一点就燃。难怪她从早晨开始，左眼就一直跳。是谁都想不到，曾经同床共枕的前夫，居然会选择在今天这个大日子，到这么大的公共场所，捣她的乱，给她难堪。如果说这不是处心积虑，蓄谋已久的，谁信呢？？连横幅都做的最宽尺寸最粗字体，陆之岸就那么恨她么？！路佳抬手看表，她还有15分钟，解决眼前的困境。

"什么意思？"陆之岸咬牙切齿，"你不是让我不好过么？那今天我也让你丢丢脸！"

多日不见，他发福不少，但脸上多出来的赘肉依旧掩盖不了他愁苦的不甘心。

"陆之岸，叫你家人让开！我今天要参加招标，没空和你们掰扯，有什么事，你可以去法院告我！"路佳愤愤道。

"法院？"陆之岸嗤之以鼻地一笑，"上法院有用吗？反正我这辈子已经这样了，那咱就临死也拉个垫背的。路佳，你不是特看重这次招标吗？今天全家都来了，就让你招不成！"

说着，陆之岸就带领全家在马路上嚷嚷开了。

"大家快来看！就是这个女人，抛夫弃子，把我们家钱都骗光了！我看以后谁还敢跟她合作？！"

"哼！我就堵在这儿，路佳，你有本事从我老太婆脑袋上压过去！"

"什么东西？！以为我们陆家没人？今天就让你尝尝厉害！"

路佳百口莫辩，眼见着马路牙子上围观的人越来越多。

"嘟嘟——"

"嘀！嘀！"

喇叭声漫天响，路佳的车子后面也开始堵车。

而且堵的大多是来参加投标的车。

没事儿谁开十几公里来投标中心啊？

路佳的心底越来越慌，眼神也越来越焦灼。路佳想也不想掏出手机。

"我报警。"

就冲陆家人这番骚操作，警察来了治他们个妨碍公共交通安全，一治一个准。

"喂？110吗……"

路佳还没说完，陆之岸就仿佛一团黑雾般笼罩了过来。他一把抽走了路佳手里的手机，丝毫不给路佳任何机会。路佳掌心被刺得灼热！"啪！"陆之岸竟然理直气壮地将路佳的手机顺手就给砸了，电光石火，各种零件碎屏飞溅了一地！他的嘴角溢满了狡黠和报复的快感。"行！破坏他人私有财物罪！"路佳咬牙狠狠点了点头，但当务之急，她要去招标。大局为重。路佳可以受陆之岸的气,也不心疼一两个手机。但她现在必须发动车子,去现场!

路佳依然心平气和:"陆之岸,我俩的恩怨,也不在今天。你直说,今天怎么才能让我过去?"

她最大限度地耐着性子。

陆之岸不屑一顾地笑了。

"还做梦呢?"他冷冷瞥了路佳急切的面容一眼,用十分玩味的口吻继续挑衅,"当时你把举报材料寄出去的时候,怎么没想到会有这一天?"

"嘟嘟——"

"嘀!嘀!"

"嘟——"

"前头搞什么搞?!走不走啊!别堵着路啊!"

"到底走不走?不走靠边,我们着急!"

"第一台车!那个女司机!赶紧挪挪!"

所有人谴责的目光都看向路佳。

路佳一脸无助。

"陆之岸!有什么事,我们回头再说,你现在这么堵着,所有人都没法去招标中心,这会出大事的!"

"路佳,你现在知道当时的我有多无助了吧?"

陆之岸根本不为所动。

他就是要看路佳如热锅上的蚂蚁团团转的效果。

"当时我被学校、被社会、被所有人抛弃的时候,也没有一个人帮过我啊!路佳,我们是夫妻,共荣共生!我品尝过的痛苦,你怎么能够一无所知呢?"

"谁和你是夫妻?!"路佳焦躁,几乎是跺着脚说,"我们已经离婚了。你这样堵着路,解决不了任何问题,只会让你自己更难堪!"

"呵呵,我还怕难堪吗?"陆之岸仰天大笑,"我从大学老师到无业游民,从高级知识分子到找不到工作。路佳,你是不是觉得,这些都不算什么?"

"可那不是你自己做的事吗,和别人有什么关系?你怪到我头上也没用啊!"路佳急出哭腔。

"哦?是吗?"

陆之岸认为路佳的每句话都在针对他,越发肆无忌惮,恶无底线。

"路佳，你以前不是总说'任何事情最后都要有人买单'吗？这次，不如就……你买？"

"你！！！"

路佳面对无情无耻无理取闹的陆之岸，除了愤怒，竟然一点办法都没有。手机被砸了，报警无望，搬救兵更不可能。陆之岸现在就是要把"人生不如意"的这口恶气撒在她头上。她怎么劝诫都没用。秀才遇上兵。更何况，他身后还有虎视眈眈、一看就是来撑腰的蛮不讲理的陆家人。

"嘟——"

"嘀——"

身后的汽车喇叭声越来越长，路佳急得边跺脚边眼泪"吧嗒吧嗒"不自觉地往下掉！什么叫"叫天天不应，叫地地不灵"，她真的领教了。

终于在暗夜的绝望中，杨叶杀到了！

他被堵住，猜到肯定是前面路佳有情况。杨叶排在车队最后，丢下车，就一路小跑往前奔。路佳泪眼回眸，看到杨叶从光里跑过来，就像看见了救星一样。最后几米，杨叶看到陆之岸的那一刻，边跑边愤愤把腰间的爱马仕皮带给抽了出来。

"杨叶。"

路佳委屈得满脸泪水，低下头。杨叶上去一把就抓住陆之岸的衣领，皮带直逼他无耻荒诞的脸颊："你跑这儿作妖来了？这十年，我忍你也忍够了，你现在不滚，我今天就搁这儿跟你把过往的恩怨都算算清楚！"

"随便。"

陆之岸虽然被杨叶拎着衣领逼得小碎步连连败退，但他却依然觍着脸，丝毫不怵。

因为他手里举着一张纸，上面是今天所有参加投标单位的名单。

"杨叶，你敢动我一下。今天你公司招标就完蛋！"陆之岸莫名得意，"我可听说你这新开的公司，效益一般啊。"

陆之岸是真的坏。他有多恨路佳，就有多恨杨叶。但他更恨的是，这么多年，只要他欺负路佳，杨叶就会像摁了开关一样出现，敲打弹压他。

如影随形，情感羁绊。

过去，他忌惮杨叶，因为杨叶底子厚，拳头硬。但如今，他做足了功课，"一分钱难倒英雄汉"，大不了和刚创业的杨叶鱼死网破。

杨叶不带一秒钟犹豫,直接拿皮带绕住陆之岸的脖子:"赶紧让路!听见没?!"

"杨叶!你疯了?杀人犯法!有种你来!"

陆之岸已经无赖到伸之以脖颈的程度了。都说赤脚的不怕穿鞋的。陆之岸现在赤了脚,他已经疯了,摆明了要拉所有人陪葬。如果此时杨叶中了他的激将法,那就是得不偿失。想到这,路佳咬牙赶紧跑上去,强行把杨叶的手松开!

"陆之岸,有事你冲我来!我们夫妻间的事,不关杨叶的事!"路佳替杨叶开脱。她不想连累他。

"哦?是吗?"陆之岸佯装回忆故意眨巴了两下眼睛,"可我怎么记得我们的婚姻很拥挤啊?杨叶、杨总!你怎么一直都想往我们家门缝里挤啊?要说这些年,你和我前妻一点事都没有,谁信啊?!"

"陆之岸!你别信口雌黄!"

说着,杨叶的皮带又要上来。

路佳还是强行拦住!

她死死护住杨叶!

望了眼后面已经堵成蜈蚣一样的车队,路佳认栽了。

她深吸一口气,对陆之岸道:"陆之岸,我车靠边。你让后面的车先走!今天这标,我——不——投——了!"

说完,路佳用尽最后一丝意志力,狠狠命令杨叶:"你给我上车,去招标!"

听说路佳不参加招标了,陆之岸的脸上浮现出得逞后的爽感。他斜目睥睨着路佳,勾手。路佳懂他意思,愤愤上车,将投标方案和车钥匙拿下来,交到陆之岸的手里。陆之岸看到方案,心满意足地冲陆家人使了使眼色。陆家人扯着横幅走上马路牙子,还将横幅故意横过来。这样,过路的车辆就都能看清他们拉的那些不堪入目的污蔑诽谤路佳的话。

"神经病啊!堵在路上!当这里老娘舅啊!"

"家事滚回家处理,扰乱交通秩序有病啊!"

过路者步履匆匆,还不忘摇下车窗唾弃这庸俗画面。路佳无地自容。杨叶红了眼,不为所动,脖颈上的青筋一跳一跳的。路佳只得拉住他,猛劝:"杨叶,你听我说。我不参加招标,杜明堂的方案赢不了你,你现在

71

赶紧去招标中心！如果能拿下 SPACE，对你公司的前景会有很大的帮助，你听我的，赶紧走，这里我自己能搞定！"

杨叶看着路佳焦灼的眼神，却无法当着陆之岸的面告诉路佳，这就是一个局。他今天，完完全全就是不放心路佳，才跑来一趟。紧要关头，路佳竟然想保护他。这么多年，无论发生什么，他们之间，始终没有变。杨叶很感动。他感动了，就要打陆之岸！这时，一辆库里南缓缓驶了过来。杜明堂戴着棒球帽，坐在车后座上。倪豪开车，看见前面的情况，用"喂喂"喊老大快看！杜明堂拿着 iPad，随意瞟了眼外头。却看见路佳、杨叶和那一幅幅不堪入目的鲜红色横幅！

他一个激灵坐直了身体："停车！"

"老大，招标就快来不及了！这闲事儿咱就别管了。"

倪豪减速看热闹却没有停车的意思。

"我叫你停车！"

杜明堂直接一嗓子把车子吼停了！

"老大，高尔夫球杆在后备箱，要不要我去……"

倪豪难得见到杜明堂血往上涌的样子，有些不放心地想自己替他冲锋。

杜明堂却冷冷说了句："不用。"

他拿起手边的一个黑色文件袋，推车门就下了车。

"车上好好待着，别熄火。等我五分钟。"

杜明堂的面色又恢复了平常，吩咐道。

他一直就是这样，冷静和顺，还天生长了一张令人愿意亲近的诚恳面庞。以至于杜明堂第一次接近陆家人的时候，他们以为他温和得如同是来问路的。

"怎么了，这是？"

杜明堂竟然还能笑出来，礼貌地询问。

"看见横幅了没？这个女人不是个好东西！"陆之岸的姑姑抢答。

而后她又上下打量了一下一身贵气的杜明堂，疑惑地问："你又是谁？"他这样的翩翩公子，肯定不会是市井凑过来看热闹的。陆之岸一直自恋，动不动在路佳面前自诩，自己是哪哪的"第一帅哥"。但面对杜明堂的颜值压迫，他竟然第一时间，有点虚了。

"我是路佳的——"杜明堂淡淡拖了个延长音，"老板。"

"老板？！"陆之岸姑姑不服气，"忽悠人呢！哪有这么年轻的老板！你肯定在瞎讲！"

"没错！我就是在瞎讲。"

杜明堂依然不恼不烦，不卑不亢，他顺着陆之岸姑姑的话往下说。

"我刚少说了一个字——'前'，前老板。"

说着，杜明堂特别正式地从黑色文件夹里，掏出路佳昨天交上来的辞职信，展示给陆家人。

"路佳昨天刚辞的职，手续刚办完。"

陆家人不置可否地接过材料一看！

大吃一惊，路佳还真辞职了？！

"所以，你们堵在这里，又有什么意义呢？"杜明堂启发式地莞尔一笑，"路佳今天压根就不是来招标的。她就是……路过。"

杜明堂手持关键材料，简简单单几句话四两拨千斤，让陆家人突然觉得自己够蠢。他们处心积虑地筹划，信誓旦旦地准备，就是为了破坏路佳精心准备了半年的好日子，结果，她竟然辞职了！所以，刚才过去的那些人，都不是她的竞争对手。杜明堂依然温和腼腆地微微笑着。这世上还有什么比"让蠢蛋自己意识到自己是蠢蛋"更好的报复吗？陆之岸睁圆的眼眸里，充满了失望和萎靡。就连他手里的标书和车钥匙，都像是某种反讽，讥笑着他这么精心的谋划，连靶子都没摸清楚的情况下，就噼里啪啦乱放了一圈枪。这不纯纯有病吗？难怪路佳把标书和车钥匙交得那么痛快！

陆之岸感觉自己，被自己连抽了好几个耳光！

自己挖坑自己跳，自己挠痒痒自己笑。打脸！

第十四章

与病毒共存

这回轮到杜明堂睥睨着陆之岸，勾手。

陆之岸低头看了看手里的标书和车钥匙，松开又捏紧，明显是犹豫了。

见他不肯给，杜明堂勾起一抹冷笑，平静地说道："路佳是离职了，但昨天太匆忙，工作她没交接清楚。我不怪她。"

但旋即，话锋一转，杜明堂又拿出老板的款儿说道："但是吧，有些事，就是可大可小。这工作尚未交接清楚和离职时故意窃取公司核心数据，也就一墙之隔。"陆之岸一听这话，鼻子上的汗沁得更密了。他略慌。本来只是想今天来捣前妻一杠子，恶心恶心她，陆之岸并没有想过实际卷入路佳他们的商业纷争。他也不懂生意场上的那些。不想学，也不想懂。

杜明堂看出陆之岸眼底的怯意，于是又加了一把火，给了他一个意味深长的微笑："这墙往哪边挪，全看我心情。"

他迅速冲陆之岸再次勾了勾手，示意他将那份标书，烫手的山芋，赶紧抛给自己。

正当陆之岸犹豫之际，蔫坏的陆家人可不傻，有人反应了过来。

陆父阴阳怪气地冲上来，说道："既然路佳离职了，怎么可能不交出标书这么重要的东西？小伙子，我吃的盐比你吃的米都多，过的桥比你走的路多！想蒙我？！被我看出来了吧？这辞职信和标书，肯定有一个是假的！"

路佳越发上头，天又热，她急得两眼阵阵眩晕。本来杜明堂拿出辞职信解围，事态已经在向好的趋势发展。可陆父的一句话，又将一切优势打回原形！这一刻，路佳算是明白了。这么多年，她之所以在家庭斗争中，从来没占过上风，就是因为陆家人最不缺的就是时间。他们无聊，不思进取，无所事事。思想上的空虚无聊必然导致行为上的狂躁和不可理喻。路佳耗不起了，眼见一辆一辆的车，绕过她的车，驶向招标中心。就像是其他考生都手握准考证奔向了考场。她的心突突地就快飞出来，追着那些尾气去了。

这时，一辆黑色的迈巴赫从路佳身边驶过。

从摇下的车窗里，路佳回眸看见了老靳。

老靳一切如旧，面色不悲不喜，甚至连露出的领口都是那样日常。

对于那些条幅、聚集的人群，他完全视而不见。仿佛那些东西，根本就没有映入他的瞳孔里，都是些罗刹海市的幻影。他只是十分轻松地冲路佳轻轻摇了摇手机，意思加快点速度。而后，迈巴赫的车窗便随着车子驶远的节奏静静地摇上了。随即，老靳的脸也瞬间消失。杨叶也看见了老靳，老靳在和他对视的时候，居然嘴角还露出一丝"友好"的笑意。刹那间，路佳产生了种错觉，仿佛她和杨叶仍然是老靳的下属。但浮光掠影，很快路佳又被现实给拉了回来！

"你们这么紧张这份标书,看来我们来对了!岸岸,咱就不把东西给他们!急死他们!"

"对!有种他们来抢!先从我身上踏过去!岸岸,把手机视频打开。敢欺负我老太婆,立刻拍下来!上网曝光他们!"

陆之岸的亲妈和姑姑还在那看热闹不嫌事大,一唱一和地瞎起哄。路佳盯着陆之岸手里的车钥匙和标书,眼睛都快喷火了!她又怕耽误杨叶。

于是,她还是咬着牙,拿出十二分的隐忍和最后的耐心劝陆之岸道:"陆之岸,好歹我俩夫妻一场。你今天闹也闹了,我的面子也算是丢光了,你也该知足了。实话跟你说吧,我真的辞职了,这份标书是人杜总的,你跟我闹没关系,可要是耽误了杜总招标,让神武集团蒙受了损失。这可不是说笑的。如果神武的股价明天因为这件事情跌了,你会成为千古罪人的。到时候找你麻烦的机构和小散,那可不是一个两个。鸡飞蛋打的日子,你还想再重新经历一遍吗?"

杜明堂低头看手里的百达翡丽,时间一分一秒地在过去,早已超过五分钟了。甚至现在离招标会开始已经不足十分钟。虽然路佳口口声声说,她手里的那份标书是神武集团的,但是他心里门清,从昨天路佳选择辞职,她就做好了背刺精益的准备。杜明堂回望了一眼库里南,倪豪在驾驶位上,给他伸手比了一个5的巴掌手势。显然,所有人都有紧迫感。杜明堂真的不能再超时了!但是,一边是精益,一边是路佳,杜明堂的焦灼不比路佳少。他如果此刻走了,精益的招标是保住了,他可以大大方方跟杜康生交代;但这也就意味着,他抛下了路佳,不顾她死活地将她留在了这个是非之地。杜明堂面色如澜,心底却波涛汹涌,陷入了天人交战。他大可以安慰自己,这里还有杨叶。可他还是太贪心,不甘心就这么将路佳丢给杨叶。而且他深知,陆之岸此刻手里的标书到底代表了谁。与其说,这是份标书,不如说这是这局棋的棋谱。

杨叶怒不可遏,几次和陆家人发生冲突,想明抢。但都被陆母和陆家姑姑的"坐地炮"和"退退退"给推搡了回去。蛟龙失水,虎落平阳,这八个字目前形容杨叶再合适不过了。

杜明堂却不能上手,他再想,也不能。从回归到杜康生的羽翼下的第一天起,他就明白神武的股价和杜家人的一举一动息息相关。正当对峙进入了无尽死循环的僵局之时,突然,路佳的耳边除了燥热的风,仿佛听到遥远的

75

地方传来几声"轰轰"的摩托车的油门轰鸣。路佳以为自己听错了,但一回头,确实发现公路远处,杀过来一辆红黑色的雅马哈!从身形,路佳看出开车的是一个女人,一个女人载着另一个女人,由远及近。

她有预感,这辆摩托车是冲她而来。

确实!

像天降神兵一般!随着一声刺耳的急刹,和驾驶车子的美女长腿一点,摩托车停住,车上下来两个人,二人同时摘了头盔。"钟明理!"路佳先看清了开车的是钟明理。但当第二个人摘下头盔的时候,路佳显然完全愣住了!她睁大了眼睛,简直不敢相信!来的人是……是路妈!路妈居然坐摩托车?!时速70码的雅马哈!她妈什么时候这么潮了?关键是那玩意儿危险!路妈都六十多了!这么刺激的交通工具,真的适合她吗?!但路佳又觉得,亲妈刚从摩托车上跨下来的那个瞬间是真的飒!飒极了!绝对妥妥这辈子的高光时刻。发丝轻舞飞扬,一脸的红润清爽,路佳还没来得及和路妈打招呼。就见路妈举着一个墨绿色冒烟的啤酒瓶,冲向了陆家人!

"有事冲我来!把东西还给我闺女!"路妈一声怒吼。

但陆家人不但没被震慑到,还笑了。

"亲家母,我好心叫你一声亲家母。你算哪根葱哪颗蒜啊?!我们凭什么要听你的?"

"就是啊,还拿瓶啤酒。喝多了吧,老太婆。"

"谁让你没把自己女儿教好,我们家岸岸娶了她,算是倒了八辈子血霉!"

"所以,今天这就叫报应!报应,懂不懂?"

陆家人根本就不把路妈放在眼里。

他们也从来没把路妈放在眼里过。路佳见都这时候了,他们还敢欺负自己亲妈,欲上去跟他们理论。大不了今天这个标就彻底不投了,任何事情都可以来日方长,但唯独保护父母尽孝这事没有,路佳算是彻底豁出去了!

"谁都别过来!"

谁知,路妈根本就不需要任何人保护,她全开的气场,就像是压抑了几十年的能量,路妈在这一刻爆发了。

她冷冷对陆之岸道:"前女婿,把东西还给路佳。不然的话,今天我就和你们同归于尽。"

陆之岸从未见过一向柔弱谦谦的前丈母娘这副模样过，一时间也有些不知所措，满脸茫然。路妈继续对他轻笑道："陆之岸，你是知道的，我已经是癌症晚期了，那确诊报告就在油烟机上搁着呢！你看完之后，怎么不给我放好，连正反面都能弄错？"陆之岸心一惊，他没想到自己偷看路妈报告的事，老太婆竟然早就知道了。这话当真，那诊断书是三甲医院出的，错不了。旋即，路妈拿着那瓶翠绿色冒热气的啤酒瓶，开始一步一步地接近陆之岸。

"呐，这瓶子是硫酸。反正我也癌症晚期了，早死一天、晚死一天，也没差别。与其到时候躺在病床上全身插满管子，倒不如今天咱们来个痛快。岸岸，你可是我女婿，要是黄泉路上咱俩做个伴，说不定到了阎王殿，你还能叫我一声妈！"

"你别过来！你别过来！"

陆之岸一下子慌了，他连连摇手，满眼惊惧！路妈癌症晚期了，确实按医生的说法，也就几个月活头了。可他陆之岸还年轻啊，他虽然过得不如意，但立时三刻还不想死。路妈这话里话外，摆明了就想临死拉个垫背的。

陆家人看了看路妈手里的啤酒瓶，也吓得连连后退。

陆母被吓得脸色惨白道："老太婆，你自己癌症晚期，不要害人！"

陆父："亲家母，你这是犯法！"

而陆家姑姑早丢下横幅溜得没影儿了。

"亲家公，亲家母，你们说啥？我这一条腿算是踏进棺材板儿了，耳朵怎么也不好使了呢？"

路妈继续勇猛地拿着瓶子步步向前。"嗞——"她顺便将瓶子里雾腾腾的液体"一不小心"泼了点在眼前的地上。最终，陆之岸最后一层心理防线，被突破！

只听他"妈呀"鬼叫一声，便丢下路佳的车钥匙和标书，屁滚尿流地跑了！

陆家人见儿子都跑了，于是也不再恋战，纷纷一股脑地跑干净了！路佳望着路妈勇敢的身躯，眼里噙满了泪水。为母则刚，她从未想过，在今天这样一个绝境，最后来救她的，能救她的，竟然还是亲妈。果然，这无耻的陆家人，也只有遇上更蛮横的，才会罢手。路妈一辈子所有的"蛮横"都花在今天了。路佳冲上去，一把夺过路妈手里的啤酒瓶，往旁边草丛里一扔，就死死搂住她，止不住地热泪盈眶。路妈见陆家人走了，强撑的身体一下子泄

77

气，瞬间飘零得如秋天的树叶。路妈开口的第一句话："路佳，我刚唬他们的，没有癌症的事！诈和！诈和你懂吧？"路佳瞬间更加潸然，眼泪就像拧开的水龙头似的往下流，都这个时候了，路妈还想着瞒她呢。

"那瓶子里也不是硫酸，就是来之前我让明理帮我装了点开水。你别担心，你妈不会干傻事的。你快去招标吧，我们就不耽误你了。"

路妈轻轻拍打着女儿的背，和风细雨地安抚着。

路佳心里深深地触动，她也茅塞顿开！

她之所以可以从心底这么认可自己地"做自己"，并不是她从出生就这么笃定这么优秀，而是路妈的爱，一路给了她做"好人"的底气和实现梦想的勇气。

有这样的妈，她永远可以肆无忌惮地冲冲冲！

杜明堂望着眼前，路佳母女情深的场面，在黯然神伤中，他转身先离去了。

他的背影落寞且独立，他自己的亲妈，永远不可能为他做这些。

所有人都觉得他什么都有，但其实他一无所有。

最见不得这舐犊情深的场面。

杨叶冲上来，用力扒开路佳，他亦是泪流满面地提醒："路佳，走，来不及了！"

路佳不情不愿地捡起地上的标书上车，杨叶也一路小跑，跑回了自己的车。三辆车排着队，在最后的三分钟里，鱼贯进入了不远处的招标中心……停好车后，三人一同走进了招标中心。招标马上开始。杨叶和杜明堂刚走到门口，就在大厅最后一排找了个位置坐下来。"你俩不坐前面去？"路佳将标书捂在胸前，疑惑地问。杜明堂一脸的和蔼温婉，身体却丝毫不动，目光看向前面，还跷起了二郎腿。杨叶则坐在杜明堂身边，抬了一下手，让路佳赶紧到前面去。路佳不解，还歪脑袋回给他一个"嗯？"的表情。

杨叶无奈，只得指了指他和杜明堂，低声说道："这一排是老板专座……你还搞不清楚状况呢，我们俩都有项目经理坐在公司名牌后面。"

路佳恍然大悟，她就是坐在公司名牌后面的项目经理。面对层级差异，路佳尴尬地甩了甩头，往前走。她路过倒数第三排的老靳，老靳微笑且充满期待地笑眯眯地看向她。他的这种略带赏识的平易近人，和方才在路边摇上车窗时的冷漠，是一个表情。就看路佳如何解读了。路佳顾不得那么多，她带着冷冷的表情，走向了前面写着"精心建设"的名牌。

旁边，另外几个牌子上写着"阳溢建设""精益建设""××建设""××设计院"和"××建筑工作室"。浩浩荡荡地挤满一排，可见报名企业之多，排场之大。先是宣读投标规则，和公证处的人上台，借着这个空儿，杜明堂和杨叶在最后一排聊起了天。

"现在都是电子标了，还搞这么大排场呢？"杨叶遮着嘴小声说。

他反正压根就没想中标，他也中不了，不过来凑个热闹。听他的话有些酸，杜明堂双手交叠放在皮带前，目不斜视道："你开玩笑呢？市中心的市政大项目，电子标？你心忒大了。我可听说了，今天的特聘专家里，有市领导。"

"哟，你这消息掌握得够灵通的啊。"杨叶挪了挪身子，小声揶揄杜明堂，"那你是不是也早就知道路佳今天会来？"

"那不能。我又不是算命的。"杜明堂嘴上不承认。

杨叶继续道："呵呵，精心建设？！谁能想到这老靳还能杀个回马枪。"

杜明堂笑笑："一切皆有可能啊。"

杨叶冷笑："要我说，这路佳是真傻。怎么就能两次踏进同一条河流呢？"

杜明堂听了，侧目看向他，怔了两秒，突然很认真地说："这条河，今天能赢。"

杨叶愣了下，立刻反唇相讥："还说你不是算命的？"

暗流涌动中，两人互相探了对方的底，都是知深浅的人。在阳溢建设演绎完自己的方案之后，路佳明显看到有两个专家微微颔首，有些满意。杨叶公司的这个项目，做的就像他这个人一样，外在既有"元宇宙"的噱头，内里又有"智能制造"符合人体工学和人文主义做支撑。与之形成强烈对比的，就是接下来的精益方案。人工智能出的怪物，终于天空一声巨响，登场了。路佳看了都直捂脸，她生怕别人看出来，自己和这些垃圾内容有瓜葛。偏偏杜明堂今天还不知道从哪儿捞来一个，特别能吹的项目经理。

怎么说呢？

路佳坐在台下的感觉，就是明明是臭鸡蛋，吹出了原子弹的效果。

会场效果奇佳！

路佳回头看，80%的人都张着惊讶的嘴。

但专家可不傻，又不是吃饼长大的，懂行的人一听，就知道这就是一堆披着高科技外衣的垃圾。

接下来，换路佳上场了。

她仔仔细细阐述了自己的方案，每一个细节都做到了最详尽的阐述。

最后，路佳总结道："SPACE项目的外观灵感来自良渚文化中的玉琮，玉琮代表了王权和庄严；而它的内观设计灵感则来自中国传统灯笼中的'走马灯'；在这种冲突感的融合中，它既具有现代主义设计极简流畅的风格，又坚持中国传统，细节处尽显人文主义关怀，彰显了文化自信。更重要的是，走马灯设计的功能性，可以让身处活动中心里的每一个人，一步一景，饱览周边盛景。甚至达到不用移步，就能换景的视觉体验，增加了市民中心内部活动的丰富性和景观美感。"

路佳说完，几位专家虽然依旧正襟危坐，脸上却止不住地溢出满意。这方案实在是太惊艳了。前来投标的兄弟单位，也纷纷交头接耳。

"这方案不错啊！"

"还能有这种设计，这不就是中西合璧嘛！"

"她整个方案做得挺流畅，说实话，我们家啊，这次悬了！"

老靳坐在人群中，目光中依然满是赞许和欣赏，他远远做着拍手的姿势，示意路佳今天表现很好。

杨叶得意地对杜明堂道："这下心服口服了吧？"

杜明堂面无表情，跟着拍手："我从来没怀疑过路佳的才华。"顿了顿，他又说："我怀疑的是她的智商。"

顺着杜明堂的目光，杨叶瞥见了满脸得意、志在必得的老靳。

老狐狸就是老狐狸。杨叶愤愤，掏出自己的保温杯抿了口枸杞水，祛火。

身边的杜明堂则从座位边拎起一瓶起了白雾的冰水，故意当着杨叶的面喝了一口。把杨叶气得直咬牙，草率了！

这时，前排传来了窃窃的议论声，飘进了他们两人的耳朵。

"这个方案嘛，做得是不错。噱头十足，估计造价还低。大聪明小聪明都有了。"

"可不，我要是专家，我也选这家。"

"欸，我跟您打听打听哈。这个'精心建设'，之前没怎么听说过后生可畏，初创的公司方案都做得这么成熟了？"

"嗐！这你都不知道，不是我说你，真是业内白混了！"

"怎么个事儿？"

"这事儿传了好几个礼拜了,说精心建设的老板,就是之前跑路的靳陆仪。"

"他回来了?!"

"是啊,我估计啊,人当时压根就没打算真走。这回马枪杀得……"

"哟。那这事儿真复杂了。精益不是卖给神武了吗?他套现回来,这是要跟神武打擂台?"

"未必吧。那老靳可是江湖闻名的老狐狸,应该没这么不识趣。"

"得!今儿来,又陪大佬们看一热闹!生意难做啊!"

"可不,我们家也没捞着啥好,一会儿打道回府咯,浪费汽油钱。"

招标结束。

散场的时候,众人纷纷涌过来跟路佳拥抱庆祝!

只要不是建筑小白,大家都能看出来,路佳的方案可谓是鹤立鸡群,准中!

尤其是排在精益的方案之后,起到了很好的欲扬先抑的效果。

"路佳,辛苦了啊!"

老靳走过去,不顾众人的目光,把路佳搂进怀里,就轻轻拍了拍肩膀。

如果是往常,路佳视老靳为父兄,会觉得没什么,这就是一个长辈的鼓励的拥抱。

但也不知怎的,这老靳回来之后,他俩的第一个当众拥抱,她怎么觉得有种说不出的别扭呢?

中间仿佛有一道无形的隔阂。

"谢谢靳总!"

"祝贺!"老靳放开路佳,笑道,"多亏了你,看今天的情形,SPACE收入囊中是铁板钉钉了。你大功一件,大功一件啊!"

"是啊!祝贺!"

"靳总,晚上提前举办庆功宴吧!请大家喝一杯。"

"可以!我让秘书现在就订个超大包房。犒劳路大建筑师!路佳啊,你可是头功啊!"

"靳总真大方!恭喜路建筑师了!哦,不对,该改口叫路总了吧?"

"别别,还是叫路佳吧。"

转头,路佳对兴奋的老靳:"靳总,您是知道我的,晚上还得回家看孩子，庆功宴我就不去了。等中标公示了，您中午请我吃顿饭就行！"

老靳略失望，但这高光时刻，他只得十分大度地说："行！米其林黑珍珠，你随便挑！"

路佳走出招标中心，只觉得阳光温暖且刺眼。她带着内心的充实和成就感，步履坚实地走向停车场。但一种如影随形的隐隐不安，如同耳边的蝉鸣，挥之不去，却又看不见源头。"嘟嘟！"路佳刚走到停车场，就见杜明堂靠在库里南边上，双手叠胸，风流倜傥。看架势，是在堵她。她的确欠杜明堂一个解释。路佳踟蹰了一下，还是迎着日光硬着头皮走上前去。

"路总！"杜明堂目光冷冷，语调却阴阳怪气。

路佳这点智商还是有的，在和杜明堂的相处中，她知道他不是草包。更不是那种被别人玩得团团转，还能哑巴吃黄连的人。路佳环顾了一下四周，还是决定实话实说。

"杜总，我知道我今天的行为违反了商业准则也违背了江湖道义。也许我今天的贸然出现，也让您讶异了。甚至早上，您在为我解围的时候，我还利用了你。"

说到这儿，路佳有些羞愧地低头看了看脚尖。

"但是，为了SPACE，我别无选择。"

良久。

杜明堂才低下头，故意去寻找路佳的眼神。

他轻巧地发问："完了？"

"嗯。"

路佳不敢抬头，毕竟她这"临阵投敌"的做法，确实不够厚道。

"我还以为你会跟我道个歉呢！"杜明堂仰起头，望了望头顶湛蓝无际的天，蹙了蹙眉头道，"结果你给我来了句'别无选择'。"

路佳赶紧低头迅速道歉："对不起，杜总。"反正道歉又不值钱，不少块肉，这点道理，路佳还是懂的。而且这一招儿，老精益出来的人都用得极其溜。杨叶、老靳那服务态度都是做得极其到位，给任何人都能强烈提供各种对方需要的情绪价值，但是这些也并不妨碍他们手起刀落，将自己所要的项目收入麾下。

老靳管这招叫——"服务态度一定要好"。路佳今天这"服务态度"好吧？她此刻内心：杜明堂，反正歉已经道了，不行你报警抓我吧！杜明堂抿了抿唇,被路佳这波"死猪不怕开水烫"的操作气得想笑。要不是有着复杂的身世背景和辛苦童年,说不定他还真给她绕进去了。

"上车!"

杜明堂用不容商榷的口气,胁迫道。

"嗯?"

路佳不解地抬头。

两人四目相对,杜明堂轻轻抖动着下巴,一副坚决要找她算账的架势。

"不是,我上你车,我车怎么办啊?"

反正现在标也招完了,路佳干脆耍起了流氓,她歪着头问杜明堂。

"早上你亲眼看见我手机被前夫给砸了啊。我现在连个手机都没有,上你车,万一有个三长两短……"

"能有什么三长两短?"

杜明堂感受到了二次伤害。

虽然在意料之中,但怎么这路佳背叛了他,还一副特理直气壮的样子呢。

"比如……你气不过,把我拉去荒野抛尸之类的。"

路佳心想,反正她今天亮了底牌,算是和杜明堂彻底撕破脸了。

干脆把话说得绝一点,以后大家老死不相往来。

"荒野抛尸?"杜明堂被她刺激得都快丧失情绪管理了。

他越想越生气,双手叉腰,小范围地急躁踱步道:"路佳,你没病吧?别中了个标,就跩得二五八万似的。你知道我们神武,手底下流水似的项目,随便捞一个出来,都比你今天这个大!我犯得着为了SPACE,背上人命官司嘛!你这么有想象力,干脆别当建筑师了,改行写小说吧!"

"那你让我上车干什么?"路佳反将了杜明堂一军。

反正她就是死活不上车就对了。从今往后,她也不想和杜明堂联系。道不同不相为谋,她不想和一个用人工智能出图的建筑师做朋友。那是职业污点,是耻辱。

"你不上我车是吧?"杜明堂看出了路佳的决心,于是也狠狠心,道,"那行!我上你车!"

说着,他不由分说地推搡着路佳就往她的爱车走。

路佳拉开驾驶室的车门,却被杜明堂给拦住:"我来开!"

"凭什么你来开啊?"

"那我怎么知道，你会不会把车开江里去，和我同归于尽！"

杜明堂学着路佳的样子依葫芦画瓢。

谁不会啊？路佳也快气笑了。她想起杜明堂早上也确实帮过她的忙，捎他一段也合理。再说在自己的车上，能有什么事啊？于是也就不争了，路佳将手里的车钥匙递给他，自己走向了副驾驶位。

她刚系上安全带，就提醒杜明堂："杜总，小心点儿开！您的命可比我的值钱多了。"

杜明堂启动车子，一脚油门："不用你提醒。"

不远处的杨叶，和老靳相互拍打着肩膀寒暄完，正看见杜明堂开着路佳的车，从他身边一闪而过。

他紧张地急忙掏出手机打给路佳。

却被提示已关机了，他这才想起来，路佳手机被砸了。于是他赶紧冲回市内，找了家手机店，迅速给路佳重新买了一部最新款的手机。买完，杨叶才一拍脑袋觉得自己好傻。他也得先把新手机给路佳，才能联系上人啊。他最近脑子里的事情太多，内存确实有些不够用了，于是他又火急火燎地把电话拨给杜明堂。杜明堂正载着路佳，驾车行驶在绿荫茂盛的梧桐树下。

"杜明堂，你把电话给路佳，我跟她说两句话。"杨叶根本就不想跟闲杂人等废话。

杜明堂嗤了一声，就不给！

"杨叶，你没毛病吧？你找路佳，打给路佳啊，你打给我干吗？我是全球通啊？"

路佳在副驾驶位上听出是杨叶，连忙就要夺过手机"呼救"。

"得得得！给你！"

出于安全驾驶的考虑，杜明堂赶紧把手机甩给路佳。

路佳捡起来。

"喂？路佳，你在哪儿呢？我给你买了个新手机，现在给你送过去。"杨叶急切地说。

"我在车上。"路佳看了杜明堂一眼，压低声音道，"杜明堂正开车呢。"

"你跟那小子说，速度把车开到市内，我在精益楼下等他，把手机给你！"

路佳承认，杨叶的声音是大了点儿，尤其说"那小子"的时候，吵到杜明堂的神经了。

"就不！"

杜明堂本来车子开得好好的，这条路也是去市内的路。

可他突然一个急掉头，提速就往出城的高速开去。他还顺手抢回了自己的手机，以安全驾驶为由，把手机抛到了车后座上，捡都捡不到。

"喂喂？喂？路佳？杜明堂？杜明堂！"

很快，杨叶的声音在后座上被湮没。

路佳望着仪表盘上的车速，下意识地拉紧头顶的把手，绷直了身体。

这不会真的是"荒野抛尸"的路……吧？

她十分紧张地回头看了杜明堂一眼。杜明堂的侧颜，依旧扛打，鼻翼高耸，下颌线完美。车子飙了一段，路佳已经快看见收费站了。她突然有种异样的感觉，只觉得胃里的胃酸，甚至是胆汁，都正不受控地阵阵上涌。

"哕——"

经过 ETC，路佳终于有了想吐的感觉。

人间奇谭，居然有人坐自己的车坐吐了！

杜明堂也没办法，他平时都是开跑车的，这乍一开路佳几十万的车，就跟开拖拉机似的，各种操作系统都极度不适应。

路佳实在是憋不住了，她让杜明堂减速，并大口大口地喘着粗气，问道："杜明堂！你国内的驾照是黑市上花钱买的吧？"

杜明堂也想减速，但他却不知道路佳这车的提速和减速，都达不到他平时开的车的效能。

于是，又是几个急促的颠簸。

"哕——"

路佳实在受不了了，从座位前面拿出一个塑料袋，把早饭全部吐了出来。

"杜明堂！你这还不如'荒野抛尸'呢！我半条命都快给你折腾没了！"她搂着塑料袋抱怨。

杜明堂总不能解释自己驾驶技术确实不好，开不惯便宜的车吧，于是只得嘴硬道："现在你知道了，背叛我的人都得付出代价！"

杜明堂宁愿背负一个"小肚鸡肠"的恶名，作为一个男孩子，也不愿意承认自己"开车技术不行"。

"行了，祖宗。背叛你是我的不对，前面有个服务区。我求求你，杜明堂，你行行好！开进去，让我歇会儿。我感觉阑尾都快吐出来了！"

路佳几乎是用哀求的语气奄奄一息道。

这"代价"她可背不起。服务区。路佳终于把胃里的东西全部吐干净了，她下车把垃圾袋扔了，就见杜明堂拿着两瓶水，还有点小吃走了过来。

路佳接过水，喝了一口，眼见已过了正午，日头毒辣，看着杜明堂手里的小吃也没胃口，于是提议他们干脆去服务区里吃口。反正长三角服务区都修得跟大型商场似的。很快两人就找了一家环境稍微安静的餐厅坐了下来。

路佳郑重对杜明堂道："杜总，您对我有什么不满，可以打我、骂我、言语上讽刺我，甚至侮辱我，就是别再让我坐您亲自开的车了！"

杜明堂心虚，微微颔首表示赞同。

但路佳没看出来，她翻开菜单推到杜明堂面前道："杜总，说好了，这顿我请！但回去，您得让我开车。"

杜明堂摊手一笑，无辜道："你请？怎么请？刷脸啊？"

"对！就是刷脸！"

路佳胸有成竹地起身，走到柜台前，点了杯咖啡，然后用"刷脸支付"完成了"刷脸"支付。

这把国外刚回来不久的杜明堂都看呆了，现在国内的移动支付连刷脸都已经这么普及了么？

看来，是他草率了！

"你吃什么？"路佳得意扬扬地回眸，问。

"一份意大利面。"杜明堂随口道。

"杜总还真为我省钱。"

下完单，路佳坐回餐桌。

"你今天干吗非得上我车？"

路佳敞开天窗说亮话，求一个答案。

"怎么？离职了，我俩就不能做朋友了？"杜明堂坦然回答。

路佳不以为然，撩了下耳边的碎发："是谁说背叛你的人都得付出代价的？"

"那你是承认背叛我了？"

杜明堂话语迅速，却给了路佳一个意味深长的眼神。

"拜托！你搞搞清楚！我认识老靳在先，先跟着老靳做事在先！"

路佳强词夺理，为自己开脱！

杜明堂听了，不屑一笑，在安静的氛围中，低头突然娓娓给路佳讲了一遍自己的身世。

他把自己是"私生子"的事实，原原本本告诉了路佳。路佳被突如其来的故事听愣了。这都什么狗血剧情？杜明堂看着光鲜亮丽，怎么……身世这么复杂？还有，他为什么突然和自己说这些？博同情吗？杜明堂是一个永远不会博同情的人，他知道自己身世坎坷，但从另一个角度想，至少他还有个亿万身家的爹。就当是投胎成为富二代的代价吧，做生意不都得交税吗。

"那照你这个逻辑，我应该是杜家的嫡子咯？毕竟，我亲妈才是杜康生的原配！可为什么，在这个城市里，所有人都默认我是上不得台面的'私生子'。还不就是因为我爸和我妈生我的时候，是在他和我后妈的婚姻存续期间！他们是受法律保护的！"

"杜明堂！你不是国外回来的吗？还庶出嫡出？你们老杜家是有王位要继承吗？"

路佳没明白他到底想说什么，嘴一快，话就带着讽刺的意味。

杜明堂不是个自卑敏感的人，他只是继续道："这不就和老靳的事情一样吗？你是早认识老靳，也帮他做了小十年的事。可是你，处心积虑背叛我的时候，和精益是有劳动合同在身的。所以，你告诉我，这里面到底是谁背叛了谁？！"

不得不说，杜明堂确实是逻辑鬼才。他的一通类比，顿时将路佳怼得哑口无言。尤其他这种杀敌一万自损八千、能狠下心来往自己伤口上先撒盐的行为，着实震惊了路佳！但静下心来想想，路佳又确实觉得他说的有道理，自己也不是完全占理。她还有点心疼杜明堂的身世。百感交集之下，路佳反省出，她确实太看重SPACE这个项目了，太想挥洒自己的才华了，所以就忽略了规则。或者说，路佳是为了成功，故意选择了对规则视而不见。她也不完全无辜。

"那什么，跟我聊聊你和杨叶的事呗。"

意面上来了，杜明堂拿起叉子。

"这有什么好聊的？"

路佳给自己点了份牛排，补补营养。

87

刚才她感觉胆汁都要吐光了。

"我都把我的身世告诉你了,就当是……交换秘密。"

噗——路佳要不是强忍住,都快笑出声了。

她耐心切着牛排,冷笑着嘀咕:"我又没想知道,是你非要告诉我的。就跟这吃饭似的,我不想吃,哦?你还强塞啊?"

"张嘴。"

路佳一抬眼!起猛了,正看见杜明堂拿叉子把意面挽出一小坨,直直地伸过来,请路佳先品尝。

强塞。

路佳双目十分尴尬地凝视着杜明堂叉子上的那一坨面。

两秒后,她义正词严地拒绝道:"各吃各的。我不喜欢交换唾液的行为。"

杜明堂愣了愣,有些扫兴地收回叉子:"我还没吃,先挑给你尝的。你还嫌弃我?"说完,他愤愤地将盘子里的意大利面吃掉一半。

一个人,怎么能连吃饭的样子都这么帅呢?

路佳有些愣神,忽略掉杜明堂的建筑智商,他的颜值真的是偶像一般的存在。一想到,以后基本上就没机会见到这么帅的一张脸了,路佳还挺惋惜。

"哐当!"

吃到一半,路佳突然听见叉子往盘子里丢的清脆声。她咬着一块牛排抬起头。只见杜明堂嘴巴鼓鼓的,嚼着最后几口残存的食物,用急不可耐的声音再次撒娇式质问路佳:"你就跟我说说呗!"

说完!杜明堂吸溜进最后一口意大利面,又用餐巾纸认真擦了擦嘴。

"说说。"

一整套动作下来,行云流水,他即刻恢复一脸冷静,正襟危坐,气质瞬间高贵典雅。

路佳简直没眼看。但她又想想,反正今天的标招完了,心里一下子轻松了,就当陪他瞎聊聊吧。反正也是过去那么多年的事了,路佳放下了。于是,她举了举手里的空杯子,道:"你要再请一杯咖啡,加一块提拉米苏的话,我倒是可以说说。"杜明堂蹙了下眉角,好笑又无奈。刚吃完一块战斧牛排,这什么胃,还能装下?他确实太好奇了,于是立刻迈着长腿起身,按路佳的吩咐去柜台点单,还超常发挥了一根棉花糖棒棒糖给她。路佳收到棉花糖棒棒糖的那一刻,眼眸子整个被点亮了!

她对杜明堂道:"要不……我从幼儿园时候的男朋友给你讲起吧?"
"大可不必。"
杜明堂伸掌拒绝,精雕玉琢的蜿蜒曲线勾勒出他不耐烦的侧颜。
他只想知道杨叶和路佳的过往。
在他心底,对陆之岸都是不屑一顾的,对手就只有杨叶一个。
"从哪儿开始说起呢……?"
路佳拿叉子点着自己的下唇,思考。
确实时光如水,日月如梭,那段尘封的光华岁月,已经逝水东流,一去不返。
杜明堂这乍然一问,路佳突然翻出那个埋藏在心里的死结,倒不知道从哪里开始解了。
"我和杨叶……"
路佳刚开口,就感觉喉咙干涩,卡壳。
"他……他……"
连着两个"他",路佳起不出一个故事的头。
但杜明堂是买了"票"的,仍然一脸质询地坐在对面,等着听下文。
路佳戳了戳眼前的蛋糕,她可没办法像杜明堂那样坦然地左一个"私生子"右一个"私生子"地描述自己的身世。
这太需要强大的心脏了。
"杨叶是我初恋。"
牙膏挤了半天,她用蚊子似的声音,对杜明堂坦白道。
"初恋?!"
杜明堂一下坐直了!
脸上还露出讶异不忿的表情。
"你小声一点儿。"路佳提醒他,"怎么了?是我不配有初恋,还是杨叶不配当我的初恋啊?"
杜明堂没说话。
勾起往事,路佳抿唇,蛋糕的甜香中还是微微品尝出苦涩。
"我大一进校的时候,他作为学长迎新,第一次见面,他就帮我把行李拿到六楼寝室。"
"哟,从第一次见面就开始主动啦?"杜明堂抿了口自己的咖啡,口

89

味酸涩。

路佳微微愠怒，两颊绯红。

她也学杜明堂"哐当"一声丢下叉子，往后座上一靠。

说书人罢工。

杜明堂见状，挠了挠自己洁白如玉的腮骨，乖巧巧地把叉子捡起来，重新递到路佳姑奶奶的手中。路佳瞥了他一眼，坐直了重新开始叉蛋糕，继续："杨叶，你也认识的。他现在挺帅，当年就更别提了。"

"帅个屁。"杜明堂下意识接了句。

路佳怒瞪，是在警告他"还想不想听故事了？"

杜明堂识趣，赶紧对嘴做了个拉拉链的动作，让路佳继续。

"但最吸引我的，是他专业特别好。大三的时候，他C刊的论文就发了好几篇，搭的建筑模型至今放在我们建院橱窗里展览。我们暧昧了三年，他都没跟我表白。等到我毕业的时候，他已经研究生快毕业了。我的保研作品集，当时也是他帮忙一起准备的。"

她既是在说给杜明堂听，也是在回忆。

"三年都没表白啊？为什么？"杜明堂不解。

如果不是不够爱，就是不合常理。

"杜明堂，你不了解杨叶吧？"路佳改用勺子，搅动着面前的咖啡，"杨叶的老家在农村。刚上大学那会儿，他家在村里还可以。他爸爸原来在工地上当建筑工人，后来从没建好的十二层楼上掉下来，摔成了残疾，两年后去世了。我听师哥师姐们说，杨叶从大一开始，除了上课，就是跑工地，替他爸讨薪讨赔偿。"

这段杜明堂默默听，没说话。他完全理解农村的生活是多么艰苦，农民工讨薪讨赔偿又是多么难。说起这段，路佳也是叹息。这也是她后来才想明白的，为什么杨叶一直那么拼命，要在建筑上作出一番天地。他不仅自己想翻身，还要角色互换，以告慰他爸的在天之灵。所以后来，杨叶和下属臭过脸，和老靳臭过脸，和不靠谱的客户臭过脸，就是没和工地上的任何一个农民工臭过脸。

"其实，上大学那会儿，我真的挺喜欢杨叶的。"路佳如实道，"但我对他是又爱又恨。爱的是，他这个人；但恨的是，他就是不跟我表白。"路佳低下头，"后来这个问题我想了很多年，大概……他是怕拖累我吧。"

太年轻不敢说爱，也是一种老成。路佳不怪杨叶，他做出这个决定的时候，已经在工地、仲裁机构和各种地方碰了几鼻子老灰了。杜明堂换位思考，如果自己是杨叶，也许在当时那个情况下，他也未必会表白。前路凄迷，不敢轻易拿自己所爱之人的前途冒险。

"我俩之间最过不去的一个坎儿，就是——"路佳撑着头，绕着杯子里一圈一圈的咖啡，"就是我毕业那年，散伙饭，我喝醉了酒。杨叶把跌跌撞撞迷迷糊糊的我送到宾馆，然后……"

"然后怎么了？"杜明堂很着急。

路佳以为他是急切地想听少儿不宜的片段，于是轻蔑地一哼声，冷笑道："然后——什么也没发生。"

"哦。"

杜明堂听了，长长松了一口气，眨了两下眼睛。

这着实太不好评价了。

"其实散伙饭的那天，我早就做好了把自己交给杨叶的准备。如果发生了点儿什么，我俩还有戏；但如果……什么都没发生，以后就只能当渐行渐远的朋友了。"

"你当时就那么喜欢他？"杜明堂不服气地又追问了一遍。

"拜托！那可是杨叶！"路佳更不服气，"杨叶除了比你矮点儿，哪儿哪儿不比你好？"

"哪儿哪儿……"

杜明堂蒙圈了，自己这时候怎么成参照物了，还是垫底的那一个。早知道就不跟路佳聊这个话题了。不可否认，杨叶搁人堆里，是有那么点儿"鹤立鸡群"的优秀。但和他杜明堂比，那还确实是差点儿。餐桌上有个人正在疯狂给自己做心理建设。

"这杨叶不挺正人君子的吗？那你后来怎么又嫁给陆之岸了呢？"

其实这个问题，杜明堂早就向路佳求答案了。

陆之岸虽说皮囊还可以，但人品确实人见底了。

"唉。不提也罢。"路佳挥了挥手，"杨叶在市建筑设计院的第三年，快升主管前突然辞职，回去考了他们县规划局的公务员。然后我们彻底分手。"

"县吗？"杜明堂略震惊。

91

"县。"路佳点点头,"也就是那时候,他跟金银银闪婚的。"

虽然,后来过了很久,路佳才知道,当时是因为杨叶的妈妈在他爸死后得了抑郁症加肿瘤,他回家和结婚都是为了尽最后的孝。

但一切都已经来不及了。

世间的阴差阳错就是如此。

"一个人在失去这辈子最珍贵的人和所有的期待后,就会变得一切都很随意。"

路佳当时甚至坐了五个小时的长途汽车,去乡下喝了杨叶的喜酒吃了流水席。

在回来的路上,她捏着自己的身份证,仔细凝视了一路上头的年份,最后她狠狠心,接受了一直觊觎着她的优秀的师哥陆之岸的追求。

陆之岸是本地人,外表长得也说得过去,最重要的是,他在向路佳释放好感的道路上,一直对杨叶释放恶意。

敌人的敌人就是朋友。也是最容易联手气死对手的伙伴。路佳就这样仓促地把自己给嫁了。"那后来杨叶怎么又回来了?你俩又见面了?"

随着一声叹息,杜明堂接着问。

"他妈去世后,他还是想回大城市闯一闯,就带着金银银又回来了。回来之后,是他主动联系了我,机缘巧合下,他也加入了精益。"有时候不得不感叹缘分的奇妙。

"那你俩后来就没有再续前缘?"

虽然杜明堂知道自己不该这么问,但他终究没忍住。

"呵呵。拜托。"路佳苦笑,"续?怎么续?你以为感情是一杯冷掉的茶,只要再加点热水,就能重新滚烫起来?杨叶回来的时候,已经是已婚身份了,我也结婚了,大家只能发乎情止乎礼了。何况——"

路佳顿了顿,还是把这句埋藏在心底很久的话给吐露了出来:"我也没办法原谅他。"

"你还没办法原谅,他?"

杜明堂不解。

"为什么?"

在杜明堂的心里,其实甚至觉得杨叶的做法挺男人的,他当时的选择,绝对是权衡过的,就是为了保护路佳的利益。为爱走天涯这种事,毕竟只发生在言情剧里。现实中，谁不要吃饭呢？杨叶当时的选择，是隐忍且冷静的。他牺牲了自己的占有欲，扯断埋藏了个人的情感，独自返回了一团乱麻的人生战场。路佳停下手里搅动咖啡的勺子，郑重将它搁到一边。

"我恨杨叶从来没有征求过我的意见，就独自武断地对我们的感情做了决定。"路佳道，"他单方面的决定，造成了双方的结果。"

杜明堂问："你是因为嫁给陆之岸后不幸福，所以才这么想的？"

"不。"路佳很笃定地摇头，"因为当时我爱杨叶，所以当时无论嫁给谁我都不会幸福。哪怕那个人不是陆之岸。"

杜明堂无言了。空气静默了一分钟。路佳看出他聊天中的窘迫，于是挥了挥手，很无聊地说道："嗨，我怎么想起来和你说这些……这嘴多的！"杜明堂嘴上无言，心底却在呐喊：不多不多！我爱听……但明面上，他还是保持着冷峻的微笑，用淡定掩饰心虚道："你们大人的感情好复杂。"原本一句调侃的话，路佳却对号入座地死了心。也对，她和杨叶的这种情感，杜明堂一个"90后"又怎会明白。对牛弹琴，单向输出罢了。所谓的浪费时间，就是这样。

吃过饭，杜明堂邀请路佳："F1就在这附近，要不要我请你去真正的赛车道上飙一圈儿？体验一下速度与激情？"杜明堂是好意，周末他经常来这边玩儿。F1赛车一圈轮胎磨损的钱够买一台新车了。路佳拉开车门，瞥了杜明堂一眼："谢谢。下次吧。"她不想再吐了。杜明堂也只好跟着上了车。

杜明堂低头翻阅了一下手机，突然一条热搜新闻弹入了他的眼帘：××学校体育馆坍塌，目前情况正在调查中。这座学校是座百年老校，体育馆曾经是当时值得称颂的一座建筑，怎么会说坍塌就坍塌呢？他迅速翻开各大头条媒体：好多师生被压在下面，生死不明，舆论进一步发酵……见杜明堂一直玩手机，路佳开车也开得不耐烦起来。都是这家伙自说自话把车开到这么远的地方来，不跟他收油钱也就算了，怎么回去的道儿上还连个说话的人都没有？

这时，杜明堂开口了，把体育馆坍塌的新闻告诉了路佳。

路佳听后也很震惊，倒吸一口凉气，问道："那座体育馆不是网架结构吗？结构的变形和跨度的四次方成正比，荷载一般是……我算算，0.5千牛每平米。只要不在屋顶搁置重物，没有垮塌的理由啊？"简直不可思议！

93

杜明堂也深深叹了口气，他和路佳的推测几乎一致。但……结论就是这么可笑，真的有施工单位这么无知，在屋顶搁置了重物。

"新闻上说，现在施工单位责任人已经被控制。也就是说，去年承接中标的这家第四建筑公司，最近应该是接不了活儿开不了工了。"杜明堂分析道。

路佳听了，点了点头。

第四建筑公司在周边三省也算是大的建筑公司了，手里的项目不少。现在舆情如此发酵，估计他们不得不先把手里的工程吐一部分出来。他们跌倒，不知道会让哪些小企业捡漏吃饱。路佳不关心，她只关心体育馆下面人救出来了没有，还有如果这个项目重建，千万不要再交给这种无知的黑心单位了。任何弥补都告慰不了逝去的亡魂。

"到了。你下车吧。"

路佳随便找了个地铁口，就准备把杜明堂给丢下去。杜明堂捏着车门，愤愤扭头看向路佳："你这也太没人性了吧？"

"谁没有人性？要不是你胡闹，我现在都该躺在家里睡了个午觉了。"

杜明堂无语，气鼓鼓地准备下车。

这时，路佳突然脸上挂着暧昧不明的笑容，冲他勾了勾留恋的手指。

"怎么？又舍不得了？"

杜明堂扬扬得意，自己这该死的魅力！

他刚合上车门，路佳就揪过他的衣领。两个人的距离只有0.01米。怎么了这是？杜明堂甚至都闻到了路佳身上栀子花香水的味道。他们鼻尖相抵，宛如在拍偶像剧。路佳微微一笑，目光温柔盈盈，只见她将手轻轻伸进杜明堂的外套口袋，掏出手机。然后她突然奋力将杜明堂狠狠一推，对方差点没被她摇成重伤！

杜明堂直接撞向车门那边。

"我给杨叶打个电话。"

说着，路佳就用杜明堂的手机，给杨叶打了过去。

"十分钟后，你老房子楼下，不见不散。"

杜明堂刚差点给路佳摇出个轻微脑震荡，主要是他毫无防备，还以为路佳揽他是有什么好事儿来着。

这会子一听"老房子"三个字，杜明堂的脑子立刻清醒了！

他警惕地说："去什么老房子？你就不怕老房子失火啊？"

"你管得着么？"

路佳把手机还给杜明堂。

杜明堂一赌气一嘟囔："要去我陪你去，反正我下午没事儿。不就是拿手机嘛。要不我给杨叶打个电话，我给你买个新手机得了，叫他退货。"

"走开。"

路佳从来无功不受禄。把杜明堂赶下车以后，路佳便直奔杨叶处。杜明堂站在地铁口，骄阳似火下，叉腰望着远去的路佳的车，他脸上露出了沉静迷惘的表情……甚至这种姿态里，带了一点点悲壮。他很希望，如果有一天他伤害了路佳，她也能够像理解杨叶一样理解自己。

他也有他的迫不得已。

"手机呢？"路佳一下车，就迫不及待地冲杨叶伸手。杨叶递过去一个白色的盒子。

"你买这么大内存的干吗？"路佳舍不得钱，埋怨他。

"行吧行吧，别假客气了，这才几个钱？比起这些年你吃我的喝我的，那就是九牛一毛。"

杨叶懒得理她，手机送到，他转身就要走。公司那么大个摊子，还一堆事儿等着他呢！没空跟这姑奶奶瞎磨牙。

"等会儿。"路佳一把拽住杨叶的袖子，让他先别走，"体育馆坍塌事故的新闻，你看了吗？"

"那么大新闻，能看不着嘛。"

杨叶停住脚，用眼神示意路佳放手说话。

"你怎么想的？"路佳问。

"我能怎么想？我阳溢就这么磨盘儿大点儿地方！"杨叶有些苦涩地说道，"那第四建筑公司放出来的蛋糕，只能给别人吃了，我现在没资金，怎么开工，估计连面包屑都捡不着。"

路佳理解杨叶的处境，关切地追问："融资还是困难吗？要是银银姐的房子不够烧，我那还有一套小的，不如……"

"别别别！"

路佳的话，把杨叶吓得连连挥手。

"祖宗！你的房子，你自个儿留着！"杨叶道，"你这米粒大的房子，对我来说连杯水车薪都谈不上，员工一个月的工资都不够。你呀，就别给我

95

添乱了，把心放在肚子里，以后好好找个地方上班吧。"

"上班？"路佳不解。

她疑惑地看向杨叶。自己今天不都已经当众摊牌了嘛，她招标时，代表了老靳的精心建设。老靳回来了。以杨叶的智商不可能看不懂吧，路佳还是要回去跟老靳了。都这时候了，杨叶也不再跟她打哑谜了，直接打开天窗撂亮话道："路佳，我劝你啊，赶紧找工作！老靳……"对于老靳，杨叶实在无法评价。他就是个精明到骨子里的商人，如果从商人的角度来评价他，那他确实将唯利是图一本万利做到了一百分。笼络人心是手段，这门科目他也是 100 分。0 分的是，路佳对老靳的判断。

"你赶紧找工作吧。我回公司了。"

说完这句，杨叶就急匆匆上车，开车走了。路佳一个人愣愣地杵在原地，回味他最后的两句提醒，手里还捏着那盒白色的新手机。

路佳回到家，累了一天，把车钥匙丢进门口的木碗里，就只想回屋躺会儿。这时，路妈突然不知道从哪个角落里窜出来，对着路佳，劈头盖脸就是一通唾沫四溅地疯狂输出："佳佳，我今天早上就是诈和。我那是骗陆家人呢！我没得癌症！没得！你妈我身体好得很！你可千万别瞎担心！骗人的话，不作数，别信，别信！我回来之后就'呸呸呸'过了！没事儿了哈。没事！"

路佳直直望着急于辩解，几乎闪了舌头的路妈，内心一阵揪心的疼！路妈从早上回来之后，就一直守在门口，竟然就是为了和自己解释这个，怕自己担心。

一瞬间，路佳所有的情绪化作热泪，涌了下来。

"妈！你就别骗我了……"

路佳向路妈坦白了，自己早就知道她得癌症的事了。路佳还跑进房间，翻出路妈每天偷吃的药。

"妈！咱不瞒了好吗？"路佳哭成泪人儿，"我已经知道了！"

路妈心酸，却仍对陆之岸咬牙切齿，她气愤地用力拍打着沙发臂，怒斥道："陆之岸这个天杀的！他告诉你干什么呀？！"

"妈！"

路佳一把搂过路妈，将她紧紧拥进自己怀里。

"妈！咱好好治。治不好，咱就好好过。过好人生的每一天！"

路妈听了，微微推开路佳，望着女儿泪如雨下的脸，轻轻给她擦了擦泪。

她勉强挤出一丝强撑的笑:"这就对了,你妈不怕这个病,也不怕死。我也是时候过去那边陪陪你爸了。他都过去十多年了,我要再不去,说不定他就要在那边娶别人当老婆啦。"

"妈!别瞎说。"路佳再也控制不住,放声大哭,"你怎么说这些……"

晚上。

路野带着钟明理,接了小鲁班放学回来吃饭。小鲁班一见路佳,就跑过来给了她一个大大的祝贺拥抱!

"老妈!老舅说你今天中标啦!你又可以建房子了,我们家是不是又要发财了?"

路佳点了点小鲁班的鼻子,笑着说道:"你知道什么叫发财啊?"

小鲁班摇了摇头,说:"是舅舅教我这么说的!"

路佳立马横眉冷对路野,这都教了些啥?

"那舅舅还教了你点什么其他的哇?"

路佳半蹲着,替小鲁班摘下书包。

"舅舅还教我,说让我好好学习,将来找个好工作,然后像他一样,找个像钟姐姐那么——那么——漂亮的女朋友!"

路佳听了,跳起来就把路野捶得满屋子乱窜。

无法无天了还!

钟明理不好意思地笑笑,洗了手,进厨房去帮路妈的忙。她前脚进去,就被举着油腻腻双手的路妈给坚决推了出来。

"沙发上吃零食去!我这马上就好了!还用你!"

说着,她又扯着嗓子喊路野姐弟俩。

"你俩别打了!明理来了!赶紧切水果!那什么路野,我听说明理爱喝咖啡,家里那个咖啡机就是个摆设!你下楼去,到小区门口给买现磨的。"

说完,她又叮嘱小鲁班:"兔崽子!自己进屋做作业去!不准缠着你钟姐姐!"

路妈这么热情地张罗,钟明理很不好意思起来。

她绯红着脸,忙低头附和:"没事儿,阿姨。我喜欢小鲁班。"

路佳和路野在不远处听着,路佳推了推路野:"听见没!你女朋友喜欢孩子!"

谁知，路野却解释："她不是喜欢孩子，是只喜欢小鲁班。我俩都商量好了，以后要是结婚，就丁克！明理年龄不小了，我可舍不得她当高龄产妇！"

"丁克？！"

路佳睁大了眼睛，这两人想得可够远的哈。

"你丁什么克啊？"路佳挤对他，"我们老路家的九代单传。"

还没等路野反驳，路妈这时边脱袖套边走了过来，驱赶他们俩。

路妈嘴里说着："丁克就丁克呗！你管他们。谁说那结婚就是为了生孩子啊？！我儿子生出来又不是为了配种的！小野、明理，你们别理你姐，生不生，妈都支持你们！"

路妈是真的开明。

把钟明理感动得热泪盈眶。

路妈又转向路佳："你生个小鲁班还不够我忙活的啊？催生催到你弟弟头上来了！你住海边的？管得真宽！"

路佳脸一红，但旋即不服气道："妈！小鲁班让您忙活了多少啊？这会子你喊累了。那小时候您把他搂在怀里，抢都抢不下来，这也怨我啊？"

路野还在一旁扬扬得意地看热闹。

路佳狠狠抽了他一下，都是路妈给惯的！

这时，路佳正好顺着这个话题，顺嘴说出了一个酝酿在心头许久的想法。

"妈！那什么……"路佳顿了顿，"既然小野准备丁克！那我们老路家也不能无后。所以我决定，去派出所，给小鲁班改姓。改了跟我姓，叫路班。"

"路班？"

钟明理和路野面面相觑。

这时候，路妈的鸡毛掸子已经忍不住举起来了！

"路班！陆班！这不都一样么？你还嫌瞎折腾得不够啊！今天早上的事儿，就是你做事太绝，把陆之岸逼出来的。咋还不长记性，缺心眼儿啊你？"

路佳屁股上结结实实挨了路妈几下子。

"还有！以后你别当着明理的面，把'无后'两字儿挂在嘴上。怎么的！你们老路家是有王位要继承啊？非得有个本姓的继承人？！这脑子不拐弯儿，怎么嘴巴还乱秃噜呢！"

路佳被路妈一通教育，彻底闭嘴了。

看来这未来婆婆是真护着儿媳妇儿。

路野体谅姐姐，这时候帮腔了一句："妈！我姐她没别的意思，就是想给小鲁班改个姓。她不是跟陆之岸离婚了吗？这波操作也合理。"

"合理个屁！"路妈愤愤丢下鸡毛掸，紧接着说道，"你们别整这些不值钱的死出！哦，改了姓，小鲁班就不是陆之岸的孩子了？是！陆之岸不是人，可他毕竟是小鲁班的父亲，小鲁班有他一半的基因！改？你们能把这个改了吗？？"

路妈话糙理不糙。

一番话，说得众人都沉默了。

"再说了，陆班，路班，听着都一样！没事儿别兴风作浪，瞎折腾！"

路妈站起身，以大家长的身份继续道："本来晚上吃饭的时候，我正想和你们说的。那现在就提前说！今天早上的事情，后来我深刻反省了！陆之岸那边，以后是不能再得罪了，都说这'穷寇莫追'！也是我这个做长辈的一时糊涂，没有跟你们把话说清楚。路佳，路野，你们现在就是捶死陆之岸，把他拉去枪毙！佳佳的婚姻也回不来了！与其这样，何必呢？冤家宜解不宜结。"

路妈的一句无奈的"冤家宜解不宜结"，说得路佳他们都无言。钟明理看出了路佳的不甘和窘迫，于是主动挽起她的手，缓和气氛道："阿姨，有什么事，咱们晚饭时候再商量好不？我突然馋了，想喝手磨咖啡了，要不让我姐陪我去小区门口买呗！小野留下来帮您，好么？"路妈平复了下心情，点了点头。路佳眼里噙着泪，一时间无法适应路妈居然在给孩子改姓这件事上这么不支持自己，于是委屈地跟钟明理一道出了门。

"你妈，就是心疼外孙。"

她俩插着兜，走在小区的鹅卵石步道上。钟明理先开口安慰路佳。路佳点点头，但她内心真不觉得自己的这个想法有什么错。经过今早的事，她现在心底对陆之岸连根都没有。有爱才有恨。她现在心底满满是对陆家人的厌恶，只想尽快切割和他们的一切关系。如果花钱能改变小鲁班的基因序列的话，路佳愿意倾家荡产花这个钱。

"其实，杨叶早就提醒过你，让你提防着陆之岸。他私下也和我说过好几次，让我提醒你。"钟明理继续踱步道，"我觉得，他比你更了解陆之岸。"

"明理！能别再提陆之岸了吗？我……"路佳先顿了顿脚步，又往前加快脚步，"我现在只想摆脱和这个人有关的一切！"

钟明理听了,无奈地摇了摇头,追了上去。

"你还记得我上次和你说的那个导师吗?"

路佳不知道,为什么在这个时候,钟明理又主动掀开自己的伤口。她心疼地站住脚,望向钟明理,幽幽的眼神希望她不要再提这些,忘记那些不愉快的往事。

钟明理打开自己的微信朋友圈,她居然还有她导师的微信,亲眼见证着他每天在里面花式蹦跶。

"你怎么……还有他微信啊?"

"有些事,不是我不去想,就不存在的。"钟明理莞尔一笑,苦涩道,"人生是一场单向的旅程,有些罪恶的风景,路过了也就是路过了。它会留在你的回忆里,也许偶尔还散发着恶臭!但你却永远不会再倒退回去,让它出现在你的生活里。"

钟明理继续领着路佳往前走。

"路佳,你知道吗?人类并不能消灭所有的病毒,大部分的病毒,人们最后只能选择与其共存。甚至是抑郁症,如果无法疗愈,也只能与之共存。你看过《美丽心灵》吗,里面的纳什和疾病共存,但并不妨碍他最后成为了伟大的经济学家。"

路佳默默听着,半响,抬眼询问道:"你的意思是,陆之岸就是病毒。我的后半辈子,只有与之共存?"

钟明理点头道:"为了小鲁班,你还有更好的办法吗?除非陆之岸自己本人不来纠缠。不然,你只有找到一个和平的相处之道,保证小鲁班的健康成长。"

路佳默然,良久没有说话。因为她立时三刻实在找不到话反驳钟明理的金玉良言。

半响,她抬起头,郑重问钟明理:"明理,你真的不想生孩子吗?"

钟明理笃定地摇了摇头:"不生,我怕生个女孩儿,生下来经历和我一样的遭遇。"

一朝被蛇咬,十年怕井绳。看来当年的经历,确实在钟明理心中留下了不可磨灭的阴影。这阴影凝结成死结,也许钟明理一生一世都无法释怀。

路佳叹了口气,拉起钟明理往回走:"走吧,回家吧。"

吃晚饭的时候。路妈因为下午的那几番谈话,刻意寻找着轻松的话题。路佳默默看着一个癌症晚期的病妈,在子女面前拼命活跃气氛,又是一阵心酸。

"欸,路佳!这个招标,是不是宣布你中标就完事儿了啊?"路妈饶有兴致地问道。

路佳笑笑:"这你问明理啊,我们家以后有个知名大律师了。别说回答问题了,估计您去菜场买菜,那东头的卖豆腐的都不敢再短您的秤了!"

"谁家打蚊子拿炮轰啊!"路妈撇了撇嘴,给明理夹了一筷子鱼肚。

钟明理受宠若惊,看了看小鲁班,又把鱼肚子夹给了孩子:"阿姨,这中标以后啊,一般招标单位都会在招标网站上对中标结果进行公示!超过三天,如果所有单位和个人没有异议,那么就算是正式中标,可以开启项目施工了。"

"懂了。说得特明白!"

路妈又拿眼神斜乜自己那个笨嘴拙舌的亲闺女。

"这么好的闺女怎么就托生在别人家呢!"

路佳低下头扒饭,表面上是回避路妈的调侃苛责。但她心里隐隐有种担心。三天,说短不短,说长不长。但很多事情的反转,往往就在一念之间,花不了太多时间……

第十五章

劝人用周易,讨好人用中医

第二天一早。

路佳以最佳状态梳洗打扮一番,拎着公文包,重新出发,来到精心建设报到上班。一进公司,瞿冲就走过来,迎接她。路佳望着瞿冲走过来的样子,有被死去的记忆攻击到,还以为这里是精益呢。

"路佳啊!真没想到!我俩这辈子还真是打不散的同事关系,兜兜转转,最后还是我来迎接你归队。"

瞿冲热情之至。路佳面儿上点头微笑着,却不似往常般心境,甚至隐隐有些硌硬。这里毕竟不是精益。

"昨儿晚上为了给你庆祝！全公司的人就没几个没喝大的。你那方案做得太好了！完美。"

瞿冲继续边领着路佳往里走，边漫无边际地吹彩虹屁。

"今天中标结果出了！就是你！毫——无——悬——念。"

"已经在公示了？"路佳问。

"嗯。三天。"瞿冲比了个OK的手势。

面对这位老同事，路佳在进老靳办公室之前，还是对他点了点头，问："都挺好的？"

瞿冲微笑着礼貌性地点点头。

他自从出来后，就知道从今往后只要是知道他这个人的，看他的时候，他脑门儿上都自带案底。

路佳推开CEO办公室的门，就看见老靳那锃光瓦亮的脑门，很熟悉很耀眼。

"我听说昨天公司的人都喝大了？怎么？靳总没和他们去喝？"

路佳自然而然地坐下，习惯性地对老靳半开玩笑道。她看老靳精神矍铄，神采焕发，不像是昨天熬夜酗酒的样子。老靳穿着一身白色休闲服，闲庭信步地走到路佳身边的沙发上也坐下。老式木质的落地窗外，一片绿荫掩映。他精心租了一幢花园洋房，作为临时办公地点。

"老了！上年纪了！我呀，现在习惯早睡早起！"老靳笑笑道。

路佳昨天想了一个晚上，关于SPACE接下来的工作流程和未来的工作计划。

于是，她迫不及待地从包里掏出材料，急不可耐地要向老靳汇报工作。

"老靳，SPACE的项目方案，您都还满意吧？有几个细节，后来我想了下……"

路佳刚说了没几句，老靳就突然打断她，又指了指不远处的一张法式餐桌道："路佳啊，你还没吃早饭的吧？来！正好！阿姨准备的火腿三明治！一起陪我尝一口。这火腿可是我从意大利人肉背回来的。"

"靳总，我不饿。"

路佳思路被打断，都不知道自己说到哪里了。老靳坚持，推搡着她去用餐。路佳心想，这餐桌，是该出现在CEO办公室的东西吗？陪着老靳心不在焉地吃完，老靳又提出自己要去花园里练习一会儿高尔夫，消消食。

"不会太久的。给我二十分钟。路佳，你陪我。"

以前路佳经常陪老靳练习高尔夫，应酬客户，所以他这时候提出这个要求，路佳理解为——他是不是要找一找过去的"工作感觉"。于是她只得答应下来。老靳说好的二十分钟，却足足挥杆了四十分钟，把一旁的路佳晾得心急如焚！终于打完球了，老靳又说要洗澡换衣服，反正花园洋房里设施齐全。他现在就是当场要求来个全麻手术，把自己的阑尾割了，估计都只需要喊个医生过来就行。路佳点着脚，数着手里的秒表等着。等老靳一切收拾停当，终于能像模像样地坐到办公桌前。路佳满怀期待地刚把SPACE项目的整体方案铺开，就听门重重的"咚"一声，被推开！

紧接着，老靳的小儿子，老靳老婆，还有一辆并排的婴儿车，推着老靳刚出生的一对双胞胎女儿"嘀嘀嗒嗒"地走了进来。

"哎哟喂！我的小乖乖！"

老靳连忙丢下手里的方案，扑过去抱起他的小儿子，左亲右亲。亲完还不忘给路佳做介绍："小宝，路佳阿姨！还记得吗？"路佳只得脸上挤出一丝尴尬到能夹死蚊子的笑，傻柱似的站在原地。一瞬间，她有些恍惚，这里到底是公司，还是托儿所？

这时，老靳又冲路佳挥手："路佳，来来来！你还没见过我的双胞胎女儿的吧？"

路佳这回只得尴尬地走过去，先冲老靳老婆笑笑，算是打招呼。

老靳也不藏着掖着，这时，他说出了一段至关重要的话。

可惜路佳一时没听懂，还嫌弃老靳怎么上班时间把家人都给带来了，完全不专业。

老靳的原话是这样说的："路佳啊，我年纪大了，公司的事呢，有你和瞿冲就行了。我现在啊，只想多赚点奶粉钱，养活我这一大家子。国际学校的学费有多贵，路佳你不是不知道。所以，你不会怪我偷懒的哦？"

路佳一头雾水。这老靳回来之后，怎么就跟变了个人似的。

他这番话，是要半隐退的意思。他就这么相信她和瞿冲吗？瞿冲是个有案底的人。而路佳这样的野马，真的不需要再招一个"杨叶"进来制衡一下吗？路佳满腹狐疑，不得已，她只好使出最后一招，去试探老靳的底。

"您现在回来主持大局了，我们是不是可以把'SPACE'快点提上日程？"

老靳低头给双胞胎小女儿扣上手推车的安全带，背对着路佳。

半晌,他依然在忙活,只是嘴里很敷衍地给了路佳一个答案:"不急……不急。"

叫不醒装睡的人,路佳只有作罢,收拾了一下桌面上SPACE的资料,便往二楼自己的办公室去了。

临走前,她实在忍无可忍,笑靥如花地回头,对老靳说了句:"靳总,祝您阖家欢乐。"

老靳只顾着逗孩子,压根就没听见路佳的祝福。路佳极其失望地合上实木雕花门,走了。

……

杜明堂回到精益,流标的消息早就传遍了整个公司。

但杜明堂也不恼,还是按部就班工作,午餐时间又跑出去吃大餐。过去杜明堂因为头顶名校海归光环,所以精益里很多"土鳖"还是挺高看他一眼的。

经过SPACE一役,大家也渐渐看出杜明堂不过是个满嘴放大炮,只会喷人工智能、元宇宙这类互联网热词的草包。于是,在接下来的日常工作中,就有人时不时地顶撞他。富二代又怎么样,没能力照样被人看不起。但他们不知道的是,其实杜明堂借着吃午饭的功夫,每天都去憬悟建设和老孙他们工作。

"秦昌盛现在已经完全是我们的人了吧?"

杜明堂吃着9.9元的盒饭,问老孙。

"他哪儿敢不是啊?"老孙道,"你上次'集体跳槽'那招,把王强收拾得渣都不剩。现在你爸又把他叉到建材那边顶缸,他很担心自己就是下一个王强。"

"还有,老秦的儿子不是今年没考上震旦嘛。你找的国外教授写的两封推荐信,好像挺有用的。我帮他们联系了中介,听说常春藤都有戏。"倪豪在一旁插嘴。

"这些都是小事。关键是老秦的屁股干不干净。你们查过没?"

杜明堂边说边往嘴里塞饭。

这段倪豪都没眼看了,他们家这位"翩翩贵公子",正经干起活儿来,是真接地气啊!

他是怎么说出"屁股"的同时,往自己嘴里塞饭的?

"他在神武这么多年,算干净了。"老孙沉稳地说,"而且我和他认真谈过，老秦对神武还是有感情的，你和你哥，他还是更愿意站你。可以理解，毕竟你们一起共事过，见过你的工作状态。你哥嘛，他不予置评。"

"那就好！该给的架子给足，股份给足！人要好吃好喝地供着。这个老秦，很有用！"杜明堂咬着筷子头，若有所思。

倪豪想起什么，补了句道："我按你说的，去查过钟山高尔夫的消费记录，你爸前几个月和靳陆仪同一时间刷过贵宾卡。后来就没有交集了。"

杜明堂笑笑："他俩勾搭，又不是一天两天的事了。咱们的事，按计划都安排好了吧？"

"嗯嗯。都安排好了。靳陆仪还让老秦带话给你，说谢谢你。"

"谢？"杜明堂抬起眼，又扒拉了一口白饭，"呵呵，谢个屁。"

他的眼神里有令人脊背发凉的狠绝。

"这事老杜总也知道了，默认了。他虽然不能公开称赞你。但老秦说，他还是挺赞许的。"

"那今晚，我就回家陪老爷子吃个饭。顺便陪他们演演戏，看看我爸的好脸色和我哥的猪肝脸。"

杜明堂吃完，将塑料饭盒扔了，拢了下外套，起身就走。

"晚上下班一起回别墅吃饭？"

杜明堂给杜明心发了条微信。

结果杜明心却直接一条语音飞了过来："明堂，你自己去吧！我这挺忙的！"

杜明堂立刻给她电话回了过去："姐，你忙啥呢？你个行政每天能多忙？7000的工资，杨叶还好意思让你每天加班啊？"

"哎呀！明堂，你不懂！我真挺忙的。"

杜明堂在这头明显听见他姐的声音刻意矮了几分，仿佛是在用手捂着嘴说话。

"下了班，我得和我银银姐去卖燕窝。有个名媛雅集，不去就太可惜了。"

"什么？卖燕窝？！"

杜明堂本来好好地坐着打电话，这会一下子站起来了。

"卖什么燕窝？"杜明堂没忍住，嗓门高了些，"你最近是不是赌博了？有那么缺钱吗？你每个月吃的燕窝，我不都让倪豪给你挑最好的买回来了吗？你卖什么燕窝？"

杜明堂觉得不可思议，说教立马开始。

"杜明心！你给我……回来，现在就给我回来！我最近忙，几天没管你，这回又是哪个微商游说的你？不是我说，就你这个智商，把你骗去国外，一骗一个准！"

真是三天不打上房揭瓦。

杜明心还卖上燕窝了！

"今天你回不回来？不回来，我……我……我只能求你了，姐，你回来吧！"

杜明心听着"噗嗤"一声笑出声了，真心服了。

于是她妥协道："不就是卖个燕窝嘛，又不是捅了你的窝！得得得，现在回。"说完，杜明心便收了线。

杜明堂急火攻心，又在这边"喂喂喂"地吼了好几声。

挂了电话，杜明堂就给杜明心转了钱过去。

转账留言是：你很缺钱吗，杜明心抬起手机一看，想都没想，就给杜明堂退了回去。

"还学会退我钱了？"

杜明堂觉得自己此刻就是一个膨胀的火药桶。杜明心再随便点一点煽一煽，他就要原地爆炸，腾起蘑菇云了！他太了解自己这个姐姐，人美心善。从小到大，不知道被多少号称"同学""朋友""闺蜜"的微商，骗得"哑巴吃黄连——有苦说不出"。少说损失七位数，有的。

杜明堂又赶紧打电话给倪豪："你小子怎么办事的？我让你每个月给我姐送的燕窝，你没好好送吗？"

"我送了呀！"倪豪也很委屈，"我每个月按时按点，化妆品、咖啡、燕窝、胶原蛋白，一个不落地给我明心姐姐送去了。欸，不是，哥你什么意思？不会以为我一大老爷们儿，偷吃那玩意儿吧？"

杜明堂听了更加恼怒："我说你偷吃了吗？"

那算是现场就破了案了。

"哦，对了！你说到这燕窝啊，我倒想起来一件事。"倪豪想起什么道，"这个燕窝，是我市场上精挑细选的。一开始，明心姐姐只是给我发感谢的表情包。后来有一天，她非缠着我带她到店里去一次，还要见老板。一起来的，还有杨叶老婆！"

"这么大的事，你为什么不早点告诉我？"

跟杜明心沾边的事，他很少能特别冷静。

"这是什么很大的事么？"倪豪在电话那头吸巴着奶茶，完全不当回事儿，旋即他又调转话头，"欸，明堂，我跟你说，咱明心姐姐，那是真漂亮！这几个月我见她气色好多了，每次见到她，就跟个大明星似的，闪闪放光！"

杜明堂直接就把电话掐了，不想听这小子讲这些长眼睛的人都看得出来的废话！

不一会儿，明心到家了，低头换拖鞋。杜明堂板正严肃地坐在沙发上，就像是开完家长会，等孩子放学回来的家长。杜明心却不以为意，放下包的第一件事，就是跑去冰箱拿喝的。杜明堂忍着，等她终于肯过来了，刚想张嘴问点什么。谁知，杜明心就跟生下来没说话了似的，一通高频连珠炮，喷得杜明堂找不着北。

"欸，我说弟！你去留学的时候，加过不少留学生群吧，能把我拉进去吗？还有，你现在的圈子里，有没有人要买燕窝的，介绍给我呗！我给他们打折！弟弟，我还是想先把留学生的圈子给做起来，你给我介绍个懂报关的朋友吧。我想过了，现在留学生越来越低龄了，好多都是宝妈全职陪读过去的，那这些宝妈在异国他乡也要保养的呀！能出国去藤校的，应该家里条件都不会太差，是我们的精准客户……"

杜明堂居然耐着性子听她说了二十分钟。反正中心思想就是掘地三尺也要挖出客户，卖她那什么狗屁燕窝！

"弟弟，你怎么不说话啊？明堂？明堂？"

杜明心激情澎湃地说了半天，见杜明堂就跟个冰雕似的没反应，于是很不高兴地"喊"了一声，继续说道：

"你倒是给点反应啊！我上回跟杨叶说这些的时候，他可耐心了，给我指了好几条明道儿，还让销售总监教我怎么谈价格……"

"够了！"

杜明堂终于忍无可忍，一下子从沙发上站了起来！

"杜明心，我真是几天没管你，你又出新的幺蛾子了是不？"

杜明堂立马掰着指头细数，她这些年投资的各种各样败过家的项目。

"当年你说开美容院，我给你投资了十万，那时候我还在国外读书，你

107

知道十万对我来说意味着什么吗？三个月的生活费，我整整吃了三个月的法棍！后来，你又说要卖面膜，你压的那些货，最后过期了都没卖出去，又是谁叫货拉拉来，一箱一箱地给你搬去垃圾站分类的？光搬运费花掉几千块！还有，你代理的那什么蓝莓营养液，把我喝进医院的事，你都忘了？"

"对、对不起。"

杜明堂咆哮其他的，杜明心还想反驳一下，是市场行情不好，也不是她一个人亏欠。唯独他只要一提"蓝莓营养液"，杜明心就愧疚得无话可说。

当时，杜明堂一米八五的人，被拉去医院洗了胃，最后整个人蜷缩在输液室里，看起来就跟只小病猫似的，消瘦可怜得不行。

所以，任何时候，只要杜明堂一提"蓝莓"，杜明心都得心虚地闭嘴。明堂气得脖子上的青筋一跳一跳的。杜明心连忙安抚："好了，好了嘛！我的好弟弟，你别生气嘛。"杜明堂一抽手臂，离这个女人远点儿。

"但是明堂，这回不一样了。杨叶跟我说，如果要卖燕窝这类的快消品，做好品控是第一位的，食品安全检测一定要找权威机构，还要时常更新资质和证书。这些我都记下了，不会再出事了。"

杜明堂余怒未消："杨叶！哦，他杨叶说的话，就是质量监察局啊？什么都听他的！"

杜明心害羞地吐了吐舌头。

"还有，你怎么跟他前妻搞到一起去了？！我听说，她和杨叶没离婚前，就是个家庭主妇！你们俩能成事吗？"杜明堂道。

"哎哟，弟弟！那可是我银银姐！您可千万别看不起人是一县城来的家庭主妇，她教会我好多好多人情世故的。你不觉得，我最近有什么不一样吗？"

"没以前那么闹腾了。"杜明堂实话实说，"幺蛾子也少多了。"

杜明心听了，俏皮地冲她弟眨了眨眼睛："银银姐真的教会我很多。包括怎么处理和家人的关系。明堂，要不今晚咱们回别墅，我给你露一手？"

"别了。还露一手。"杜明堂无聊地起身，打算去换衣服，"你呀，只要智商情商别被大嫂按在地上疯狂摩擦就好！每次都要我救你，我回归这个家，就是为了救你的吗？"

杜明心知道明堂在说赌气的话，于是顺着话头调侃道："不是为了救我于水火，那你回来是为了什么？"

杜明堂顿了下脚步，没回头，没说话，不言不语地回了自己房间。他回来，肯定不是只为了救杜明心于水火。换好衣服出来，杜明堂抬起手表看了眼，说道："走吧，这个点儿爸应该刚从高尔夫球场回来。"

"等我一下！我拿点东西。"杜明心雀跃地跑回自己的房间。

这次回别墅，她没有半点愁眉苦脸。

"走吧。"

杜明堂刚抬腿，回头一看，突然一整个人就被震惊住了！

"你从哪儿变出来这么多……礼盒？"

只见杜明心，左手三只大红色的燕窝礼盒，右手三只大红色的燕窝礼盒，整个人就跟个饼干夹心似的，被夹在中间。

杜明堂推开她，急忙跑进她房间查看！

还好！空空如也。

"放心吧，就我手上这些！这回啊，我是不会傻傻囤货的。只做代理和外贸。"杜明心提着东西骄傲地说，"这六盒是早就准备好，就等着回家用的。"

"那行，走吧。"

杜明堂还能说什么。他接过杜明心手里那六盒，自己当起了夹心饼干，这玩意儿还真重！把燕窝放进后备箱，杜明堂就和杜明心坐回车后座上。但是这杜明堂今天，怎么看这杜明心，怎么觉得她别扭。车子开了一段，他还是忍不住，看向杜明心，可他左看右看，这也没整容啊！

"别看了！是我今天这身衣服！"杜明心猜出了杜明堂的疑惑，于是主动坦白道，"你猜啥牌子？多少钱？"

杜明堂这才仔细打量了她的穿着一番。

过去他真不留心这些，因为杜明心穿的，肯定是国际一线大牌。

"我告诉你吧。"杜明心附耳过来，"上身我看直播买的，39块9，下面这条半裙，我团购的，59块9，鞋子是和银银姐一起拼的，50块！全身上下加起来不超过200块！"

"你搞什么啊！"杜明堂坐不住了，立刻心疼地斥责，"没钱你跟我说啊！我们没破产吧？"

"嘘——"杜明心忙做了个嘘声的动作，然后冲杜明堂诡秘一笑，"我想过了，要是把我那些买衣服买包的钱省下来，能进多少货啊！而且……"

说着，杜明心划开自己的手机，给杜明堂展示道："我还买了些黄金基金，这个月涨了好几万；你看这个，我这个月的零花钱，放在余额宝，每天都能多出三餐的伙食费和奶茶钱……"

"杜明心!"杜明堂缓过神儿来,吼道,"你这是掉钱眼儿里了?!"

"哎呀!弟弟!你就说好不好看嘛!"

杜明心拉着杜明堂撒娇。

"欸,不是。我说你这改变够大的啊!"

杜明堂抖开她,重新坐稳身体。

"你到底想干吗?你是神武集团的二公主!我的亲姐姐!你整这些不值钱的,是想气死我是不是?!"

"谁想气死你了?!"杜明心不解,"以前你不是特别希望我能'自食其力'嘛!动不动在我耳边叨逼叨,什么女性要独立,要靠自己的双手创造生活,催我出去上班!"

"那是……"

杜明堂语塞,但一想,他以前好像确实这么说过来着。

可是,他还是喜欢自己的姐姐穿 Dior,穿 Fendi,穿诺悠翩雅,那些大牌生产出来就应该焊在杜明心身上。

杜明堂是希望她自食其力,但不希望她过得这么……委屈巴巴。

"而且,现在我们阳溢正在最艰难的时刻。明堂你不知道,为了维护阳溢的日常运转,银银姐都已经抵押出去三套房子了!现在卖燕窝的钱,我俩一人一半,她的,基本上也都又投回阳溢建设了。我后面攒了钱,也打算支持杨叶。"

"杜明心!"

杜明堂服了!

刚为自己二姐的改变,欣慰了那么一点点。

但她这个恋爱脑,怎么就跟业障似的,累生累世地不离不弃跟着她。

"哎哟嘿,还'我们阳溢'?杜明心,你能不能长点心?"

杜明堂赶紧拿拖把给她拖拖脑子!

"那金银银给杨叶烧一个亿两个亿,那都应该,就算是离婚了,他俩还有一个女儿吧?人家是利益共同体,你跟着瞎起什么哄?你别告诉我,你穿这些地摊货,就是为了杨叶那个混蛋吧?"

杜明堂期待着他二姐的回答,最好她的回答是"不是",不然这辈子他都跟杨叶那货不共戴天。

"师傅,停车,前边靠边停车!"

但杜明心既没有回答"是",也没有回答"不是",她完全拿亲弟弟的威胁警告当耳旁风!

没听见他说什么,可以吧。

"你又干吗?"杜明堂不耐烦了。

只见杜明心兴致勃勃地指着路边一家店,说道:"我去买点儿吃的带回去。"

杜明堂正看着她眼晕,于是挥了挥手,让她赶紧下去!他自己消化一会儿。杜明堂坐在车上等了好久,突然看见杜明心大小姐,从不远处颤颤巍巍地端着一口锅走了过来。

他以为自己看错了,揉了揉眼睛,确认了真的是一口砂锅之后,他立刻开门下车。

"你这是又搞什么啊?!"

杜明堂低头看着那一锅猪肚鸡,连训她的话都想不出来了。

"哎呀,别管,别管!你帮我拿上车就行。这都保鲜膜包好了!"

"杜明心,你没病吧?大夏天,三伏天,三十几度,你请大家吃猪肚鸡?!"

"别管,别管!端上车!"

杜明堂嘴上嘀咕着"真服了你",手上却接过杜明心那沉重无比的锅,小心翼翼地往车里走去。

合上车门的那一刻,他望了望若无其事的杜明心,有些反省这些年自己是不是真的太纵容她了。不一会儿,车子开到别墅门口。

一如往常,连个下来迎接的人都没有。杜明堂明明记得自己在"老杜一家人"群里说过自己今天会带明心回来,门口却依旧冷冷清清。若是平时,杜明心肯定会心里极度不痛快,然后嘴上任性地嘀嘀咕咕。但今天,她出奇地安静,满门的心思都在她的燕窝和猪肚鸡上。这时,杜康生的车也前后脚到了。杜明堂望着杜明泉先下车,然后鞍前马后地给杜康生开车门、关车门。杜明堂不屑地撇嘴。听见杜康生的说话声,褚灵灵立刻跟耗子似的,从二楼窜了下来!不带一秒钟耽误的。

"老杜!老杜!你终于回来了。冰茶酒酿做好了,快去吃吧。"

褚灵灵满嘴讨好迎出来的时候,正撞上所有人。

111

她尴尬地连忙改口:"老杜,快带孩子们去吃!"

杜康生面无表情地沿着别墅台阶,往里面走。

这时,杜明心突然端着刚才那口锅,不知道从哪个角落里钻到杜康生面前。

"噔噔噔噔!"

她这宝献的,杜明堂都有些佩服了。这丫头是什么时候去掉保鲜膜,踩着节奏点在杜康生面前打开砂锅盖子的。一股猪肚的味道,立刻弥漫开来!

"这什么东西啊?"

杜康生低头看了一眼,问。

"猪——肚——鸡!"

杜明心歪着头笑答。

杜明泉和褚灵灵先是面面相觑了一番,而后褚灵灵使了个眼神,杜明泉便站出来发难道:"明心!你搞什么?三十几度的天!我和爸刚从高尔夫球场回来,你给我们吃热腾腾的猪肚鸡?别说爸了,我都消受不了,快端走,端走!"

若是平日里的杜明心,被杜明泉一激,保证就跳起来了!

杜明堂心想着,下一秒,任性的杜明心就该跳起来,赌气把这锅东西倒旁边花坛里了!

却不承想,杜明心根本不恼,还耐心地在台阶上弯腰跟杜康生解释呢。

"爸!这里头搁了花椒、胡椒、当归、虫草花、党参,这锅猪肚鸡不敢说是药膳吧,但确实祛风去湿,温补阳气。"

被她这么一说,杜康生突然来了兴致,居然难得地停住脚步,站在台阶上听杜明心讲话。

"爸,您刚打完高尔夫。虽然高尔夫球场热,但我想,以您的技术,肯定是几杆进洞,活动量有限,室内又全是空调。所以,您体内的汗没全部排出来,肯定忒不过瘾了。夏日进补,靓汤最好,待会儿您多喝两碗,发发汗,通透通透。"

杜康生听后,一点不耐烦都没有了,居然很满意地点了点头,脸上竟还破天荒地露出一丝笑容。

"挺好!我正想吃这个,叫人拿去厨房,现在就煮。"

保姆将明心手上的猪肚鸡送走,杜明心却还拦着众人不让进屋。

"爸，妈！还有还有！"

说着，杜明心又雀跃地跑到汽车后备箱，拎出一盒子燕窝，递到褚灵灵手上。

"妈，我现在在杨叶那上班挺好的，这是我专门给您挑选的燕窝，用我工资买的。"

"哎哟，这可真是太阳从西边出来了。"

褚灵灵接过东西，莫名得都不知道该说什么好了。

就杜明心这个姑娘，以前回家来，不是要钱，就是要包、要车、要珠宝首饰，要么就是又在哪儿哪儿惹了事，回来让他们当父母的帮忙擦屁股。

今天这是怎么了？褚灵灵有生之年，还能收上这最不成器的女儿送的燕窝了。燕窝倒不值什么，关键是杜明心说是用她工资买的，这意义就不一样了。

这时，杜明堂赶紧上前装不知情地补充了一句，道："明心，杨叶一个月才给你7000块的工资，买这些燕窝你攒了好几个月吧？"

"也没……"

杜明心刚想不过脑子地说"也没攒几个月"，但一瞥杜明堂严厉的眼神就立刻明白过来了。

"也没攒几个月啦，就攒了两个月。每个月存4000，这盒燕窝8000块！"

褚灵灵听了都快感动死了！

又定睛一看，这女儿身上穿的都是什么跟什么呀？

"明心！你是不是为了这8000块节衣缩食了，你这身上穿的……"

"哦，妈，上衣39块9，下面的裙子59块9，穿在我身上，是不是一点都看不出来？跟大牌也没差。"

杜明心边说还边骄傲地当着众人的面花蝴蝶式转了一圈儿！褚灵灵刚才是感动，此刻是心疼！要说衣服，就明心这身材这颜值，确实多便宜的衣服都能撑起来。可褚灵灵娘家是做纺织面料发家的，她一看那料子，就知道女儿这些日子应该吃了不少苦。明心懂得自立了。褚灵灵突然就热泪盈眶了。杜康生也满意地点了点头。褚灵灵立马看不见杜明泉了，只一心一意地拉着杜明心的手往别墅里走。进门的那一刹那，杜明心回头给了杜明堂一个狡黠的wink，嘴角勾起一丝酷跩的笑。

要不是她颜值高，这动作绝对油腻了。

金银银教明心的话，她全部都记得。

"为人父母，家里有几个孩子的。普遍有事喜欢麻烦那个能力强的；但内心，真心护着的，都是那个混得最不好的。"

"若子女的钱是父母给的，子女千万不要和父母斗富。谁挣钱谁是老板，没有哪个员工傻到吃穿用度的比老板好。勤俭持家，永远能讨得老人家欢心。"

"在一群比你强的人堆里，博出位博眼球的方式，一定是示弱、卖惨，而不是歇斯底里地发疯。"

今天杜明心学而贯通，回来小试了一把牛刀，发现金银银的这套确实好使！

还有药膳这招，也是金银银秘授给她的。劝人用周易，讨好人用中医。上了年纪的人，就吃这一套。来之前，杜明心特意手机查了，大夏天运动后进补吃啥，并不是临时起意选择了猪肚鸡。进屋后，杜明堂去换衣服。杜明心又折回来去车上拿另外几盒燕窝。

杜明堂跟她出来，边走边小声道："你今天怎么怪怪的，平时你回来那架势，三句话不到就跟要拆家似的……"

杜明心傲气地一昂头，拎出四盒燕窝，昂头道："张牙舞爪有用么？要得到自己想要的，得用脑子。"

她这话，把杜明堂差点吓晕！理儿是这么个理儿，但这些话，不是之前杜明堂对杜明心说的吗？今天，怎么全反过来了！

"这不会又是杨叶前老婆教你的吧？"

杜明堂不甘心地冲杜明心的背影喊。但她丝毫没空多磨叽，直接拎着燕窝就冲上楼，去露台找她大嫂。

大嫂正在二楼露台上逗女儿玩，见杜明心提着两盒东西上来，就跟视网膜自动除影儿了似的，完全看不见。

"嫂子，嫂子。"

杜明心热情地迎了上去。

大嫂也已经习惯了，不管她怎么打压排挤杜明心，这位"傻大姐"有时候又跟没心没肺似的凑上来。

笨蛋，从来不长记性。

大嫂转了个方向，背对着杜明心继续逗孩子玩儿。

"嫂子！"

杜明心兴冲冲走到大嫂面前，把几盒燕窝放在露台的藤编桌上。

"这什么？"

大嫂反应冷漠。

"燕窝！"杜明心满脸盈着笑，"我送您的！"

大嫂随意瞥了两眼礼盒，便阴阳怪气地损道："你会有这么好心？不逢年不过节地送燕窝给我？别又是你做微商的'三无'产品吧？"

她这话，确实扎得杜明心，心里一凉。但她想到，金银银教她的处世之道——"别人的态度不重要，达到自己的目的才重要"。

于是她赶忙将自己的大小姐脾气往下压了压，在大嫂身边坐下说道："大嫂！这可是正宗的上品燕窝。我自己吃这个，刚还送了一盒给我妈呢。您要是不放心，我可以帮你打开看看，里面食品质检证书都是最权威的！"

"行了行了，搁着吧。"

随便杜明心说得天花乱坠，她就是不感兴趣。杜明心察言观色，于是想了想，换了个说法道："嫂子，你刚不是问，这不逢年不过节的，我为啥送你燕窝吗。那是因为我听妈说，最近你跟我哥在备孕。备孕！那不得吃点好的！一人吃，两人补！这么好的燕窝，不光是我送给你吃的，也是送给你肚子里的小侄子吃的。小侄子需要营养！"

找到客户的核心需求，再精准迎合。

这个不是金银银教的。是杨叶教的。杜明心学以致用，她猜到大嫂现在最大的心事就是生儿子。所以她故意一口一个"小侄子"，表面上看不出什么，暗地里却把大嫂说得心花怒放。

大嫂将信将疑地看了杜明心一眼，有点开始怀疑她真的转性儿了。

再低头看了眼那几盒燕窝，她猛然讶异道："呀！怎么是这个牌子的呀？！这牌子我之前吃过，很贵的！"

"那当然。给大嫂送东西，我肯定得挑最好的呀。"杜明心赔笑。

大嫂想了想，看杜明心那热情的模样不像装的，于是准备接受道："那也不用这么多盒啊！"

杜明心见状，立马把早就准备好的腹稿读了出来："哎呀，嫂子！咱俩这么好。这一盒是给您的，这一盒，是给您妈的，代我问阿姨好！这盒，是给亲家阿姐的，我听说亲家阿姐刚生了个白白胖胖的大小子，这月子里，

115

您也不能空手去不是？至于剩下一盒嘛……谁还没个朋友，您尽管拿去大方送人！"

大嫂见杜明心这么大方，便收了。但她立马想到无功不受禄，这丫头怕不是有什么事求自己吧。于是她拍着燕窝礼盒，主动问道："明心，你送我这么重的礼，是不是有什么事求我？难道，你想搬回来住？"

大嫂心里是非分明：礼，收不收无所谓；但是小姑子要搬回来住，绝对不行！

赶都赶不走，哪能让她回来？

"嫂子，真是什么都瞒不过你的法眼。"杜明心堆着笑继续奉承道，"不过您猜对了一半！我是有事儿求您，但不是搬回来住。"

大嫂当场捋了捋胸口，只要她不搬回来住，什么都好说。

"嫂子，我知道，您在名媛圈儿里，那是老有声望了！这城里有钱的真名媛、假名媛，谁不想结交您！"

兵马未动，粮草先行。还是杨叶教的。好话又不要钱，可劲儿说呗。

"您看您气质高贵、典雅、大方，脸色又这么红润，压根看不出来生过孩子。"

"得得得！"

虽说是"千穿万穿，马屁不穿"，大嫂心里听着这些话是挺舒服。

但大嫂从小家里就是做生意的，还是看破了杜明心的小伎俩。

"你就直说，找我什么事。"

这时候杜明心干脆就坦白讲了："嫂子，我现在代理这个牌子的燕窝，食品资质一应俱全。渠道除了本家，就是我这里有货了。您看，您认识的名媛贵妇那么多，能不能给我介绍介绍生意？"

大嫂听了，脸上有些不悦，没答应，也没拒绝。于是杜明心赶紧又烧上一把火，道："其实，也不用您给我介绍。只要她们知道，您也是吃这个牌子的燕窝，吃得气色这么好，身材又苗条。那我这唯一的代理商，还不得赚翻了呀！"

杜明心说完，还是有些不自信地紧张地观测大嫂的神情。毕竟第一次从这个角度和她打交道。

只听大嫂淡淡一声："那行吧。多少钱一盒？我买十盒，送送人。"

"嫂子，原价12000，您从我这拿货，8000！"

杜明心娇俏地比了个8的手势。

"那行吧。你还有事吗？"

大嫂的表情依然如白开水似的，不热情。杜明心有些失望，这一锤子买卖，就算她一下子赚了两万，但这两万绝对不够她专程跑来跪舔这个刻薄的大嫂。

于是，杜明心咬了咬牙，伸出一根手指，对大嫂道："一成。嫂子，凡是从您这发出的货，您都能抽一成的头。怎么样？"

"这还有点儿意思。"大嫂微微颔了颔首。

"那我们仔细谈谈……"

杜明心和大嫂谈了好一会儿，大哥杜明泉上来叫她俩下去吃饭。杜明心看见杜明泉，想起阳溢建设现在的处境，于是又把大哥拉着坐下，一通交谈。

"哥，我现在上班的阳溢建设真挺好的，那个杨叶……"

"停！"

杜明泉直接伸出一只手，让她打住，他已经听够了这个叫"杨叶"的名字，自从杜明心去了阳溢建设上班，回来她嘴里就没停过对这个小老板的夸赞。

一见面就说，都快成洗脑神曲了！

"我说妹妹，我们之间除了'杨叶'和'卖燕窝'，难道就没有其他话题可聊了么？"

杜明心有些不好意思地吐了吐舌头，而后仰起面，重新理直气壮地说道："还有阳溢建设。"

杜明泉夫妇快昏倒了！

两人正色后，只听杜明心敛起神色说道："大哥！我真的觉得，你可以入股阳溢建设。现在外面的建筑公司乱得很，我弟的精益建设这回流标了，估计大半年得跟软脚虾似的站不起来。我觉得，这时候，谁要是入股阳溢这么有前途的企业，谁未来就能赚得盆满钵满。那才真的叫是'大眼光'！"

杜明泉听了，低头掐了掐手指，还是劝她先下去吃饭。

"你先下去吧，别让爸等急了。我和你嫂子，换了衣服就带孩子下来。"

杜明心见状，只得先撤了。她走后，杜明泉两口子坐在那里面面相觑了好一会儿。最终还是大嫂先开口道："明泉，你有没有觉得，明心有一点儿变了？我说不上来。但就是觉得……"杜明泉却不以为然："有啥变不变的。她一直不就是说一出唱一出、想一出是一出的嘛，这里缺根弦。"杜明泉指了指脑子。

"但是，我觉得她说的入股阳溢建设……"大嫂边思索边说道，"我娘家那边,上次回去吃饭,我爸也说起这个公司。说公司是个好公司,就是老板四处在外头找钱,银行和信贷都在观望,就看谁先出手,当第一个敢吃螃蟹的人。"

"你听杜明心那个没脑子的?"

杜明泉有些恼火,其实他指桑骂槐的是,大嫂的娘家。

大嫂也立马阴了脸,夫妻关系一秒入冰。

良久,还是杜明泉像没事儿人似的开口道:"你快换衣服下去!晚了,我妈又该说你磨蹭了!阳溢建设的事,我会考虑的,不过不是入股……"

"不是入股,那是什么?"

"你在家带好孩子就行了,管那么多干吗?"

杜明泉不耐烦地打发老婆,终究没把"收购"两个字,提前告诉她。……晚饭时分。杜康生连着两碗猪肚鸡汤下肚,热汗淋漓,直呼"过瘾"!褚灵灵为了显摆杜明心的孝心,特意挑了两盏燕窝,给大家做了燕窝粥。猪肚鸡汤加燕窝粥,法力无边。杜明心还"从中医的角度",死活不让大家开空调。于是匆匆吃完饭,大家就各自找各自的房间,冲澡去了。冲完澡,杜康生拾掇清爽了,在书房约见了杜明泉和杜明堂。饭后和两个儿子的闲谈,整得跟月考似的。杜明泉和杜明堂都习惯了。杜明泉一坐下,就迫不及待想拿SPACE流标的事情说事。

他瞟了杜明堂一眼,冷笑道:"明堂,你心态还真是好。丢了SPACE的项目,对你来说也无所谓。作为大哥我提醒你,这个季度精益的财报,怕是不会太好看。本来还有神武建材扛着,但之前王强那一通鸡飞狗跳,估计也够呛。我替爸着想,一直在想怎么替你擦这个屁股。"

杜明堂忍着,一言不发。杜康生也没说话。

良久,杜明堂抬起头,打破沉寂。

"大哥,那你想出来了吗?怎么擦?"

他倒乖觉,直接把话递到杜明泉的嘴巴里了。杜明泉的套路,一向不就是"打击别人、抬高自己"嘛,他这么揶揄杜明堂,肯定是想好后招了呀。

杜明堂等着看他这跳梁小丑蹬鼻子上脸的表演!

"爸,明堂,我觉得建筑板块在我们集团越来越走下坡路了,但我们神武本来就是做建筑发家的呀!所以,是时候引入竞争机制,多发展几个子品牌了。"

"怎么个竞争法?"

杜明堂一步一步勾引杜明泉上套儿。

"我打算花一笔钱,收购杨叶的阳溢建设,成为我们神武旗下的又一张建筑名片。"杜明泉胸有成竹道,"我做过背调,杨叶这个人有能力,他现在做的这个阳溢建设,除了缺钱,什么都不缺。我们正好天使投资,直接将其买下,让有能力的人给我们打工!不费吹灰之力地赚钱。"

"吹灰不还是要花第一笔钱吗?"杜康生听了并不满意。

杜明泉以为杜康生不高兴了,连忙见风使舵地缩了头。

"不买也行。"他弱弱地说,又把眼神投向杜明堂,"我这不也是为了给明堂指条明道嘛。"

空气又静默了许久。杜康生好不容易被猪肚鸡暴汗熨平的眉心,再次蹙了起来。

"我说了不让你买吗?"杜康生冷冷道,"你想买就买吧。"

说完,他冲杜明泉挥了挥手,示意他先出去。

杜明泉很不高兴,因为从小的潜规则就是,谁先从老爸书房出来,谁就是输家。谁留得越久,说明越受杜康生重用。

第十六章

到底是不是兄弟

杜明泉退出去后,杜康生先品了两口普洱茶,才慢悠悠地表扬起杜明堂:"事情做得不错。王强的人都处理干净了?"

明堂双手十指交叠,异常冷静地点头:"神武建材等于被洗了一遍,现在基本上都换成老秦的人了。那个王强,做的坏事太多,这回算是遭报应了。呵呵,牵出萝卜扯出泥,带出褚家人,他们大多手脚也不怎么干净,查税收查安全生产查账,现在估计就是您留他们在神武,他们自己都要想方设法跑路了。"

"那就好啊!"

杜康生听了,显然既欣慰又满意。

他轻轻拍了拍沙发扶手,又追问了杜明堂一句:"老靳那边没问题吧?"

杜明堂答:"没问题。"

老靳是跟了杜康生十多年的老人,怎么可能有问题?他俩暗地里勾勾搭搭也不是一次两次了。即使有问题,钱给够了,那也没问题。

"好啊!老靳这个人,从我认识他,就是有'好事儿'第一个钻,没'好事儿'跑得比兔子还快!"

"嗯。"

杜明堂不了解老靳,所以不予置评。

"但他这只兔子有一点好啊,就是长了只狗鼻子。每次都能嗅到味,站在有肉吃的那一边。精益套一笔,这次精心,又让他套了一笔。他也该知足了。"

杜康生原本的计划是:把杜明堂空降到精益,设局把王强弄走,清洗干净褚灵灵娘家在神武的势力;再收购新成立的精心建设;加上杜明泉收购的杨叶的阳溢建设。从此,精益、精心和阳溢合并,这不就又是原来的老精益了吗?除了王强和褚家人被踢出局了,一切都没变,甚至队伍还壮大了。挺好。至于SPACE,那最多就算是个诱饵。没有人会在乎。等杜康生完成了对神武的清洗和资源的重组,想重新拿回这些项目,还不是易如反掌的事?杜康生很为自己的布局感到自豪,他不认为自己这么做有什么问题。为了集权,身为领导层斗权斗谋,这些术数在大集团大企业里日日上演。至于那些因为清洗离职、失业、断送三五年职业生涯的员工,杜康生才不在乎。没人,再招就是了。每年毕业那么多大学生,有的是人才。

说到人才。

这次杜康生也很意外于自己国外回来的小儿子,竟能把他的"精神"吃得透透的,融会贯通。在最短的时间内,将事情办得如此漂亮!确实,这一回他对这个么子刮目相看。

于是,他说出了一段模棱两可却又意味十足的话:"明堂啊,你听得懂话,做事稳重。你大哥呢……勤奋,一直鞍前马后,就是想将来我把神武交给他。"

杜明堂揉搓着交叠的双手,低头没说话。

"但他那个脑子,确实不如你。我早就说过,神武的控制权,除非我给出去,不然谁也不能来抢!"

这话说给谁听的，就是说给谁听的。杜明堂领会。

杜康生又有些想为自己的所作所为掩饰的意思，于是他继续用提点的语气教育儿子道："年轻时，我白手起家，一手创办神武。神武就是我这辈子的命。生意场上不谈什么感情，亲情也一样。所以，将来接手神武的人，只能是那个最有能力的人。你能不能听懂？"

杜明堂还是不说话，他当然能听懂。

当初杜康生跟他，设这么大一个局的时候，他不就先乖乖俯首当了棋子了吗？

杜康生需要家里出个姓杜的马前卒去为他搞定这些事。也正是因为他不得已把自己的计划和目的给杜明堂剖析明白了，才让杜明堂更清楚地认识到自己亲爹是一个只有野心和多么冷漠的人。但是太可惜了，神武是杜康生的命，却不是杜明堂的。他之所以答应回来，答应接手这一切，为的也是他自己的目的。

他心底恨杜康生这个父亲，恨的就是他引以为傲的"为了事业，可以放弃亲情"的所谓"成大事"的情怀。

以前他以为，他爸杜康生只会对他亲妈这样，执意抢走儿子，就为了多培养一个接班人候选人，而不顾他亲妈的离子之痛，最后把人逼疯整进精神病院。

现在看来，那个靠家世上位的褚灵灵，在杜康生心里的地位也不过如此。她虽不无辜，却也付出了沉重的代价。所以站在神武的权力巅峰，真的就像登顶珠穆朗玛一样，是只有万分之一的人能看到的绝版风景吗？手握神武董事长大权，难道就能保八辈子衣食无忧、这辈子富贵无极吗？杜明堂不知道，他也不想知道。就算这次杜康生对自己的表现赞许有加，杜明堂也不会沿着他设计的路去走。依葫芦画瓢的，杜明泉一个就够了。

他只想给自己的亲妈讨个公道，给自己过去的童年讨回一个公平。

"爸，没什么事的话，我先出去了。"

杜明堂觉得书房阴寒，他不像杜明泉，觉得这里是块荣耀之地，每次多待一会儿就想逃。

"去吧。"

……

晚上。从别墅回到公寓。杜明心拿着计算器一直在客厅里"嘀嘀嘀"地

121

算。杜明堂脱下外套，就听她兴奋地说道："明堂，咱大嫂可真厉害。下午刚把我拉进一个'贵妇群'，说我是她嫡亲的小姑子。你猜怎么着，我一个一个加那些贵妇，到现在已经卖出去20盒燕窝，净赚几万！我真庆幸，有这么个'好嫂子'。"

杜明堂笑道："怎么？现在不闹了？不说她对你冷漠不关心你了？她都变成'好人'了？"

"哎呀！明堂，你就别翻过去的黄历了。没有永恒的坏人，只有永恒的利益。"杜明心边低头算账，边道，"那是以前我不懂事。总以为自己是一颗滚热的真心付出，那别人就一定也会是一颗滚烫的初心回应。是我太天真了，本来大嫂就跟我们没啥血缘关系。她嫁过来，我是'姑'，她是'嫂'，就和婆媳关系一样，天敌。没什么天经地义，好不好的还得靠处。"

"哟！你立地成佛了？一下子想这么明白？"

杜明堂给她倒了杯水，让她喝了再算。杜明心端起水杯道："过去我一颗真心对全家人，要就是要，要不到就闹。我还觉得自己特伟大、特坦诚！我甚至觉得谁让他们是我亲人，就应该且必须无条件包容我，不然就是不爱我。可结果怎么样，在那个家里没一个人待见我的！"

"你这话可得摸着良心！"杜明堂挺了挺胸脯，"我不是挺待见你的嘛！"

"你不是人。"杜明心笑着捶了弟弟一下。

杜明堂白了她一眼。

杜明堂很矛盾，他既希望他二姐醒悟，能从那个不切实际的童话世界里醒来；却又不希望她这么通透，变成一个世俗的人。

"现在我懂了，其实跟家人的相处，才是最需要技巧的。咱们迎合客户，只要从'利'的角度出发；可是和家里人，这'利'里头还裹着'情'，'情'里面又搀着'利'，光靠一腔孤勇和任性真的是不够用的。"

杜明堂搂着明心，低头鼻尖抵着她的头顶，悠悠地听她说。这一秒，他真真正正切实感受到，他这个姐姐，已经开窍了，开始长大自立，未来的路要好走了。

"那句话怎么说来着：自古深情留不住，唯有套路得人心！"

杜明心说着说着，又沮丧起来，她微微叹了口气。

"你看，今天我回家去，略略使了点套路，就把大家哄得多高兴！自己也得了好处。果然，钱都流向了不缺钱的人，爱都流向了不缺爱的人。明堂，你说我以前那样作死，是不是有病。"

杜明堂听完她的话，愣愣没说话。

"那你以后就继续使用'套路'呗，少受伤。哎呀，不跟你聊了，我累了，去洗澡睡了。"

说着，他站起身。

但杜明心却突然不算账了，很郑重地问了杜明堂一个问题："弟，你没对我用过'套路'吧？"杜明心有些矫枉过正，现在又将一切舒服恒久的关系归结于了人性的套路。杜明堂不知道怎么回答她，回眸向下看了她一眼，眼神复杂。

"我给你用'套路'，就你那个脑子，接得住么？"

他给了一个回避的答案就去洗澡了。

"那对其他人呢，明堂，你用过套路吗？"杜明心穷追不舍。

"早点睡！别琢磨些有的没的。明天继续卖你的燕窝！"

淋浴房里传来"哗哗哗"的水声。

同时，客厅里，计算器的声音也"哔哔哔"地响起……

路佳在精心建设的洋房里，上了两天班，越上越心慌。公司就像个草台班子一样，要啥啥没有。那个形同虚设的人事，每天就知道在工位上做美甲补腮红，一份简历也没看。瞿冲死性不改，仍然炒起了他的美股，白天在办公室睡觉。唯一不同的是，这回在洋房里，他CTO办公室里有床了，睡眠体验比沙发好。路佳不是没怀疑过，老靳会收回给她的股份，那样他对SPACE做什么都不用跟自己商量。可是，她反复翻阅合同，没有找到任何老靳收回股份的可能性。路佳不断地说服自己，她回来是为了SPACE，老靳是她十多年来唯一可以信任的老板。人越是让自己别胡思乱想，脑子就越是会不受控制地胡思乱想。终于她绷不住了，开始摆烂。她啥也不做就盯着墙上摆钟，倒计时。再过24小时，就过了中标公示期了，到那时候一切尘埃落定了，再来考虑这些问题也不迟。杜明堂则在精益的办公室里，干着一样的事。他竟低头盘起了杜康生前几天随手送给他的一串佛珠手串。都说人到了一定的年纪，就会自然而然地血脉觉醒！成熟，就是逐渐潜移默化地活成了自己不理解的人。一切都是那么自然而然。

拿起佛珠静心，放下手串干活。

"倪豪，时间差不多了，把通稿发给营销号吧。经费从精心出，一定要确保我们的手是干净的。"

杜明堂把自己深深埋在单人沙发里,迷茫地抬起眼眸,他也不知道这一切是错是对。这一刻,纠结的他真心羡慕外面坦然卖燕窝的杜明心。

晚上。

路佳全家吃完饭,小鲁班非闹着要去楼下超市门口坐摇摇车。于是路野和钟明理就带他去了,路妈兴致高,也说一起下楼去透透气。三人前脚刚走,路佳后脚就想起来,下周她妈吃的那些药,还没往随身药盒里分类好。因为路妈觉得自己癌症是绝症,反正也活不了多久了,所以吃药就很随意。有时三天吃两顿,有时候一顿药吃了三天的量。路佳管不了她,只得网上买了分隔小药盒,提前给她分装好一周的量,每天回来检查。不知不觉,路妈的几瓶药都堆到桌上了。无意间,路佳又发现,她妈现在竟然每天要吃这么多粒药了,光片剂、胶囊、丸药就一大把。其中就属那个中药药丸最难数,小、颗粒还多。路佳正耐心地在家数药。

突然!

她家的门被人"咚"的一声推开了!

"谁啊?!"

路佳被吓了一跳!

她手里托着药,慢步挪到门口去一探究竟。家人走时门没关好,这么重的手,难道是陆之岸又杀回来找碴来了?打开门,还好,是杨叶。路佳光顾着数药了,压根没注意到杨叶脸上肃杀的神情!

"你自己随便坐,我这儿还得忙会儿。6、7、8、9……"

路佳头也不抬,小心翼翼地盯着那些黑色药丸过数。本来杨叶跑来,是准备当庭宣布路佳的"职业疆耗"的。但见她这副岁月静好的样子,他反倒犹豫了,有点纠结要不要立刻告诉她。还是她已经知道了,搁这儿装镇定呢。

"爸爸的爸爸叫爷爷,爸爸的妈妈叫奶奶……"

楼下超市门口摇摇车摇得正欢。小鲁班坐在里面,笑得别提有多开心了。

钟明理的微信声一直在响,全都被嘈杂的音乐声给吸掉了。这时,路野拿了四根冰棍过来,请大家一起吃。钟明理还没来得及接冰棍,手机先振了。是她的小助理打来的。

"姐！你咋不看手机啊？！急死我了，出大事了！"

"哦，我刚刚在陪孩子玩儿……"钟明理有些不好意思地解释道。

小助理刚想继续道，突然冷静下来先问了句："姐！你啥时候有孩子了？"

钟明理话说得也太自然了。

"姐！你是不是有个朋友叫路佳啊？精益的？杨总还让你帮她处理过离婚官司？"

一听"路佳"的名字，配合着小助理急躁不安的语气，钟明理的第六感告诉她，应该不是什么好事。

于是，她瞟了路野和路妈一眼，捂着电话，做了个走开的手势，走出去几步才又接起电话。

"是啊。怎么了？"

"哎呀！姐！说不清楚！所以我才问你看没看手机，你快上网吧，我转了几个热门链接给你。SPACE那个项目还是流标了，路佳被人举报了！"

小助理在对面急得恨不能替钟明理打开微信。

钟明理随手点开对话框。

这一看，她立刻捂住了自己的嘴！

《人民广场热门地段市重点项目SPACE，中标方案涉嫌抄袭！创意照搬英文网站》

《奇耻大辱！SPACE中标创意"走马灯"涉嫌抄袭，创意重合度80%以上》

《建筑界惊现抄袭狗！SPACE中标方案遭多方打脸！精心建设坐实剽窃》

《"走马灯"创意乃剽窃，精心建设恐涉及侵占他人知识产权，或遭起诉！》

钟明理看着满屏的"抄袭""剽窃"等词，惊出一身冷汗。

她赶忙点进一个链接，细细查看新闻才知道：

在招标结束后，也不知道是谁请来的记者，路佳在招标中心门口接受了视频采访。由于当时太过兴奋，她简单谈了谈自己的"走马灯"创意。本来这条视频的流量非常一般，可是"抄袭""剽窃"的丑闻一出，这条视频立马被点到了十万加，给各路博眼球的大V转载。下面各路人马的留言，更是令人唏嘘!

"真搞笑!这女的居然在招标中心拿别人的创意侃侃而谈,还说得头头是道。她以为,说了就是她的吗?"

"当时我看了这个视频,还被她带得真觉得走马灯的设计挺牛的。毕竟弘扬传统文化啊!没想到是抄袭,真是丢老祖宗的脸。"

"这种亿万的大项目爆出来抄袭,呵呵,那牵扯出来的单位可多了。投标怎么投的,过标又是怎么审的?"

"这都十多年过去了,'山寨'已经不流行了吗?直接改剽窃了?悲哀!"

"严查!看看到底是建筑师抄袭,还是公司授意的。现在这些黑心企业,为了赚钱,什么都干得出来!丝毫不考虑,别人的一个精彩创意可能要沉淀十年!"

路佳怎么就抄袭了呢?

钟明理死活不信,于是赶紧翻出手机里的资料,将证据详细比对。路野和路妈本来还兴高采烈地带着小鲁班等着钟明理,但等到三人手里的冰棍都化了,还不见她从远处走过来。她又死死拧着眉头,只顾看手机。于是路妈轻轻捅了捅路野:"你去。"钟明理查到,招标日是7月13日,竞标方案提交的最后截止日期是7月6日。而这篇关键词是"走马灯"和"市中心市政项目"的论文的发表日期是6月6日。

并且,"走马灯"这种建筑形式,对方竟然还专门申请了专利,材料已经都递交到专利局了,目前正在审理中……

"完了。"钟明理心一沉,脱口而出。

路野正好过来,关切地问道:"什么完了?"

钟明理有些担心地望了望对面的路妈,发现她也正殷切地望着自己。

她连忙把头埋了下去,完全不敢看路妈的眼睛。钟明理悄悄把自己的手机递给路野,又狠狠对他做了一个"嘘"的手势。意思是,你无论看到什么,都不要发出声音!路野一看,不用说,也是瞳孔地震!见情形不对,路妈也跑过来问:"怎么了?出了什么事?"路野和钟明理不敢说,于是路野抱起小鲁班在前面飞奔掩饰,钟明理扶着路妈走在后面,无论路妈怎么问,钟明理都只能沉默以对。

"回来咯。"

路野故作轻松地抱着孩子推开门,已经满头满脖颈满手心的汗了。他抬头看见杨叶的那一刻,就跟见到了救星一般。路野放下小鲁班,扑上去抱住杨叶就喊"救命",还眨了眨眼睛,示意这事儿不能让路妈知道。杨叶也是知道路妈的病情的。这时,路佳终于数完药了。她"啪嗒"一声合上盖子,抬头无辜地问:"杨叶!你大晚上的跑我家来,是有什么事?"她这冷不丁一问,把现场所有人都给问住了。杨叶更不知道,这时候他是说还是不说了。他盯着路佳舒展红润的脸,大胆推测,她应该是还不知道。但这事她早晚得知道不是?他还是得说。

"那什么,路佳,咱俩要不去房间说?"杨叶小心翼翼地问。

"去什么房间?什么事儿?就搁这光明正大地说呗!"

路佳可不惯他,大大咧咧。场面陷入了胶着。杨叶左右为难,原地踟蹰。路野还搁边上对他挤眉弄眼,两人整得像双簧。

"跑来消遣我是不是?"

路佳见杨叶磨磨叽叽吞吞吐吐,以为他又是应酬客户喝多了,来找自己玩耍,于是当场发飙撵人:"没事赶紧走!走!走!走!"杨叶被路佳推搡着往外走,他不敢说,又想说,一直天人交战。但最终,杨叶理智占了上风。舆论每分每秒都在发酵。真的没有一秒钟可以浪费。于是他也顾不得那么多了,当着众人的面,直接把路佳拉进了书房。路妈都看蒙了,这什么情况?这这这,这好像是自己女儿家吧?他杨叶凭什么?路野和钟明理面面相觑,然后同时垂下了头。钟明理还下意识地把手里的手机,藏到身后。路妈也不傻,叹了口气,拉走小鲁班,生气地撂下一句:"你们有事就瞒着我吧!"

"杨叶,杨叶!你要干什么?!"路佳拼命拍打着对方。

直到杨叶合上书房的门,冲她大吼一声:"别闹了!"路佳被杨叶排山倒海的气势给唬愣了!她无辜地眨巴着眼睛,坐在书桌前,直勾勾地盯着杨叶。杨叶也意识到自己音量过高了,于是赶紧换了副和颜悦色的口气:"出事了。"

说完,杨叶不由分说打开路佳的电脑,让她直面网上的舆情。十分钟后。路佳从屏幕前抬起不可思议的眼睛。她凝视着杨叶,心存最后一丝幻想地问道:"这些,不会是你编的吧?"

"我能全网编?"杨叶气不动,"论文有ISSN,专利有专利申报号儿,这些东西我拿什么编?"

"对哈,不可能是编的。"路佳抑制不住惊恐的眼神。

她当然知道这一切不可能是编的！只是不想接受。一通慌乱之后，路佳只觉得自己脑袋要炸裂，现在的情况之复杂，仿佛就是多个多元方程的交叠。她捂着脑袋，对着电脑屏幕，却不敢抬头看那些新闻和评论。杨叶深深叹了口气，然后默默蹲在路佳脚边。

"路佳，你要是听我的，现在咱们就坐下来好好分析一下，到底是中了谁的局。"

路佳听了，却抱着脑袋痛苦地摇了摇头。

她现在不想解题，只想逃避。

杨叶能理解她，安抚道："我知道。作为建筑师，谁都不愿意沾染上'抄袭'这两个字！建筑是你的理想，你不容许任何人玷污，更没办法接受这个玷污你理想的人就是你自己。就算是造谣，你也没办法接受。这种心情，我懂！我真的懂！"

路佳痛苦地将自己的脑袋靠在杨叶的肩头，鼻涕眼泪不甘地落了下来。哭够了。路佳终于逐渐冷静了下来。她眼眶里噙满了泪水，抬起头，问杨叶："你刚才说什么？"

"我说，你这种感受，我懂！"杨叶尽力安慰。

"不是，前面。"

"前面我说，当务之急，是我们要找出这件事幕后的推手，确认到底是谁做的局。"

见路佳有点接受了，杨叶拖出桌面上的餐巾纸给她擦了擦。路佳将自己湿漉漉的脸面处理干净，又狠狠擤了擤鼻涕，最后把餐巾纸狠狠搓成一个团儿，丢进垃圾桶里！

"确实要知己知彼。不然我在明处，那人在暗处；他能看见我，我却永远看不见他！"路佳道。

抄袭没抄袭，路佳心里最明白，她没做过的事，却有人往她头顶扣屎盆子。还扣得这么精准。这明显就是被算计了。

杨叶见路佳清醒多了，说："你还记不记得，我一直不赞成你回去继续跟着老靳做事？"杨叶问。

路佳点了点头，而后又摇了摇头："如果是老靳的话，这么做对他有什么好处？我抄袭，那么精心也完了！老靳没有理由这么干！"

杨叶听了，瘪嘴思考了半晌，又重新仰起面，问："路佳，你觉得你真的了解老靳吗？"

路佳知道杨叶已经不信任老靳很久了，不然也不会自己冒这么大风险，也要选择出去单干。

"好，就算是老靳！杨叶你告诉我，他这么做，到底有什么好处？他是能分到钱啊，还是脸上有光？"路佳说，"老靳现在有四个孩子，每天活得就跟个托儿所所长似的，你觉得他有时间、有精力、有必要，为了搞死一个连蚂蚁都算不上的路佳，自损八百地去做这么大一个局？"

杨叶被路佳怼得哑口无言。

但他还是坚持，这事儿和老靳脱不了干系。路佳想做SPACE，尽人皆知。哪儿就那么巧，在她和杜明堂志不同道不合的时候，老靳就及时杀回来重新出现了？老靳走得蹊跷，回来得更邪门！

"路佳，我不是对老靳有芥蒂。而是，你觉得，如果老靳在乎，事情现在已经发酵成这样了，他能不知道？能连一个电话都不打给你？"

杨叶举起路佳的手机，质问。

"也许……他在忙。带孩子？"

路佳答得自己都没底气。

杨叶酝酿沉吟了一番，继续道："而且，你不觉得这件事的时间线，卡得有点太巧了？怎么就，能够刚刚好在招标前，你的方案交上去前一个月，论文全英文发表，专利申报？就好像跟算准了时间，打出来的时间差似的。"

路佳同意杨叶的观点，这点确实诡异。

但也许造化弄人，就是这么巧合也说不定。

"你查过那篇论文的作者吗？"路佳问。

"只署了个英文名，简介是某不知名的设计事务所的设计师。这个设计师确实有，但英文名背后的到底是谁，如果对方不想让我们知道，我们就永远知道不了。而且首发地在香港，就更难查了。"

看来杨叶在来的路上，就已经做了功课。

"那专利申报呢？"

"也是以那家设计事务所的名义。但我网上查了，那家设计事务所，信息甚少，行内也没有人知道。皮包公司的概率极大。"

"那就是故意做的局，为的就是请君入瓮。不，请我入瓮。"

路佳彻底清醒了。

"应该是竞争对手搞的，为的就是让你流标。"杨叶说。

路佳抬起眼皮，反问："阳溢建设也是我的竞争对手。"

杨叶知道自己说错话了，路佳的"走马灯"方案，招标那天几乎是艳压整个会场。

就算是竞争对手想搞鬼，这么短的时候，也安排不了这么周密。更何况，谁能未卜先知路佳的方案？又或是就押准了宝，她会抄袭，然后去各大学术网站的边边角角搜索，最后还真就让他找到了。

这么短的时间，这一切，听起来都不大现实。

"那就是……"杨叶拧眉，幽幽地试探了句，"那就是知道你'走马灯'方案的人！"

"你这不是废话嘛！"路佳觉得杨叶的思路又绕回来了，"你说的不还是老靳吗？我只向他汇报！"

杨叶轻轻摇了摇头："也许不是方案，而是'走马灯'这个想法、这个概念，你跟谁提起过吗？"

路佳努力回忆，而后摇头，"应该没有。"从这个想法的偶发到实现，她几乎对其他人只字未提。

"哦！对了！"路佳突然从办公桌前站了起来。她走到窗户边，从飘窗的一堆杂物里，翻出了那只已经积了灰的走马灯。

"这只走马灯，是杜明堂陪我和小鲁班去游乐场的时候送给我的。"路佳坦白，"也是看到它，我才有的灵感。"

"他？他还陪你们娘儿俩去游乐场？"杨叶明显不乐意了，"你有这个需求，干吗不找我啊？欢乐谷、迪士尼、环球影城，我可以陪你们去玩个遍！"

"现在是计较这种事情的时候吗？"

路佳没心情，摆臭脸将这一段搪塞了过去。她承认自己那时候对杜明堂有过好感，但也仅限于那时候。杨叶盯着那盏积灰的走马灯看了许久，把灯打开熄灭，熄灭又打开。房间时昏时暗，时而又绚丽多彩。

最终，路佳烦了，问道："你玩儿够了没？"

"有没有一种可能……"

杨叶仿佛福尔摩斯陷入了推理。

"有没有一种可能，当初去游乐场就是杜明堂设计好的。他之所以送你这个走马灯，就是为了引诱你将元素融入设计方案？"

杨叶不确定，但他还是将自己的想法，对路佳直说了。

路佳随手拿了本册子，照脑袋就给他一下子："我是小学生吗！这么容易受到引诱？杜明堂是神算子嘛？算八字都达不到这么准，你这推测太扯了，杜明堂怎么就能肯定，送我个走马灯，就能影响我的建筑想法呢？"

杨叶依旧不死心："没这么巧的事。这个杜明堂，一定有问题。"

路佳有些不耐烦起来："欸，不是，杨叶。你先咬老靳，再咬杜明堂！我还是那句话——这么干了，对他们能有什么好处？无利不起早好吗，老靳就不重复说了，就这个杜明堂，神武的二公子。他自己那个怪物方案，臭气飘满了整个行业，就是重新招标，你的方案上了，他的方案都不可能上。所以，你说他花这么大力气搞死我，难道就为了图一报复吗？"

路佳听到杜明堂的名字，就莫名烦躁，于是她继续道："再说了，杜明堂他就是个富二代，未来亿万身家，他跟我们根本都不是同一个阶层的人。他有什么理由，非要置我于死地啊？"

说着，路佳很不服气地夺过杨叶手里的走马灯："哦，难道就因为人家好心给我儿子送了个玩具，就怀疑他？证据呢？杨叶，你这话要说出去，我儿子以后会没朋友的，也不敢有人对他好了！"

杨叶也无语了，急得直把头发往后撸！路佳说得有道理，杜明堂没有作案动机，但她也不能这么急着替他打抱不平！

"那要不再等一等？"

半响之后，杨叶急得又是叉腰又是踱步道："让子弹再飞一会儿。既然这个人能扔这么一颗炸弹，那就不仅是为了炸一个烂摊子，肯定还会有下一步动作的。"

得！路佳和杨叶你一言我一语地分析了半天，跟没分析一样！

"路佳，其实我今天来，没想着一晚上就能把事儿聊个水落石出。我就是担心你。"杨叶真挚的感情不像是演的，"要不这两天你躲躲舆情，也别去上班了。我安排你到别墅去住两天。你也别上网，省得生那些键盘侠的闲气。你要是觉得闷得慌，我让银银喊几个牌搭子过来，陪你搓麻，混个三天。"

路佳摇了摇头："不用。"

"你别逞强。上次老靳跑路那次，闹得你还不嫌伤筋动骨啊？"

"现在已经这样了，要闹闹呗！"路佳有点豁出去了，"你不是都说了接下来就是引蛇出洞嘛。我这个饵儿，不浮在水面上多蹦跶几下，那些鱼啊

131

蛇的,都不会过来。不就是网暴嘛,我又不是没经历过。我也不是明星,不是公众人物,这事儿最多也就是学术圈儿、建筑圈儿热闹几天,过阵子大家也就忘了!"

杨叶知道路佳这话,半是认真,半是气话。舆情可大可小,一旦出了圈儿,那路佳可就成了过街老鼠。杨叶刚又抽空看了一下手机。精心建设建筑师抄袭这件事,已经逐渐产生了"蝴蝶效应"。网上有传说,"第一拨受害者"已经出现:今年所有院校的建筑学院的论文,因为这件事的影响,可能都要重新查重。路佳如果不能尽快洗白,那她很可能就成为毕业生、博士生毕业压力和论文压力的释放对象。但杨叶不敢说,路佳现在难得才平静下来。可不敢再吓唬她。终究是杨叶一个人扛下了所有。他出来时劝路佳早点休息,又让路野盯着他姐的风吹草动,有什么消息立刻通知他。

他顺便挥了挥手,对钟明理说:"行啦,别跟你小男友腻歪了。搭我顺风车回公司吧,今晚算你加个班。"

杨叶就是不叫钟明理加班,她也要回办公室,帮路佳好好彻查一下这件事。

"杨总,你喊我回来,不是处理路佳的事?"

钟明理望着办公桌上,杨叶递过来的一沓厚厚的材料,莫名其妙地问。

"不是。"杨叶很明确地说,"阳溢建设要卖给杜明泉了,也就是神武。收购合同你看一下,看看有没有法务漏洞。"

"什么?"

钟明理激动得一拍桌子站了起来!

"杨总,这什么时候的事?"

"就这一两天的事。你赶紧看合同,有什么问题向我反馈。"杨叶吩咐道。

钟明理无奈地低头看了看满桌的材料。好吧,她就是个法务,老板没必要跟她解释那么多。

第二天一早。路佳强撑着精神,化了个全妆,戴上墨镜,开车去上班。她刚到精心建筑门口,就见洋房门口被媒体还有自媒体挤得水泄不通。自拍杆都架了十几个。于是,路佳果断转方向掉头,从花园洋房的后门进去。她前脚进去,后脚就有人出来。

"嘀!嘀!"

头发乱糟糟的瞿冲，看向路边停着的车，那车的车型和牌照都无比熟悉。他低头骂了句不清不楚的脏话，便硬着头皮过来了。

"还让不让人活了？我就想出去买个煎饼果子！"

他一坐上副驾驶位就开始挠头抱怨。

车是杨叶的。

他戴着墨镜，手握方向盘，一脸冷峻，没有半分要开玩笑的意思。

"我知道你会来，可你别问我，我什么都不知道！"

瞿冲不耐烦地想打发他。

杨叶没立刻问他话，而是把墨镜默默地摘下，用冷冽的语气问了句："是不是兄弟？"

瞿冲头都大了，烦躁得不行。

"杨叶！你真别问了。事情都这样了，问来问去的，还有啥意义？"

"到底是不是兄弟？"杨叶重复。

瞿冲脑门子直冒烟："哥！你是我亲哥行不行？只要你不问我路佳的事，你要兄弟我怎么都行。"

他还想插科打诨，杨叶一把拽过他的衣领："我今天来找你，就想问问路佳的事儿。"

瞿冲就跟个歪瓜似的，给杨叶整个人都扭歪了！

"别别别！君子动口不动手。"瞿冲告饶。

其实昨夜一夜未眠的人太多了。瞿冲今天熬的这两只黑眼圈，还真不是因为美股。当初他坐牢的时候，家里全是杨叶和金银银给照顾的。他儿子能送出国留学，也是杨叶托人帮忙安排的。他的确欠这哥们儿一个天大的人情。再说还有以前共事那么多年的交情在呢。但是，现在老靳回来了，瞿冲以后总还要吃饭吧？他是个有案底的人，工作可是不大好找。

犹豫再三，瞿冲也发了个狠，对杨叶说道："行了！你也别难为我。能说的，我现在就说。这一回啊，确实是老靳对路佳不地道。"

瞿冲也很唏嘘，杨叶、他、路佳、老靳，就是这十年纠缠不完的孽债。

"精心账面上就没什么钱。其他的，我真没什么好说的了！"说完这句，瞿冲就急匆匆地推车门下车！杨叶眼见着他佝偻着身子过马路，直奔煎饼果子摊儿，把一个无奈的中年人演绎得淋漓尽致。杨叶下一站去了附近的房屋中介。

133

他假意看房，进门对着满屋子的人就叫嚣："这附近有没有花园洋房租啊？"

"有有有！"

花园洋房一个月的租金不菲，中介们争相过来抢提成。

"老板，您是什么时候要住啊？我们这里正好有一套房源，下下个月初能出来，您要是不急的话，我给您详细介绍介绍。"

杨叶戴上墨镜："嗯。"

中介们递过来的传单上，门牌号和户型正是老靳的精心建设总部。

杨叶这回有数了。他拿着传单就上了车，狠狠扣上车门！杨叶咬唇无语地看了看窗外：这老靳还是这么鸡贼。写字楼一般是半年起租，租金还贵。他搞这么一花园洋房，提升了公司逼格不说，租期还只有三个月。中介说，这房子下下个月出来。杨叶唯一可以得出的结论就是：老靳压根就没打算做长期生意，精心建设不过是一个虚晃一枪的壳儿！他拧了拧山根，晃了晃沉重的头，发动车子，先回阳溢。路佳坐在洋房二楼的办公室里，透过窗子和梧桐树叶的缝隙，正好可以瞥见楼下的那些"吃瓜记者"。她刚上来的时候去找过老靳，可是管家却告知老靳今天早上带双胞胎女儿去打防疫针了，要晚点过来。

"呵，还真演上奶爸了。"路佳冷哼。

路佳无聊加手欠，又摸出手机去看网上那些不负责任的评论。

反正除了一水儿的谩骂和鄙夷，就是SPACE那块地的热度再度被炒高。以前从来没听说过哪个市民关心过市民活动中心建成什么样子，现在好了，路佳"凭一己之力"，把这个项目带到了前所未有的高度和热度。

"靳总回来了。"

管家过来提醒路佳。

路佳丢下手里的一切，急不可耐地就跑下楼去找老靳，想问个究竟。

老靳一身休闲服，看起来倒是闲适得很。

"老靳……"

"路佳啊？早饭吃了吗？今天看起来气色不错。哦，你是不是化妆了？"

管家在帮老靳脱外套，他松弛地跟路佳打招呼。

"老靳！"

路佳不想再装了，直接怒吼了一声，吓得管家手里的衣服掉在地上。

老靳瞥了眼，依旧只是淡淡地说："衣服帮我现在送去干洗，洗完了顺便做个除菌，孩子老往我身上蹭。"

待人走后，办公室里就只剩下他们两人。

路佳上前就是一通连珠炮质问："老靳！你什么意思？SPACE这个项目，本来过了公示期就中标了！我们本来可以继续按计划往下推进，你现在搞什么？抄袭？抄个屁！这个点子，我可以对天发誓是我自己想出来的！在投标之前，知道这个创意的，就是你和我！"

老靳也不装了，冷笑："路佳，你什么意思？你自己涉嫌抄袭，带累了整个精心……"

"你少跟我来这套！"

昨天夜里，路佳早就想明白了，当初老靳承诺给她27%的原始股份，加上老靳自己的40%，他就完全有了话语权。

路佳一直对这27%存疑，这次的突发事件，更让她觉得，如果是老靳干的，那肯定就是冲这27%来的。

"是啊。没错。"老靳特别坦然，"路佳，现在抄袭的事情已经上网了。所以你那27%的原始股，泡汤了。这是你职业操守的问题，你可以去告我，但可能胜诉的概率不会太大哦——"

"所以……是你干的？！"路佳咬牙切齿。

老靳走到桌边，给自己和路佳一人倒了一杯柠檬水。

"谁做的，不重要。"老靳把水递给路佳，"重要的是，现在这个情况，你要怎么解决眼前的困境。还有，精心的困境。"

老靳永远八面玲珑，永远内核稳定。

永远地……冷漠自私。

路佳拿起那杯柠檬水，一边瞥着眼边看老靳，边一饮而尽！清透的液体顺着她的嘴角溢出，她用这种方式发泄着对老靳的不满与愤怒。

"咚！"

喝完，她将水杯狠狠蹾在花梨木的长桌上，冷眼望老靳。

"那就请经验丰富的靳总，给我指条明道。"

老靳无所谓地笑笑，将水杯拿到水池那边洗干净放好。

"路佳啊，我呢，就随口这么一说，你呢，就随便这么一听。金玉良言，过去我说得太多了。但其实决策权都在听的人。"老靳道。

135

路佳默默，等他的干货。

"没错，我就是要 SPACE 项目捏在精心手里。但是，现在我打算把精心建设给卖了？"

"卖了？！"路佳震惊，"卖给谁？"

"当然是卖给神武啊。"

老靳笑了，同时他端起了自己的那杯柠檬水，自得地送到嘴边。

路佳完全想不出老靳兜这么大一个圈子，费这么大一个劲，到底是图什么。

等下再消化。

"卖给神武，然后呢。"

路佳本来是个移动的盖着盖的火药桶，只等老靳一掀开真相的盖子，她就爆发。但此刻，她完全没了脾气。整个事件的闭环，听起来，就像在闹着玩一样。"套现离场啊。"老靳笑。他的目光和表情都特别坦然，说完还冲路佳摊了摊双手，意思是：有什么问题？

"那 SPACE 怎么办？！"

路佳脸涨得通红，她的每一根血管此刻都在燃烧。

很快，她也等来了老靳不负责任的答案："有什么怎么办？神武那么有钱，能请很多很多像你路佳这样有才华、有想法的建筑师。哎呀，路佳，地球离了谁都转，别把自己想得太无可替代了。"

说完，老靳走过来，轻轻拍了拍路佳的肩膀，又擦肩走了过去，坐回自己的办公桌。

路佳一个人气得原地瑟瑟发抖！

"老靳！"

她转过身，还是想最后和老靳把话说清楚。

"老靳，你觉得 SPACE 能中标是一件特别容易的事吗？现在我抄袭被举报了，有关部门已经介入，流标是肯定的了！你怎么能够确保，精心卖给神武以后，新方案还能中标呢？而且精心弄成现在这副样子，神武他们狗脑子啊！还会买？！"

第十七章

也许还是喜欢你

"神武的收购协议。"老靳轻轻松松，将一个文件夹抛在餐桌上。路佳不可置信地捡起来，翻了翻。居然是真的，老靳确实黑了路佳那27%的股份！现在精心他一言堂，想卖给谁就卖给谁。他利用路佳的创意和声量对外融资，然后将最大股东的位置让给了神武。

就这一笔，老靳几乎又赚了半个精益！

"老靳，你为什么要这么做？"路佳无法理解，"你也不缺钱啊？"

老靳笑笑："在这个世界上，谁会嫌钱多？"

说着，他还故意凑过来，弯腰逗弄路佳。

"路佳，你是个所谓的建筑设计师，但是我老靳不是啊！我就是个商人！商人的第一要务是赚钱呀。"

路佳不想和他打这些无聊的嘴仗，她就一句话："所以，你牺牲了SPACE？"

"这应该不叫牺牲，叫——"老靳仰头想了想，"叫'迭代'！"

"呵呵，'迭代'？"路佳冷笑，"迭代的意思是产品新的功能取代旧功能，新产品具有绝对的领先性。老靳，新的SPACE方案在哪儿？你看见了吗？比'走马灯'更好更领先的方案？迭代？你拿空气迭？"

老靳更加无所谓地笑笑："没看到，不代表就不存在。我相信，肯定有比你的'走马灯'更优秀的方案，很快就会浮出水面。神武有钱，国内优秀的建筑师那么多，长江后浪推前浪，总会有后浪把你这个前浪拍死在沙滩上的。"

说到这，老靳又秒变和颜悦色："路佳啊，我说句实话，你也不小了，早就不应该在一线这么拼了。退居幕后喝喝茶、开开会，做管理不好么？"

路佳一听老靳暗讽她老，更加气不打一处来，邪性！任何人都可以置喙路佳的年纪，唯独老靳不可以！路佳十年的青春，都耗在了精益，老靳就是食她青春的那条老狗，老靳则不慌不忙地走到垃圾桶边，轻轻从里面拿出一个东西，举到路佳眼前。是那个空的三七盒！这都几天了，垃圾还没倒掉呢？路佳有些诧异。可见，这几日，老靳根本就没有在办公室待。也许他只出现在路佳找他的几分钟里。

"谜底走的时候我早就告诉你了,是你太蠢,看不懂。"

老靳微微用指尖旋动那个路佳揣了快半年的空盒子。

"这个盒子是空的。它是没有心的。"

说完,老靳把空三七盒轻轻放在精心的收购协议上,像是完成了一件艺术品。

太讽刺了!一出没有真心的空城计,居然取名叫精心建筑。路佳往后趔趄两步,世界的荒诞,像一记莫名其妙的耳光,甩得她面红耳赤又猝不及防。路佳不想再和老靳痴缠。她很后悔!后悔当初在机场没有掏出施工锤,砸老靳个"遍地红"!

"哗——"

路佳端起餐桌上老靳喝剩的那半杯柠檬汁,高高举起,倾倒而下,老靳一丝不乱的发型和春风得意的面容,顷刻间,都变得模糊。透明的液体,从老靳的额头流到鼻翼,又从鼻翼裹进嘴里。柠檬泡久了,不仅会酸,还微苦。老靳没想到路佳会这么冲动地拿水淋他,一时间竟然怔住了。成王败寇,路佳一句废话也没有多说,转身就离开了。连一个仇恨的眼神都没留给老靳,因为不值得。路佳走后,老靳的老婆从外面和路佳擦肩而过走了进来。她看见老靳这副狼狈样,连忙拿毛巾给他擦拭,边擦边说道:"你又去惹她干吗?事情不都已经结束了吗?自讨苦吃。"老靳拿毛巾擦了擦脸,看清楚门口已经没人,道:"你懂什么?"两口子坐下,老靳老婆还是看不懂老靳,于是开口问道:"你不是一向只管赚钱,从不多事的嘛。别以为我看不出来,刚才你肯定故意激路佳了吧?"

"激她?"老靳嘴硬不承认,"我好日子活够了,敢遛老虎玩儿?还是只母老虎?"

"那是为什么?"

老靳没说话。

他老婆再三追问。

最后老靳不耐烦了,才吐口道:"这事儿要是别人,他爱怎么想我怎么想我,我才懒得多话。可……"

"可这个人是路佳。"老靳老婆带着酸味揶揄。

机场老靳和路佳拥抱的画面太深情,以至于至今还深深印在她的脑海里。

"不是你脑子里想的那样。"老靳幽幽然解释,"十年啦!人都是有感情的。路佳曾经是我的下属,也替我接下过不少案子,打过天下,赚了不少钱。说实话,这次的局,要不是她信任我,根本就圆不起来。"

"难不成老谋深算的靳陆仪还会愧疚?"

"有一点吧。"老靳也不知道是种什么情愫,他第一次对人有些迷糊,"我承认我今天故意拿话激她,就是为了让她回去找出这个局真正的庄家。路佳跟我时间久,我懂她这个人。不服输、有主意,但就是要遇强则强。只有把她心里的不服逼出来,才能释放她的无限潜力。"

"那她能找出来吗?"

"必须能。"老靳用肩头的毛巾用力擦了擦脸,"冤有头债有主,我可不希望路佳后半辈子恨我。这次我是坑了她,但也是教她。雷霆雨露,俱是天恩。我还就不信了,连她都教不好,那以后咱家那一溜娃怎么办?"

"是是是!你最会教。"老靳老婆终于听笑了,"那,走吧,靳老师,靳教授?接娃去吧?"

"走!"

……

老靳走后,路佳环顾整个精心建设,这座小洋楼,她一秒钟也不想多待。于是她果断站起身,收拾东西。路佳拿起靠在墙边的纸箱子,突然鼻子一酸,眼泪就不争气地滚落下来,真是太讽刺了。这些纸箱子,是几天前路佳入职精心建设的时候搬来的。短短几日,她又拿来卷铺盖走人,还真是和她一样物尽其用。就像是一顶鲜红的花轿,刚把新娘抬进门,没几日的工夫,她就夫婿新丧,成了寡妇,被退回娘家了。她,就是来"冲喜"的。路佳终于想明白了,又哭又笑中,狠狠抹了把眼泪,继续收拾东西……

……

憬悟建设,总裁办。

"明堂,我听说这次精心、精益和阳溢的并购,老杜总挺满意的,也有意重点培养你,将来接班。"

秦昌盛现在已经完全投靠了杜明堂,成了自己人。

他在杜明堂办公室继续往下追问道:"那既然这样,憬悟建设那边……还有继续的必要吗?"

"当然有。"

139

杜明堂想都不想就回答！并且他用凌厉的眼神质询了老秦一眼。

秦昌盛多精，立刻会意："明堂，我不是那个意思……"

经过这些日子的相处，秦昌盛已经看出杜明堂非池中之物，属于未来大有可为的爆炸潜力股。老秦这个人能走到今天，靠的就是九十九步稳，最关键的一步赌。他年龄也不小了，希望在人生的下半场里追随杜明堂，再搏一把新的辉煌。

他当初就是这样，从褚家家臣变成了神武权贵。

"我的意思是说，现在神武基本上就已经是你的了。"老秦道，"我可以去联络董事会的其他成员，只要你爸一扶你上马，他们就一呼百应，你可以立刻坐稳神武董事长的位置！还会成为长三角地区最年轻的首富！"

"嗤。"

杜明堂对这个董事长的宝座嗤之以鼻。至于"最年轻的首富"这个头衔，既不是个职称，也不会有人给他颁个奖。杜明堂要的，根本就不是"上位"。他要的，仅仅是把杜康生从董事长的位置上拉下来！

"老靳那边，你和他都谈妥了？该说的话，他都说给路佳听了？"

杜明堂不放心地问。

秦昌盛明白杜明堂的担忧，点了点手里的烟头，回道："我懂你的担忧。靳陆仪那只成了精的老狐狸，别说你不放心他，我也不放心他。但是我俩不放心，有用吗？他的心眼比毛孔还多，控制不住的。"

"他不坏事就好。"

杜明堂退而求其次。

"坏事呢，也不会。憬悟建设有他 10% 的股份，他从来不会让到手的东西滑走。"

老秦重新点燃一根烟，一吸一灭之后，他才拿开嘴。

"但是吧，他肯定也会卖个人情给路佳，明面上呢，在没有百分之百胜算之前也不会得罪老杜总。算是给自己留个后路。老——墙——头——草啦！"

"嗯。"

杜明堂背对着秦昌盛，拿起杯子，抿了口水，深以为意地点了点头！

……

踮住又从精心的后门逃走之后，她漫无目的地开着车，在空落落的街道上随意地兜圈散愤懑。她像只过街老鼠。那个空的三七盒，再次出现在她的挡风玻璃后面。路佳也不知道为什么，最后那么激烈地泼完老靳，泄完愤之后，居然鬼使神差地又把这个空盒子揣进了兜里。她恨自己的无知，恨自己一把年纪的单纯。这个空三七盒，就像是吃一堑长一智的教训，她要一直带在身边，警醒自身。

这时，钟明理的蓝牙电话进来，路佳心烦意乱地按了方向盘上的接听键。

"路佳，你还好吧？"

钟明理传过来的声音满是忧心。

"好不好的，就那样吧。暂时死不了。"

"路佳，你这说的什么话？你连离婚都熬过来了，还有什么是熬不过去的？"钟明理着急。

"你找我什么事儿啊？"路佳没心情。

钟明理赶紧道："路佳，我想到一个办法。就是起诉媒体，说他们是造谣。他们为了证明自己的清白，就会把那篇论文的实际作者给揪出来对质。这样，不用我们动手，就可以知道这整个事件的幕后策划人是谁。"

"起诉媒体？"

路佳觉得自己没听错吧？让门口那十几个自拍杆成为被告？她没想过。

"先等等再说吧。"

路佳很感谢钟明理为她积极地出谋划策，但她现在觉得，还没到病急乱投医的时候。

她现在必须让自己冷静下来，找一个可靠的人，将这残缺不堪的半局残局好好捋一遍。就算捋不出子丑寅卯，那至少分个周吴郑王吧。路佳在车子兜了七八圈之后，逐渐冷静。到底是谁，让事情变成现在这副样子？老靳是商人，不是变态。

"杨总。"

思来想去，路佳还是拨通了杨叶的电话。

"一个小时以后，深坑酒店见。有事说。"

"干吗去那啊？"

"你难道不觉得，我现在还是待在'坑'里比较合适？"

"搞笑啊你。"

杨叶正在处理收购，接到路佳的电话，立即放下手头的工作。

"一小时后见。"

"一小时后见。"

还真是有事"杨总"，无事"杨叶"。

杨叶哭笑不得，拿起车钥匙往外走。

"杨总，这个材料需要您签字。"

"杨总，这个需要您同意复印营业执照。"

"杨总……"

"通通等我回来再说。"

……

路佳戴着墨镜，迎着日头，往深坑酒店开。一路上，那个空的三七盒反光，几次差点闪到路佳的眼睛。路佳无奈，扯下自己脖子上的丝巾盖上。三七，化瘀止血，活血定痛。路佳略有所悟，心中继续沉浮酝酿要和杨叶商谈的内容。

"姐姐！我们都坐这儿40分钟了，你就一直盯着那个瀑布。倒是说句话啊！"

杨叶坐在遮阳伞下，焦灼地望着对面一动不动的路佳。

眼前的两杯冰咖啡，杯壁上各自凝结了一面的冷凝水，皆未动一口。

"路佳，我跟你说，我真挺忙的，阳溢正收购呢。"

"我知道。"

路佳戴着墨镜，杨叶看不到她的表情。

但是听语气，倒是异常平稳。

"行，既然你不愿意主动开口。那我就先说我这边调查出来的结论。"

杨叶在伞下道。

"老靳那破'精心设计'就是一壳儿！他压根就没想过要再做一个长期的建筑公司！其实我早就该猜到，当时他都走了，还回来干吗？抛下十年的基业，出国转一圈儿，发现没合适的项目，再回来创业？"

杨叶的话，借用一个比喻就是——没有人回头是为了再爱你一次。

"精心的洋房就租了仨月，瞿冲也告诉我，他们账面上根本就没钱！"

杨叶也很无语。

当初精心这个火坑，他也劝了一千万次，让路佳别跳，但拦不住啊！

"我不相信这全是老靳做的。"

冷不丁地，路佳突然冒出来这么一句。

杨叶愣了，而后忍耐到现在的燥热一下子全部涌上眉梢眼头。

"不是！你还做梦呢？！路佳？！"

老靳是什么人，杨叶觉得自己不光是嘴皮子都快磨破了，他简直连后槽牙都快磨穿了！

"哦，都现在了？他告你抄袭，抹了你的股份，自己把公司卖了赚钱，你还对他心存幻想？！我就搞不明白了？他是上辈子拯救了你全家还是怎样？你这就是标准的被人卖了，还替人数钱！"

路佳还是戴着墨镜侧着脸，任由杨叶怎么激动，她就是不言语。杨叶也说不动了，撼山易，撼被 PUA 过的脑子难。爱咋咋地吧！杨叶把面前的冰咖啡拿起来就干掉半杯！

"我是说，'不——全——是'老靳做的。"

良久，路佳才又开口。

杨叶蹙眉，似乎读出了路佳的另有隐情。

路佳耐着性子，她此刻已经完全心平气和了。

"杨叶，你见过老靳嘚瑟吗？"

"嗯？"杨叶咬着吸管抬头。

路佳又重新把戴墨镜的脸转过去，看深谷中细长形的瀑布和冷翠的青苔。

"你调查的，和老靳跟我坦白的，一模一样。他就是利用 SPACE 造势，融资，然后以 67% 的绝对控股权，将公司卖给了神武，自己套现了一大笔。"路佳道，"但是，老靳这次套现完，没有立刻跑路，也没有欲盖弥彰，让大家觉得不是他做的。甚至，他在我面前，还表现得十分得意！"

"老靳？得意？"

杨叶不信，老狐狸从来都不喜形于色。

"我也是来的路上才想通。上次老靳跑路前，给了我一空的三七盒。这次回来他跟我解释说，这叫作'空城计'。但我总隐隐觉得，含义没这么简单。"

"一个垃圾，有什么可琢磨的。"

路佳笑笑，摘下墨镜道："杨叶，你知道三七的功效么？止血化瘀，活血止痛。我们之所以现在被卡在这里，卡在坑里。就因为'血液'没有流通起来，血脉不畅。"

"你要怎么个通畅法？"

"杨叶，我决定再去找一次老靳！"路佳很肯定地说，"让他给我出出主意，然后我按他说的去做。只有在事态的流动中，才能找到新的出路。"

"路佳，你没事儿吧？"

杨叶直接跳起来了，他从来没见过有哪个人把"无能"和"认尿"说得这么清新脱俗的！

路佳这是打不过就加入吗？明知老靳骗了她，还要自己再送上门去？人为刀俎，我为鱼肉。路佳这是立志要做"滚刀肉"。离谱，太离谱了，离谱到家了。路佳按了按手，云淡风轻地示意杨叶别激动，先坐下。她又看了看不远处悬空处的一处"高空滑索"，一根钢丝绳横穿峡谷，好多年轻人背上绑着滑索，面向下地滑行穿越。

"想去玩玩么？"

路佳指了指滑索。杨叶被气到说胡话："我高血压！"他本来想说："我恐高。"不一会儿。路佳就和杨叶背上了装备，趴在准备台上。杨叶是真的恐高，他趴着都快哭了，舍命陪君子。随着工作人员的手动助推，路佳和杨叶的滑索开始缓慢向前移动。杨叶眯着眼睛，从眼睛缝隙里，往下看。几十米的高度，他腿软，大喊了一声："路佳，救命啊！"路佳静静欣赏着滑索下深坑里的美景：有碧潭，有船，有人在说笑，有工作人员在忙碌，甚至他们刚才坐着的遮阳伞和卡座的方位都清晰在目。杨叶喊了一声，也就不喊了，迎着微风，他也坦然地睁开了眼睛。

身下豁然开朗，从上面看，确实别有洞天。

"杨叶，我们刚才在坑里，只能看到坑里的风景。现在我们抽离出来，在高空看，一切就尽收眼底了。所以，我们现在看到的，绝对不是事情的全部。我要找到这样一个滑索，把我吊起来，让我窥到整个局的全貌。"

"这根滑索就是老靳？"

"老靳左右逢源，就像这根钢丝，他一头连接着起点，一头连接着终点。我觉得可以从他下手。"

"好吧。路佳，都听你的。"

从滑索上下来，杨叶卸装备的时候说。

深坑酒店回来的路上，杨叶问："抄袭的网络舆情怎么办？"

路佳翻了个身，在副驾驶位上，往另一边假寐："不用理，我没做过的事，身正不怕影子斜，别人爱怎么说怎么说！"

"那现在去哪儿？"

"回家。"

杨叶送路佳回到小区楼下，却正好撞见了一脸猥琐，徘徊不停的陆之岸。

杨叶一拍大腿，咋把这孙子给忘了？

当初路佳检举他抄袭，这两天的新闻，绝对让这厮觉得自己是"大仇得报"了。

果然，杨叶和路佳一下车，陆之岸就冲上来冷嘲热讽道："哟！剽窃犯回来了，这回怎么不'贼喊抓贼'了？路佳啊路佳，我是真没想到，报应来得这么快！这么快就轮到你抄袭被网暴了，活该！天道好轮回，苍天饶过谁啊！"

"陆之岸！"杨叶一声吼。

随后，他放慢语气说道："路佳抄没抄袭，现在这是外头在谣传，还没定论，你别跑来幸灾乐祸落井下石！"

"哟！被抄袭的论文都扒出来了，还不承认呢？"陆之岸走到路佳身边阴阳怪气，"路佳，你不是说建筑是你此生最纯粹的梦想的吗？梦想呢？纯粹呢？我呸！手电筒就会朝着别人，苛责别人，纵容自己！"

"陆之岸，你嘴巴放干净点。"路佳冷冷地回怼。

"到底是我嘴巴不干净，还是有些人品行不干净？路佳，我陆之岸最近几天一定会双目灼灼地盯着看你的笑话的。你给我等着！哦，不对，也许我心情好，也会去网上冲冲浪，顺便'爆料'一下，你这个'抄袭狗'是怎么把前老公的工作给搞没的？我就说我抄袭是被你逼迫引诱的，我倒要看看，到时候广大网友，同情谁？"

"陆之岸，你别乱来。"杨叶急拦。

路佳却轻轻按下他的手，语气平静地笑道："行啊，尽管去。手和嘴都长在你身上。这疯狗要咬人，躲是躲不掉的。但是我会去打狂犬疫苗。陆之岸，你别最后还是搬起石头砸自己的脚。我抄没抄袭，我自己心里清楚；你抄没抄袭，你自己心里也清楚！拜拜，不送。"

说完，路佳转头和杨叶上楼去了，把一脸阴鸷的陆之岸气够呛，鼻孔直冒烟。

"哎哟！佳儿，你可回来了！到底出了什么大事哟，我得听你说。"

一进门,路佳就看见了忧心忡忡正抹泪的路妈。

"刚才,陆之岸带了好几个什么记者来,说要采访我,他们说你抄袭。路佳啊,你到底抄袭了谁啊?抄袭了什么东西啊?我这心啊,都快揪成一团了!"路妈带着哭腔道。

路佳只是轻轻拍了拍路妈,回了个微笑道:"没事儿。别担心,妈。"

路妈见她不肯说,又缠杨叶:"杨叶啊!路佳到底是什么事啊?下午一个记者跑来吓唬我,说什么路佳涉嫌侵权。这个是不是违法,要不要坐牢啊?"杨叶看了路佳一眼,转头拉起路妈,就进了厨房,把事情的来龙去脉讲给她听,细细安慰她。路妈听了,气得浑身瑟瑟发抖!但又无济于事。

她抹着眼泪问杨叶:"就没有什么能自证清白的方法吗?"

杨叶泯然,低着头,如实回答:"目前没有。"

论文日期和专利申报日期,确实都在路佳招标之前。除非路佳能够拿出有力证据,证明自己在论文发表日期之前,就已经形成了自己成熟的方案想法。

正想着,路佳手机振动了起来。

"喂?"

"我是杜明堂。"

路佳夹着电话,整理东西的手戛然停住。

她怎么会在这时候接到杜明堂的电话?

"你……还好吗?"

那头传来一声情绪复杂的低音。

像是慰问,又像是沉吟。

"还行吧。和以前一样。"

路佳敷衍着,手里的动作继续。

"那个……"杜明堂吞吐道,"网上的新闻我看了。"

"然后呢。"

"然后我相信你是无辜的。"

杜明堂一字一顿很诚恳地说。

因为那个走马灯就是他亲手送给路佳的,他相信她应该是从那天游乐场回来之后,就有了灵感。

"谢谢。"路佳很有礼貌地回答。

这时,杨叶的声音传来:"谁的电话?"

"杜明堂。"路佳举着手机回头。

杜明堂听见杨叶的声音,心明显一沉。

都这个点儿了,他俩怎么还在一起?

但凛了凛心神,他还是用最温和的语气说道:"如果想回精益,随时欢迎你。"

说完,杜明堂就把电话挂了。

徒留路佳一个人在这头莫名其妙。

"他说什么?"

杨叶不放心地问。

路佳如实相告:"他说他相信我,还欢迎我回精益。"

"现在欢迎你回精益?"

杨叶有点不相信自己的耳朵。路佳现在成了整个行业的笑柄了,人人避之不及。

而且,精益、神武、精心,千丝万缕。

"那你怎么想的?"

"我有病啊。背叛了精益,投奔了老靳,现在'自食其果',哪还有脸回去?"

现在回去就是显眼包。

"你也不算是背叛吧。最多算淘汰。"

杜明堂招标会那天标书有多烂,大家有目共睹。

"不过,杜明堂这时候打电话来,我还觉得他这人还行。至少……有人情味。"路佳感怀道,"不辜负这么长时间的共事。"

"仅仅是共事?"杨叶用狐疑的语气问。

"那还有什么。"路佳继续忙。

杨叶拦住她,认真道:"不会这么久了,你都没看出来他对你有好感吧?也许还喜欢你。"

路佳认真盯着杨叶,直到看得他心发慌。

"你想说什么?"

"我就是……"

"是什么?"

"拭目以待。"

路佳翻了个白眼走了。

杨叶呆在原地,暗抽自己:悲哀!

晚上。路佳双手插兜,送杨叶到楼下。二人对面站立,杨叶依依不舍与她告别,临走前,还说了一个方案。

"路佳,其实这个世界也不是非黑即白的,黑白有时候根本无所谓。"

路佳眨眨眼,听不懂。

"我的意思是,杜明泉收购了阳溢建设,这次我和老靳一样,套现了一大笔钱。如果……你愿意的话,我们可以选择换个城市生活。现在南方很多地方也很适合发展,深圳、广州、珠海,你考虑一下,选一个地方,我们一起过去,一切重新开始。"

杨叶把话说得很明白很清楚,也很诚恳。路佳听了,只是一言不发。年少时的情谊,和一路走到如今的缘分,包括她现在的处境,确实没有一个理由能让她拒绝杨叶此刻的好意。但犹豫了一会儿,路佳还是抿唇抬起头,拒绝道:"杨叶,我很感激你为我所做的一切,我也很感动,在今天这个时候,你还能说出这样一番话,可见我俩的感情不掺一点儿假。但是……"

"但是什么呀,现在你单身,我单身……"

"不是单不单身的问题。"路佳轻轻摇头。

这么多年了,杨叶还是没明白。剩男剩女那么多,不是单身就能配对的。也不是初恋情人都是白月光,再见都能红着眼。路佳不知道怎么说,于是她选择胡说,把心底埋藏了这么多年的乱七八糟的想法,一股脑儿地对杨叶说了出来。

"杨叶,我承认,我曾经很喜欢很喜欢过你。我也相信,在不同的时空,你也很喜欢很喜欢过我。但是为了这份喜欢,我们彼此都付出了很大的代价,代价大到,可能改变了我们一生的轨迹。当时的阴差阳错成了彼此的遗憾,后来的重逢弥补了过去的遗憾,也创造了新的遗憾。我们俩现在在一起,我真的不知道以什么身份面对你,你到底是我的初恋?我的朋友?抑或是我的同事,我的战友,我的贵人、恩人?"

路佳越说越摇头。

"一切都回不去了。人生就是单行道。当年你的离开,让我丢了半条命。如果我们再在一起,万一命运再开个什么玩笑,那我剩下的半条命再废了,就真活不了了。杨叶，我希望你永远是我生活里的光，这光永不熄灭。"

"我们在一起，这光也不会熄灭。"

"你可以理解成我厌了。"路佳打断他。

她历尽沧桑，现在早已过了"追光去"的年纪，她现在只想"等风来"。不一定是爱情的风，事业的风也可以。

路佳看出，他是真心想要一个答案，于是回答道："如果你没有不辞而别，我们在一起了，也许就不会分开。但是人生哪有那么多如果、也许。杨叶，面对现实吧，现在已经不是几年前了。我也不再是懵懂无知的女大学生，你也不再是柔情似水的大学学长。我们现在每天都面对着不同的战场，我真的，没有闲情逸致，也没有时间精力，来想这些事。"

杨叶没再说话。他也知道，和路佳在这个时候探讨这些话不合时宜，但这不是话赶话赶到这儿了嘛。

同时，他心底也很明确，其实这些年，他越来越明确。就是路佳所有的理由都不是理由，她只要没有选择靠近他，就是她不想靠近他。没有借口。但杨叶就忍不住地每天想对路佳好。有时候他也搞不清，到底是想弥补路佳，还是弥补年少时的遗憾。

"你是舍不得小鲁班吗？"最后了，杨叶还是忍不住给自己台阶下，"你放心，去到南边，我给他找最好的学校，吃穿用度一应都是最好的！他就是我儿子，我就是他爸！"

路佳摇了摇头，转身上楼了。

……

杜家别墅。

杜明心的燕窝生意搞得如火如荼，她现在就像个鼻涕虫，黏着她大嫂给介绍人脉。但是在杜宅的这几天，杜明心还是看出了家里的异样端倪。她亲妈褚灵灵这几日总是在无人处偷偷拭泪。过去她妈喜欢高调地买珠宝、买包，做美容、做针灸，最近也通通偃旗息鼓，没有任何活动。甚至都没空颐指气使地使唤大嫂这个儿媳和催生孙子了。大嫂告诉杜明心，她妈从王强出事后就一直闷闷不乐，现在估计又是为娘家烦心。其实大嫂也是受了褚灵灵的刺激，觉得女人靠天靠地靠娘家，都不靠谱，最终还是得靠自己。所以才下决心和杜明心一起卖燕窝。

她说："能赚点是点吧。"

149

杜明心还发现，杜康生现在书房召见杜明堂的次数越来越多，大哥当然就越来越被边缘化。

"嫂子，大哥收购阳溢，顺利吗？"杜明心问。

"挺顺利的。"大嫂说，但说完眼神又黯淡了下去，"顺利又怎么样？还不是不受爸的肯定。他最近一直郁郁闷闷的。"

家庭氛围压抑，杜明心和大嫂聊完燕窝的事就走了。

回去的车上，杜明心望着窗外的风景，内心有五味杂陈之感。其实大嫂一直怀不上孩子，和在这个家里压力过大有关。这一切的源头其实都在自己的亲爸杜康生身上。他在杜明心他们小时候，就严格推崇竞争式教育！从学业到体育，从智商到情商，他都会挑起他们姊弟兄之间的竞争。杜明心从小生活在这种"踩一捧一""优胜劣汰"的环境里，那种压抑，是她至今都无法逃离的噩梦。

杜明泉更不用说了，杜康生打个喷嚏，他都担心是暴风雨。其实吧，这"龙生九子，子子不同"，真的没什么好攀比的。如果各人找到各人的特长，相互协作做好自己的事，也许杜家早就可以相安无事了。

但杜康生，就是明确表示要"最优秀"的那一个继承家业。

可什么叫"最优秀"的？

是杜明堂吗？

杜明心不知道，这两天杜明堂阴着一张脸到处忙，他们已经很久没说过话了。

……

杨叶被拒绝，第二天依旧英姿飒爽地来接路佳。

正事要紧，他没那么不知分寸。

"一会儿就按我说的说，你再练一遍。"

杨叶开车，丢过去张 A4 纸给路佳。

路佳瞥了一眼："你这也太肉麻了，这台词我可读不出口。"

"你不是要去老靳面前卖惨，这我连夜上网下载的。中年妇女求职示弱语录。来，你赶紧读一遍。"

"靳总，我实在是家里有困难。您看我这上有老，下有小的，一家好几口张着嘴等着吃饭……"

路佳一声干呕，她实在读不下去了。

杨叶这怕找的是20世纪90年代的下岗妇女再就业指南吧。

"咱玩归玩,笑归笑,别拿'中年危机'开玩笑!O——K?"路佳严词警告他。

"行行行,那待会儿你看着说吧。煽情注意度,别把老靳说哭就行。"

杨叶一打方向盘,已经能看见那座花园洋房了。

"老靳能哭?黄鼠狼的眼泪吗?"

路佳坐在车上,带着紧张局促的心情,驶入了精心建设的大门。

"哟,奇迹啊。这一大早的,你俩怎么来了?"

老靳正在一楼大厅里,亲自做早餐。看到杨叶和路佳同时出现,他既惊讶又坦然。杨叶略尴尬,毕竟江湖路远,哪有这么快就又和故人重逢的。路佳带着心事,拼命对老靳察言观色。老靳打鸡蛋,她就把碗伸过去。老靳做三明治,她就洗了手流水线给他递食材。中途,老靳凝视路佳好几秒,把路佳心底看得直发毛。

"柠檬水。"

老靳提醒她。

今天的路佳和昨天的路佳不可同日而语。昨天她还是把柠檬水浇在老靳头上的"母老虎",今天她却乖巧得像一只猫,乖乖递过去一瓶柚子酱。

杨叶坐在一旁的沙发上,看到路佳那副毕恭毕敬的样子,心酸又好笑。

"杨叶来了,那今天就开个1982年的金枪鱼罐头吧。"老靳调侃。

杨叶一笑挥手:"那还是别了,1982年,那哪是金枪鱼啊,那是动物标本。老靳,咱都是自己人,那么客气干吗。我还是喜欢你冰箱里的伊比利亚火腿。"

一句"自己人",老靳不得已切了几片他冰箱里价格高昂的伊比利亚火腿。

早餐全部准备好端上桌,三人坐下。

坐下后,路佳对着火腿就开始哭:"老靳啊,你看我这上有老,下有小的,背着车贷房贷,家里几张口等着我养活。这么好的火腿,别说是平时,就是过年,我们家也吃不上啊……"

杨叶蹙眉,脸上不知道是什么表情。这不就是下岗妇女再就业的台词吗?路佳啊路佳,你还真是能上能下啊。老靳假惺惺拿餐巾纸给路佳拭泪:"哟哟哟,怎么还哭上了?咱不哭哈,你要真喜欢,冰箱里那剩下的火腿你都拿走。"他是那心疼火腿的人吗。路佳委屈巴巴地接过餐巾纸拭泪："老靳，都说救急不救穷。您那一块火腿，才够我们家人吃几天的啊？"

"那你到底想怎么样嘛。"

老靳的眼中流露出满满的同情。

"我、我、我……"路佳一扭捏，"老靳，我错了！我真的知道错了。昨天我就不该用柠檬水泼您，我我我……我向您道歉，自罚一杯。"

说着，路佳将自己面前的柠檬水一饮而尽。

杨叶都没眼看了。

这两人都是影帝影后。

"靳总，还求你大人有大量，给小女子指条明路吧。"

说完，路佳眨巴眨巴楚楚可怜的眼睛，停止了哭诉。

老靳当然知道今天她干什么来了。这个路佳还不算笨。他还算欣慰。行了，戏也演得够本了，再演下去他们就成不务正业的了。于是，老靳正经坐好，细细划拉了一口火腿送进嘴里。

"路佳啊，卖惨呢，就适可而止。你最差，不还有杨叶养你吗。凭他的实力，我想，养十个路佳都不成问题吧。"

"他？！谁要他养？"

"不要他养也行。"老靳敛起神色道，"其实，路佳，我对你的安排早就想好了。你昨天跑来咔咔一顿闹，我都没张口的机会。当然，你不想通，我就是张口也没意思。"

路佳不言，听他讲方案。

"只要你放弃 SPACE，我还是可以将手里 27% 的股份给你。精心卖给神武，你拿的钱，够你和你家里人吃几辈子的了。"

路佳表情平静，但内心却波澜壮阔。

所以，果然一切还是冲 SPACE 来的。

"那抄袭的事……"路佳问。

老靳一笑而过："嗨！这有啥？就说是公司建筑师和设计师内斗，有人忌妒你的才华，故意设局害你，伪造了论文和专利。到时候给一笔钱，随便推个人出去顶缸，建筑师这个式微的行业里多的是想转行的人。"

所以老靳一早就设计好了，并且他确实能够联系到那篇论文的真实作者。路佳从他的话里，扒出两个有效信息。

"那为什么我随着精心加入神武后,不能继续做SPACE?"路佳问。

这不是很奇怪吗?

"路佳,我真的是为你好!"老靳站起身,又给路佳的杯子里重新添满了柠檬水,"一个破方案,有什么好执着的。只要你还在神武,留得青山在,还怕没柴烧么?以后那些海量的项目,还不是随便你挑?"

路佳低着头,用刀叉撕扯着盘子里的火腿,不说话。

"杨叶,要不你说句话?"

老靳把目光投向他。这个晨餐,仿佛三人又回到了从前。唯有那些拧巴的心结,依然在和煦的气氛中继续拧巴。

杨叶一撇嘴:"老靳,你别问我。你对我从来都是赶尽杀绝。"

这话听得老靳直翻白眼。

但确实,他对路佳,是有那么点与众不同。

可能因为她虎,离了老靳怕放出去"危害社会"。

老靳最近为了子女常做善事。

"我不接受。"

不用想很久,路佳便抬头,还是婉拒了老靳的好意。

"路佳,你可想好了。抄袭,在行业里,可不是小事,弄不好可是会被吊销建筑师资质的!"老靳吓唬路佳,"如果论文作者起诉,你可能还会涉及民事案件,利用他人的知识产权牟利。"

"想告就告吧。大不了卖房子赔钱。"路佳破罐破摔地说,"最差就不当建筑师了呗,我去送外卖,还锻炼身体呢。"

"不是,路佳。你刚不还和我这唱'上有老,下有小'的吗,怎么就是叫你放弃SPACE,你就又跟我倔上了?再说,就目前这个情况,你不放弃SPACE,那SPACE也不是你的了。走马灯是抄袭,抄袭!"

都说佛不度蠢汉,老靳已经仁至义尽,其余废话不想多说。

杨叶短暂思考了一下,其实老靳这个方案对路佳来说,应该就是目前最好的方案了。

"曲线救国嘛,路佳,要不你先答应老靳,先忍忍。"

杨叶小声劝她。

但路佳果断地丢下刀叉,拿起自己的包,潇洒地往门外走。

临出门前,她还扶着门,又摆了一个刚才楚楚可怜"要为奴家做主"的

153

姿态，羞辱老靳。她已经得到了她想要的答案，不陪他玩儿了。杨叶追出去。老靳对着路佳的背影忍不住骂骂咧咧："这就不该属虎，该属驴。"出来之后。路佳坐上副驾驶位，甩上车门。

"有人想要SPACE，但不是神武。"

她给出结论。

"老靳一直给我的错误信息，就是他想巴结神武，套现离场。他一直也是这样给自己立人设的。但是他昨天刺激我，就是希望我接受他今天的安排，和他一样，拿钱，封口，不管SPACE的死活。但是不行，我一定要把这个幕后想要SPACE的人给挖出来！看看他到底是什么目的。"

但杨叶只担心路佳的前途："你刚才和老靳说的那些话是真的？真不做建筑师了？"

路佳系上安全带："这事儿由得么？"

"路佳，我上次就和你说过，咱都是成年人了。遇事别较劲成吗？老靳给出的条件，够优厚的了。这也就是你，要是别人，他才不会管人家死活呢。"

"不成。"路佳头也不回。

"不成……"杨叶敢怒不敢言地嘀咕了一声，发动车子，"那现在去哪儿啊，祖宗？"

"去阳溢，我要见钟明理。"

"你还真是用我的人一点都不心疼。"

……

阳溢建设。

钟明理的办公室里。

"所以，老靳死捂着你那27%，就是防着你，怕你不情愿精心卖给神武？"

钟明理戴着金丝边眼镜，问清楚来龙去脉，道。

"其实我根本不在乎他把公司卖给谁。"路佳说，"但这件事，奇怪就奇怪在这里。老靳既让我带着走马灯的方案，让SPACE中标。但又不让我进了神武之后，继续跟进SPACE。明理，你说，他是不是人格分裂？"

钟明理沉吟了一下，站起身，走向办公室的书架。

她随手丢出一本书给路佳，是哥尔多尼的《一仆二主》。

路佳翻起书，似有所悟。

"明理，你的意思是……？"

"老靳背后肯定不止一个主子。"

"东边不亮西边亮。"

路佳想起因为抄袭事件,SPACE项目又要重新招标了。

凌乱的绳结,在这一刻有了纾解的倾向。

"老靳说神武不想要SPACE,但是神武不一定真的不想要哦。"钟明理提醒路佳,"如果收购了精心之后的神武,想中标,那么当务之急肯定是挽回声誉和提高行业声量。"

"所以……"路佳心一沉,有谱了。

钟明理点了点头,将路佳心底模糊的推测具象化。

"神武很有可能会告你!告你因为个人的品行不端,导致公司声誉受到损失。可能还会发声明,说对抄袭行为,绝不姑息,追究到底。"

"告我?"

路佳现在心里比吃了苍蝇还恶心。

这就好比,你被人扣了一脑袋的屎盆子,还得被说是你脑袋污染了别人家痰盂。

"明理,你上次说神武的法务老大,是你一辈子不愿面对的人……"

"是。"钟明理点头。

那个薄情寡义的"恩师",曾让她"被小三",为有道德感的人唾弃。那是她一生无法疗愈的痼疾,和不愿面对的伤痛。但是,为了路佳,她愿意破茧,硬着头皮,成为她的代理律师。

"如果你成为被告,那我肯定是你的代理律师。"

"哎哟喂,那我还不如早上答应老靳呢。"路佳假装后悔地说道。

钟明理用不相信的眼神质疑,真的吗?

"这什么?"

路佳随手捡起钟明理办公桌上一张很漂亮的纸,扇了扇风,问。

"神武之夜的邀请函?"

神武下个月在SPACE重新招标后,要举办神武之夜?

"邀请函?还神武之夜?"路佳轻蔑地笑了,"土死了。"

"精心、阳溢和精益合并了!神武不得搞个活动庆祝一下啊?"钟明理笑,"听说,光媒体就请了上百家,还有一线明星到场助阵。"

"是了是了。"路佳语气微微发酸,"你现在也是神武的人了。杨叶也是，老靳也是，杜明堂也是，瞿冲也是，就我不是。走了，回家了。"

这些和她没关系。

钟明理望着路佳这个大家姐的背影，来了心思。她打开百度百科，对着那个最不想看见的名字，内心翻滚：连看到这个人的照片她都恶心不适，自己真的能和他对簿公堂吗？钟明理用自己过硬的职业素养和对路佳的义气，给自己默默打气。

第十八章

世事常颠倒

路佳走后，老靳立马给杜明堂电话，不带一刻耽误的。静谧的环境里，两人对谈。

"路佳还是不肯接受你开的条件？"杜明堂有些担心地问。

"这有什么难猜的。我早就跟你说过，她那个性子，十有八九是不会睬我们的。她现在对SPACE还不死心呢！"

"你那天故意刺激过她？"

"刺激了。"老靳对新主坦诚相告，"她果然回来找我要线索了。"

路佳没想到，杜明堂和老靳联手。她想算计，却步步都走入他们的算计之中。以路佳的执着，杜明堂觉得她早晚会找出是自己。他有些头痛，但大计面前，他的内心感受就变得微不足道。挂了电话，杜明堂心烦意乱。这个路佳，为什么不接受呢？

于是，想了想，他抬起手机，给路佳发了条微信："出来吃饭？"

路佳正无聊地陪路妈在小区里练八段锦，她现在就是标准的"灵活就业人员"了，或者直接说难听点，"无业游民"。

有人请吃饭干吗不去，能省一顿是一顿吧。

于是，路佳回道："我能带我妈一起来吃吗？"

她现在无比珍惜一切和路妈相处的时光。杜明堂没拒绝："可以啊，中午见。"说完，他就发了一个路佳家附近的黑珍珠餐厅定位来。

"你去谈事儿，我跟着去算怎么回事儿啊？"路妈推托，不想去。

"妈！那可是黑珍珠餐厅，一顿饭好几千呢。你就跟我去，到那儿你就坐着干吃就行！"

"真去吃黑猪啊？"

路佳想起当时路野说路佳中标后请大家吃黑珍珠，她也没兑现，有些心酸，拉起路妈就往外走。

"你去了不就知道了。"

"佳儿啊，你不是失业了吗，怎么现在还有人请你吃猪啊？"路妈疑惑地问。

路佳确实不知道如何跟路妈解释她和杜明堂的关系。想了想，回答道："谁还没一两个朋友。"

"他不是……"这个不就是上次在路边帮自己女儿打抱不平的小伙子吗。杜明堂点了很多菜，路佳一直在张罗路妈吃饭，几乎没什么时间理他。望着对面路佳母女其乐融融的画面，杜明堂也受到感染，加入其中。于是杜明堂和路佳，左一筷子右一筷子，很快就将路妈面前的小碗堆成了一座小山。

"哎哟，好咯好咯。这么多，我得慢慢吃。你们说话，别管我。"路妈为难地看着碗中的美食，也猜到这杜明堂约女儿出来，肯定是为了谈事，于是给他们腾时间道。

"怎么样？这几天过得还好么？"

杜明堂问路佳。

"还行吧，吃了睡，睡了吃，胖了两斤。反正现在也没事了。"

路佳不可能一点不沮丧。

"你怎么样？"路佳吃了口菜，询问起了杜明堂，"我刚听说，精益、精心、阳溢合并后，你就是神武建设新的 CEO 了。来，祝贺你高升。"

路佳端起水杯，以茶代酒，敬杜明堂。

"谢谢。"杜明堂揣着心事，和路佳碰了一下。

"真的打算彻底放弃 SPACE？"杜明堂小心翼翼地问。

路佳夹菜、吃菜。

"怎么人人都问我这个问题。我不放弃有用吗？"路佳道，"老靳前几天还和我说，说未来 SPACE 项目会有更好的方案，我不信。欸，你说……真的有吗？"

157

他是建筑师，路佳想听他的意见。

杜明堂温和地笑笑："山外青山楼外楼。可能有。但目前来说，'走马灯'是最好的。"

"好有什么用？还不是被告抄袭。说不定啊，我连建筑师以后都做不成了。"

路佳戳着米饭，失落地说。

见她那么失落，杜明堂一阵莫名地心疼。

"说起来，那个走马灯，还是你送给我的呢！"路佳陷入回忆道。

杜明堂却不说话，他真的不知道该怎么接。他怕暴露自己，又心疼路佳，于是也只默默吃菜。

"让我知道是哪个天杀的，做局告我抄袭，我肯定将他碎尸万段！"

路佳咬牙切齿地戳排骨，她也不知道为什么，之前见到杨叶和老靳都绷着，今天见到杜明堂却随心所欲地将心中的不满给发泄了出来。

"让我找出这个冤枉我的人，我肯定不放过他，问候他十八代祖宗。"

杜明堂默默地坐在路佳对面，听着有人用最恶毒的话骂自己，却生不起气。

"路佳啊，我今天约你出来吃饭，是有个不好的消息要告诉你。"

杜明堂怔了怔，还是开口道。他明显看见，一旁的路妈把塞进嘴里的鱼丸又给吐了出来。

"神武要起诉你。"杜明堂表示是集团的决定。该来的总会来，还真让钟明理给说对了。

"啥？还是要打官司？"路妈激动得筷子都掉在盘子里。

杜明堂不忍，赶紧安慰老人家："其实也不一定会到法院判那一步，要是路佳肯对外承认抄袭，真诚道歉。神武不差钱，不会真的要路佳赔的。甚至精心可能还会给路佳一笔离职赔偿金。"

这就是所谓的提高声量、挽回声誉，路佳妥妥地成了炮灰。

"我是不会承认的。没做过的事，我为什么要承认？"

这些自证清白的话，路佳都说倦了。杜明堂一时间也很难办。这个的确是杜康生的意思，目前的情况下，他确实不能违背。他还需要时间。

这时，远处传来窃窃私语声。

"欤欤，你们看，那个女的，是不是就是最近那个新闻，抄袭那个？"

"我打开视频看看……对对！就是她，连市民活动中心都敢抄袭，简直完全不把我们这些市民放在眼里。"

"我看啊,她就是故意炒作,本来就是个网红,还什么建筑师?"

"对啊!就和某个明星一样,明明是甲方,却偏说自己获了建筑大奖。"

……

这些声音说是窃窃,但每一句都清清楚楚地传进了路佳的耳朵里。

现在还要她站出来承认"莫须有"的罪名,杜明堂简直是杀人诛心!这顿饭她反正是吃不下去了。于是她拎起包,牵起路妈就走。

杜明堂心急了,他一把抓住路佳的胳膊,道:"不承认又怎么样?反正现在所有人都已经认定你抄袭了。你承认,道歉,至少还能拿到一笔不菲的钱,够你生活一两年,慢慢找工作的了。"

"对不起,我还是那句话。我不承认!"

路佳甩开他的手,同时严肃道:"杜明堂,之前我虽然不赞同你的建筑方案,但那是学术上比武。我心里,一直认为我俩是一种人,至少心思是干净单纯的。但是你今天说出的这段话,实在是太让我失望了,我拿你当朋友,你把我往火坑里推。对不起,道不同不相为谋,再见!"

"路佳!"杜明堂终于忍不住,站起身吼住她道,"你想过小鲁班没有?你如果失业了,他怎么活?你是一位母亲,除了任性,你应该还要对你的孩子负责!受点委屈怎么了?谁活在这个世界上不受点委屈?"

路佳还未开口,路妈就抢先掀翻了骨碟,将杜明堂给怼了回去。

"小伙子,阿姨比你年长些,给你点忠告。你说得对,人一辈子,的确受委屈。但是我们路家人,只受家里人的委屈。你要我女儿受委屈,去替你们这些外人背黑锅,想得美!你放心,我外孙子不会吃不上饭的,我老婆子不要吃什么黑猪,就是吃糠咽菜,去给别人家当保姆,我们都会养活自己的孩子,不劳你费心!"

"吃糠咽菜难道比锦衣玉食好?"

杜明堂想起自己的身世。他亲妈也曾经说过,宁愿跟着讨饭的娘,不要跟着有钱的爹。可最后怎么样,她还不是对现实妥协了,为了杜明堂的前途,狠心将幼小的他送到了杜康生身边。

路妈坚决拉起路佳往前走:"别回头。别和这种不懂事的人废话。"

杜明堂还不死心,情急之下喊出一句:"那老靳的方案呢?老靳的方案你为什么也不接受?"

这句话如晴天霹雳般让路佳停住脚。良久，她放开被路妈牵着的手，冷冷地径直折了回来。原来，杜明堂早就和老靳勾勾搭搭。也对，他们现在都是神武的人了，他能知道不稀奇。

出于好心，也是出于对之前自己背叛杜明堂的愧疚，路佳最后给了他一句忠告："老靳背后除了神武还有其他人，你好自为之吧。咱们俩以后就别联系了，大家都挺忙的。再见，永远不见。"

他还是不懂自己。也许在这个世界上就没有人懂自己。路佳重新挽起路妈，离开了富丽堂皇的黑珍珠餐厅。她步履坚决到，就像在逃离某种恶臭。杜明堂远远望着她，心里仿佛有某种东西碎了，但他没有理由去追路佳，他就是老靳背后的人。

晚上杜明堂回到家，杜明心见他很不开心的样子，便关心地上前询问了一番。

"明堂，你最近怎么了？似乎看起来总是闷闷不乐。"

"没有啊，可能工作太累了。"杜明堂搪塞。

"对了，我还没恭喜你呢，你要出任神武建设的CEO了，那可是大哥想了半辈子的位置。"

"这有什么可恭喜的。"

杜明心正在客厅发货，她咬着透明胶带，听明堂这么说，于是放下手里的活儿，郑重其事地走过来。

她认真询问道："明堂，你最近是不是有什么事瞒着我？"

"没、没有啊……"

杜明堂把脸别过去。杜明心看了他消瘦憔悴的脸一眼，轻轻伸手拍了拍他的手，道："昨天我去精神卫生中心看过大妈了，给她送了些燕窝粥，她看起来……"

杜明堂转过脸，忙问："她怎么样？"

最近杜明堂工作太忙，都没抽空看亲妈。还是杜明心替他记挂着这件事。

杜明心低垂下眼睛，道："她越来越糊涂了，记忆力越来越差，已经不认识我了。"

杜明堂没说话，抿唇。

亲妈不仅有抑郁症现在又患上了阿尔茨海默病，上次自己去的时候，就已经是时而清醒，时而糊涂了。

"所以，明堂，不管发生什么事，我都希望你开心点。"

杜明心是过来人，最近她看杜明堂总是这副闷闷不乐的样子，说出了自己的心声。

杜明堂没说话，起身回自己房间去洗澡。淋浴喷头下，细密的水缝里。他抑制不住地不断回想起路佳离开时的决绝表情。流水哗哗，那些和路佳共处的回忆，像走马灯一样在他面前一轮一轮地闪现，很诛心。

"再见，永远不见。"

杜明堂控制不住，一记重拳捶在对面的大理石墙上。而后，他逐渐冷静，仰起头，用力拂过脸上的水花……

……

路佳最近在家陪着路妈，路妈的病情越来越严重了，医生说，最多还有两个月。路佳想带路妈去周边找个山清水秀的地方旅旅游。路妈却说："那些地方有什么好去的？死了还不都埋在山清水秀的地方？"

"妈！"路佳不想听她这么说。

路妈苦笑，拉过路佳的手坐下，道："佳儿，妈最大的心愿，就是想在闭眼前，看到你眼前的这些事都能给解决咯！你没做过的事就是没做过，妈相信你，也支持你！人一辈子啊，受的劫数是有数的，度一劫，少一劫，以后就都是平坦大道啦！"

"妈，你那说的都是美好祝福。颠倒黑白的事太多了。"

通过最近的事，路佳也想明白了，人生就是升级打怪，只要你还有理想还有目标，人生就不会是畅道坦途。

理想和真情是铠甲，也是软肋。

"佳儿。"路妈沉疴许久，对人生似有所悟，"劫，就是'结'；外头的苦，都不叫苦；这世界上唯一的苦，就是自己跟自己拧巴。妈相信，只要你能把这些事给理顺了，把自己的心'结'给打开了，以后就没什么事能愁得到你。"

说完，路妈轻轻从自己的外衣口袋里，掏出一个信封，静静地放在路佳眼前。路佳捡起来一看，是法院传票。果然，该来的总会来。这时，钟明理进来了，鞋也没换，就急急跑了过来。

"路佳，传票收到了吧？下周二庭外和解，然后就是开庭。"

路佳点了点桌上的传票,表示这不刚看到嘛。

也不知道路妈把这个交给她之前,自己揪心了多久。

"明理,有胜算吗?"

钟明理低头,没说话。

路佳就懂了。

"除非能找到新的对你有利的证据。不然就目前的情况,加上舆论的压力,情况对我们很不利。"

路佳望着钟明理,良久,她叹了口气:"那就算了。该怎么判,就怎么判吧。"

"路佳,我陪你去。不管结局如何,这个流程我愿意竭尽全力陪你走一程,哪怕只是个过场。"

路佳很感谢钟明理,但也心疼地问:"你和他对簿公堂没问题吗?"

钟明理垂下头,又抬起头:"现在都是一个集团的了,以后低头不见抬头见。再说了,又不是我做错事,我有什么好躲的?"

"嗯。"

路佳心疼她。

钟明理的一句"又不是我做错事",也给了路佳些许安慰。

她们深深对视了一眼,给彼此鼓励加油!

很快。

"走马灯"抄袭案一审。

这个轰动一时的舆情事件,引来了很多人围观。

杜康生让神武来了很多人旁听,这里面好多建筑师路佳都认识。

在旁听席上,路佳甚至看到了陆之岸的身影,他就像一个幽灵,猥琐地蜷缩在黑暗里。他期待着路佳也能落到漆黑无比的十八层地狱里去。这次,杨叶和杜明堂又坐在一起。杜明心和金银银也来了,他们都坐在被告席的这边。路野扶着路妈坐在旁听席最前面一排。老靳坐在证人席。路佳坐在被告席上的时候,忽然有一种浓烈的感觉。仿佛这个小小的第十三法庭里,聚集了她一生中所有重要的人脉和关系。世事纷杂,红尘万丈,人海茫茫,但其实在这偌大的世界里,关心你的、你憎恨的、有爱恨情仇纠葛的,也就是这些人。神武的律师就是钟明理法学院曾经的导师林伟忠,一个一身名牌的中年油腻男人。虽然庭上,钟明理据理力争,和林伟忠展开了剧烈的唇枪舌剑。但最终，由于缺乏证据，法院一审还是判了路佳涉嫌抄袭，需向神武公开道歉，并赔偿 1 元。这个结果在路佳的意料之中，赔偿 1 元，应该是老靳能为她做的最后争取。庭审结束后，路妈站起身，抓着眼前的木质把杆，眼含热泪，久久不愿松手。路佳亦含泪看天。

虽然早就知道是这个结果，但法官落锤的那一刻，她还是觉得自己内心某种东西碎了。冤枉你的人，永远比你还知道你冤枉。杜明堂戴着鸭舌帽坐在最后一排，内心五味杂陈。庭审结束后，他没等路佳，就匆匆先走了。走后，他就去了拳击馆，将沙袋捶破，拼命发泄。走出法庭的时候，路野扶着路佳，杨叶一脸揪心地站在人群里。

"我……道歉。"

路佳对到场的媒体深深一鞠躬。法院都已经判了，她不认有用吗？法院的判决结果，使得现场媒体更加群情激愤，纷纷指责路佳："抄袭，不要脸！"

"道歉有用的话，要警察干吗？"

"对啊，太不要脸了。剽窃别人的劳动成果。可耻！"

各种不堪入耳的谩骂传入路佳耳中，路妈被气得瑟瑟发抖。路野扶了路佳又要扶路妈，忙得不可开交，狼狈不堪。神武的律师林伟忠出来后，还得意扬扬地站在一旁接受媒体采访。钟明理瞥了他一眼，暗骂了一句"恶心"就想走，谁知，林伟忠竟然刻意跑过来对钟明理出言羞辱。

"哟，钟律师。现在怎么什么案子都敢代理啊？"

钟明理不理他，跟着众人就要走。

林伟忠却猥琐地一把拉住她的手臂，笑道："怎么？不跟老师聊两句么？"

钟明理冷冷道："我跟你没什么好聊的。该陈述的，我刚在法庭上已经陈述过了。"

林伟忠狡黠地看了一眼台下的记者，居然恬不知耻地大声宣布道："被告律师曾经是我的学生，她为被告代理，我是很痛心的。作为一个律师，在证据确凿的情况下，还为剽窃的被告做无罪辩护。这就是忘了初心。"

"你说什么？！"

路野正忙得不可开交，这时候才跑过来顾钟明理。他一听这老男人挑衅的话，就气炸了，指着他的鼻子就开始骂："你个老东西！嘴巴放干净点！明理到底是什么样的人，你我都很清楚！就像我姐到底抄没抄袭，大家也都

163

心知肚明！你少在这里放狗屁，讼棍！"

"路野。"

钟明理知道路野的脾气，于是小心翼翼地拽了拽衣角，劝他别动气，这里是法院门口。法院门口怎么了？路野的性子，别人敢欺负他爱的人，那就不行！

"呵呵，原来是被告的弟弟。难怪和被告一个德行！"

"你说什么？嘴巴放干净点！"

"你是她什么人？"

林伟忠后退一步，看路野一身肌肉，有些忌惮地指了指钟明理问。

"我是她男朋友！"路野气冲冲。

林伟忠这时更加阴阳怪气："我说呢，明理怎么会接这种不入流的烂官司，原来是色令智昏。剽窃犯的弟弟，应该也很会偷别人东西。"

林伟忠这些年，一点都没变，还是那么地道貌岸然，内里却阴暗腐烂。

他说完这句话，还故意拿猥亵不堪的眼神，瞟了一眼钟明理。

"你嘴巴给我放干净点……"

眼见路野就要动手，这时，路佳走了过来。

记者们看热闹不嫌事大，这一幕幕都被直播了出去。

路佳拦住路野，重新抬起头，目光炯炯地对台阶下的记者道：

"我道歉，是因为我尊重法律，虽然官司输了，不代表任何人可以用判决结果羞辱我和我的家人！我还是那句话，我没有做过的事，可以道歉，但不会承认抄袭。我路佳在此郑重承诺，在没有其他证据证明我清白前，会离开建筑行业，交出建筑师资格证。我也保证，暂时不再从事相关工作，搅乱市场秩序。也恳请无关人等，不要再以此作文章，攻击我的家人，他们是无辜的。就像台下的各位和这位不知道姓什么的律师，从小到大，我们谁没有犯过错误，受过冤枉！如果因为一点点错误，就要对你们的父母家人扔石头加以谴责连坐，我想，我们都无法活到今天。一人做事一人当，我的微博和个人社交网络永远不会关闭评论，有什么，可以冲我个人来。"

路佳顿了顿，用厌恶不屑的目光瞪了眼一旁的林伟忠。

"同时，我也做出善意的提醒。这里是法院门口，造谣生事，污蔑他人，嘲讽和生事，也是在触犯法律！虽然我不是学法律的，但我始终坚信，法律不会因为某一方人多强势就做出倾斜，它只会站在正义公正的一方！我信！所以，希望你们也信！最后，再次谢谢大家，你们也是为了工作！为了公平地报道出事件的真相!我也为占用了公共资源和大家的时间,说声抱歉。"

说完,路佳便拉着路野和钟明理往车的方向走。

路佳一通气沉丹田义正词严的输出,倒把现场的记者和自媒体给镇住了!

"这……像是一个剽窃犯说的话?"

"她还真是脸不红心不跳啊。一般这种,不是心理素质极其强大,就是被冤枉的。"

"可不是说呢。人都是讲气场的。我看这女的刚才说话的样子,挺浩然正气的。说不定还真是被冤枉的。"

"这抄不抄袭本来就很难界定。冤枉的又怎么样,稿子咱们不还是得该咋写咋写。"

神武给了车马费,官司又胜诉了,这些记者只能偏向神武。

但就因为路佳最后的这段话,好多记者都笔下留情了。

回去的路上,路野咬着牙开车,路佳、明理和路妈坐在车后座上,大家紧紧握着彼此的手,谁也不开口说话。

车里的音响正播放着刀郎的《罗刹海市》:

勾栏从来扮高雅

自古公公好威名

打西边来了一个小伙儿他叫马骥

美丰姿 少倜傥 华夏的子弟

只为他人海泛舟搏风打浪

龙游险滩流落恶地

他见这罗刹国里常颠倒

马户爱听那又鸟的曲

三更的草鸡打鸣当司晨

半扇门楣上裱真情

它红描翅那个黑画皮

绿绣鸡冠金镶蹄

可是那从来煤蛋儿生来就黑

不管你咋样洗呀那也是个脏东西……

"憬悟下周的投标，方案都准备好了吧？"

杜明堂凛着神情，在会议室里问。

"都准备好了。"下属道，"'走马灯'的设计加上长信宫灯的外观。"

"老大，我们这次招标最大的对手，就是杨叶带领的神武。"倪豪说。

"嗯。"

杜明堂没说话。

杨叶自从将阳溢卖了之后，发现了自己的短板，便不再介入资本市场，而是安安心心在神武做起了首席建筑设计师。他也终明白，他的那些长袖善舞，在资本巨鳄的嗜血本性面前，完全不值得一提。

建筑才是他的初心。

杜明堂从神武内部打听到，杨叶这次彻底放弃了"元宇宙"，而是返璞归真，学习阿尔瓦·阿尔托搞起了绿树红墙和人文主义设计。他确实是这次招标中最强劲的对手。路佳自从上次出庭之后，这一个月几乎是杳无音讯。杜明堂给她发了很多微信，她一条也没回，打电话也不接，仿佛人间蒸发了一般。

杜明堂看向憬悟空落落的窗外，一片清透湛蓝的天空中，弥漫着朵朵厚重的白云。

除了天和云，他什么也看不到……

此刻。

路佳正在金银银好姐妹的大别墅里，低头安安静静地叠着衣裤。

她将这些衣裤按功能、色彩分好，分区放入主人家衣帽间的橱柜里。

金银银和好姐妹在客厅喝茶。

好姐妹道："银银，你说这'室内整理师'，不就是高级保姆吗？这路佳来了两回，干的都是家务活儿啊。"

金银银端起茶杯，笑着张口刚想解释："这整理师啊……"

这时，杜明心扛着四大盒燕窝，风风火火地从外面跑进来！

她一进门边抹汗边抢着接道："姐！这整理师就是……就是通过与客户之间的深度交流，为客户提供家居整理、收纳方案和服务的专业人士。"

"是啊。与家政服务不同，整理师不是简单地收拾房间，而是要通过规划去梳理家中需要哪些物品，以方便使用。"金银银补充。

"整理收纳是一门生活技术，也是一种思维方式。整理师上门服务，不仅是整理物品，也是整理心情，客户生活中的烦恼需要找人倾诉，这个时候整理师就是一个很好的倾听者。"

金银银和杜明心你一言我一语地卖力解释着"室内整理师"这个职业。路佳自从被吊销建筑师执照之后，整个人也并没有消沉。那天在餐厅，最后杜明堂和她说的话，还是刺激到了她。为了路妈和小鲁班，她还是要坚持工作，坚持将养家的重担挑起来挑下去。但她的妥协和杜明堂当时期望她做出的妥协，还是不同一辙的。

宁愿换个行业，她也不能换了自己的初心。这是路佳最后的坚持。

"整理师，不仅是帮人整理好衣橱，还要帮助客户整理家里的空间，进而帮助他们整理自己的人生。"路佳干完活儿，也走过来补充道。

"整理师"这个职业被说得如此得高大上，好姐妹甚至觉得连自己别墅的格调都提高了，越发笑意盈盈。

于是，好姐妹立刻打语音向其他好姐妹炫耀显摆道："喂？做 Spa？今天我就不去了，我们家来了个'整理师'，正帮我整理房间呢！"

"什么'整理师'，不就是保姆吗？"

"哎哟，你们就老土了吧！我跟你们解释，这整理师啊就是……"

金银银、杜明心和路佳三个人相视而笑。看来这未来，路佳估计会生意越来越红火。回去的路上，路佳又赚到了一笔工资。这些钱，虽然和她以前当建筑师的时候差远了，但是再不用钩心斗角，也没有职场的尔虞我诈，也算是某种隐性福利吧。路佳每天只要处理好自己与"物"的关系，所以她的内心越来越平静，思想也越来越澄明。

路妈经常开玩笑道："佳儿，你自从做了那个什么'整理师'，整个人都不同咯！这脸色都白里透红的，人也胖起来了。"

只要路妈欣慰，路佳就对这个职业越发有信心。

这时，坐在副驾的杜明心开口道："银银姐，路佳姐，将来我们开一个女性服务集团，你们觉得好不好啊？"

"哎哟，这千金大小姐说话就是不同凡响。"金银银开着车，嘲笑她道，"动不动就集团。"

杜明心却不以为意，扳着手指搁那算："你们看，我们卖燕窝卖营养品，不就是为女性服务嘛。银银姐现在在网上做的情感直播连线挺受欢迎的，都快成头部主播了。我联系我海归的同学，开的心理咨询中心，下个月也过了试营业了！再加上路佳的整理师团队，我觉得成立一个服务集团，挺合适的呀！"

的确，金银银为了燕窝直播带货，于是在网上直播，做了几次情感连线，没想到一炮而火，大家都很喜欢她的那些"干货"。

"小镇贵妇"这个群体，都是她的忠实粉丝，小黄车那是赚得盆满钵满。

杜明心自从开始卖燕窝，赚钱的野心就越来越大。她总结了，要想生意做得好，就得用自己的优势去结合这个事业的优势。于是她想到自己这些年被心病所困，很长一段时间没走出来。她手里有大把的国内外的心理咨询资源，正好又碰上一个海归的同学，今年心理学博士刚毕业，于是就萌生了，"自医者医人"的想法，开了间心理咨询中心。

路佳听着她们的谈话，不置可否地望向窗外。

后视镜里，她脸上的平静下依旧掩盖不住一丝迷茫。

"路佳姐，你说……"

杜明心兴致勃勃地还想追问路佳。

金银银给她使了个眼色，然后小声道："别说了。路佳对当建筑师还没完全死心，这你都看不出来？"

杜明心叹了口气，转过身，嘀咕了一句道："我也相信路佳姐抄袭肯定是被冤枉的。可惜找不到证据。"

路佳坐在车后座，默默地垂下头。

……

钟山高尔夫。杜康生约了秦昌盛打球。茵茵绿草之上，杜康生满面春风，气爽神清。

"老秦啊，这么些年，我心底的一块石头总算是落了地。"

杜康生边走边说。

"现在我算是知道了，什么叫'万贯家财，不如有个好儿好女'。明堂这孩子啊，能力确实强，颇有我当年的风范啊！你看我现在，整天就打打高尔夫，公司的事完全不用再像以前一样操心了。"

秦昌盛表情纠结，几度欲言又止。

"老秦啊，我听说，你儿子现在也加入神武建筑了？你肯定是托了关系，走了后门啊，哈哈。"杜康生继续笑道，"不过你为神武服务了这么些年，让儿子进来顶班也是应该的。你可得和你儿子说，让他跟着明堂好好学。以后把我们神武做大做强，做成世界500强。"

"老杜……"

秦昌盛突然停住脚步。

杜康生走出去好几步，都没发现他停了下来。

"怎么了？"

杜康生回头。他根本没有意识到事态的严重性。秦昌盛默默从自己的上衣兜里掏出几粒速效救心丸，倒在手上，然后将这几个月的事，原原本本地告诉给了杜康生。

"什么？！"

杜康生听得差点吐血，没想到他寄予厚望看起来一身正气的杜明堂居然在他背后布了这么大一个局。

"他……他怎么敢？"杜康生捂住胸口。

但旋即，他又十分警惕地看向秦昌盛，用怨恨的语气问道："你为什么要告诉我这一切？你安的是什么心！"上一秒，他还在为生了杜明堂这么个"贵子"而扬扬得意，下一秒，秦昌盛就告诉他，其实是他亲手养大了这个"白眼狼"，杜明堂后续的一波操作，将每一刀都扎在杜康生的心脏上。秦昌盛深深地对杜康生一鞠躬，将速效救心丸递到他手上。

"老杜，这么多年了，我对神武还是有感情的。"

这一句，秦昌盛真没有说谎。其实这些日子以来，他为了儿子背叛旧主，内心也很煎熬。他一直安慰自己，杜明堂也是神武的接班人，也是为了神武好。可惜，渐渐地，他在一些工作中，发现了杜明堂的所作所为，好像并不是这样。在发现他有毁了神武的苗头之前，秦昌盛保守着最后一丝尚未泯灭的良知，跑来告诉杜康生。他被自己的亲儿子背叛了，被狠狠算计了一刀。

"你你你……！"杜康生服下两粒速效救心丸，哮怒道，"你给我叫他来！小头！"

傍晚。

杜明心回到家，看到杜明堂正对着镜子梳理正装，连袖扣都是选的国外留学答辩时戴的。

"你今天要出去参加活动？"杜明心问。

杜明堂笑笑，没回答。

杜明心走过来，帮杜明堂整理了一下衣领。

杜明堂低头见她认真的样子，突然捉住她的手。他的这一举动把杜明心吓了一跳。她不明所以地睁着大大的眼睛，望着杜明堂。

"你怎么了，明堂？"

杜明堂松开她的手："该来的总会来，差不多是时候了。"

前几天，杜明堂看出了秦昌盛的纠结，于是找他深谈了一次。

结果秦昌盛和他吐了心底对神武的感情，他说他这一辈子都献给了神武，他真的承受不了，最后神武的毁掉是经过他的手。

杜明堂表示理解，于是他同意，由秦昌盛去跟杜康生汇报最近这一切的真相。

"爸，叫我回别墅一趟。"

"回别墅，你需要穿成这样？"杜明心再不是以前那个她了。

她拎起包，追着杜明堂就上了车。连她都感觉到山雨欲来风满楼。一路上，她不停追问："明堂！你到底做了什么？爸这么火急火燎地叫你回去？是不是你又得罪爸了？你说话啊？"

杜明堂痴痴地望着窗外，只答了句："我已经不怕他了。"

"明堂！你别以为你当了神武建筑的CEO，就可以脱离爸的掌控。爸经商这么多年，经验丰富，任何人都别想在他面前耍心眼。"

"我就是要了。"杜明堂索性承认。

杜明心猛然心有所悟，其实这些日子她不是对杜明堂毫无察觉。只不过这一刻，她仿佛被敲了天灵盖，顿悟了。

"神武合并不会是你的手笔吧？还有，你之前让我……"

杜明心大惊掩嘴。

她联想到几个月前，杜明堂反复有意无意地暗示她，让她去爸和大哥面前说杨叶好话，然后阳溢很快就被神武收购了。

路佳抄袭，精心沦陷，收归神武。这一切凑得刚刚巧！杜明心恍然大悟，谁是最后的获利者，谁就是最初的布局人！眼前这个亲弟弟，已经变得她不认识了。

杜明堂和杜明心来到别墅。杜家所有人都已经齐集在客厅。每个人的脸上都是阴沉紧张的神情。

"明堂来了！"

见明堂进来，褚灵灵冲二楼喊杜康生下来。杜康生缓缓挂着手杖从木质扶梯上一级一级地下来。他愤恨的目光一刻也没有从自己这个刚进门的小儿子身上离开。杜康生一步一步,愠怒着走向杜明堂。杜明堂如挑衅般,迎着他的目光,没有一丝一毫的躲闪和悔意。

"你——"

杜康生举起手杖,冲杜明堂劈头盖脸就要砸下来!

"爸!爸!"

"康生,康生!"

众人冲上去拦住!

"康生,有什么话,好好说。"褚灵灵抚着他的胸口道。

杜明堂却还不依不饶,他自己整了整衣领,反问杜康生:"爸,我到底做了什么,让您这么生气?我所做的……不都是你吩咐我做的吗?"

杜康生用血仇的目光看着他。

杜明堂嘴角勾起一丝蔑笑,冷冷继续说:"按您的吩咐,怂恿老靳套现跑路,瓦解精益,安插王强,再除掉王强。清洗掉褚家在神武的势力,知会合作伙伴打压杨叶,让大哥顺利买下阳溢,告路佳抄袭,掏空精心,合并神武!桩桩件件,我都为您尽心尽力!爸,我想请问,是哪一个关节点,我没做好,惹得您这么生气?"

明堂的一番陈述,直说得褚灵灵和杜明泉夫妇,心惊胆战。原来,原来,这一切都是杜康生吩咐杜明堂去做的!

褚灵灵感受到了背叛和欺侮,立刻抛下捂着胸口的杜康生,任由他倒在地上。杜明泉也用惊恐的眼神望向杜明堂。这个一直谦谦君子般的弟弟,原来一直韬光养晦,扮猪吃虎,就是为了报复这个家!他隐藏得太深,手腕也够快、够狠、够绝!难怪老爸欣赏他。杜明泉两口子深知,他们已经不是眼前这个人的对手。

"你——你——"

杜康生除了"你",面对着如此理直气壮的杜明堂,竟然一句话也说不出来。

没错,这一切确实是杜康生让杜明堂做的。可是杜明堂如果只是做到这个地步,适可而止,那么他的的确确就是杜康生心满意足的好儿子!

可他……

他……

171

"爸,你不是一直期望,在子女中,选一个最强的人,继承神武?"

杜明堂一步一步走上前,紧逼蜷缩在地毯上的杜康生。

"爸,你现在睁大眼睛看看,我强吗?符合您的预期吗?"

"你——你——"

杜康生很想把秦昌盛下午告诉他的那些杜明堂的后招都给说出来!但此刻,他被一口老痰堵住心口,一句话也说不出来。不知道是不是因为,杜明堂的断章取义,让他顷刻间众叛亲离,以及这明目张胆的蔑视,让他意识到,这些年这个幺儿对他的恭敬都是装的,是假的!他从来没有被人这样玩弄过!没有人可以不尊重他,不尊重神武!这个人还是自己唯一信任的亲生儿子!他这是对自己有多恨?才会这么能忍?!这么残忍。

"噗!"

杜康生气得一口老血喷了出来。旋即在试图爬起来的时候,就又倒了下去!

杜明心一个眼疾手快,冲上去扶住他:"爸!爸!爸!"

她见杜康生眼神涣散,嘴角还有血丝和白沫溢出,于是扯着嗓子喊:"快打120!"

转头,她又对杜明堂:"明堂,你适可而止吧!就算爸有什么做得不好,他对不起我们,但他终究是我们的爸爸!"

杜明堂不动。褚灵灵反倒动了。到底是半世夫妻,她也早就认定杜康生才是她一生一世的依靠。娘家人的恨是恨的,但此刻,她冲过来,还是第一个心悬杜康生。"120"很快赶到。用担架将已经昏迷的杜康生抬走。杜家所有人都呼啦啦地跟了出去,褚灵灵和杜明心、杜明泉上了救护车!杜明堂,终究没有跟上。夕阳残晖下,他望着"120"的车子喷着尾气,一骑绝尘。仿佛带着他的某种仇恨,奔向了远方。他知道杜康生今天约他来就是要摊牌和他把所有的事情都说清楚,却没承想他把自己摊进了医院。这是杜明堂唯一没有预判到的。他以为无比强大的杜康生,倒下却也只是一瞬间。

抢救室里。

杜康生昏迷了三个小时。刚转到病房,他醒来的第一句话,就是要见杜明堂。杜明泉恶狠狠将杜明堂推了进去,杜明心则给了他一个哀求的眼神,意思是你别刺激他。

杜明堂木然地走进去,杜康生见到他的第一句话就是:"你就那么恨我吗?"

"是。"

杜明堂站在病床边,从高处冷冷俯视着他。杜康生无法理解,痛苦地别过脸去。

杜明堂则静静地叙述道:"我妈,我亲妈,在精神病院里快20年了!她现在还得了阿尔茨海默病,大小便失禁,常常拉在身上。她也不认得人,现在对我也是时而认识,时而不认识!"

杜康生没说话,背对着杜明堂。杜明堂却不给他这个机会,转到另一边和他面对面:"20年了,你去看过她一次吗?你对她负过责任吗?你是不是忘了,我!杜明堂!是你!和那个女人的孩子!"

杜康生被他质问得哑口无言。这些年,他自从听说前妻去了精神病院之后,就再也没有和她联系过,只是让财务定期去医院缴纳医药费。

对他来说,这种事,能用钱解决的,就是最小代价。

"你都结婚了,为什么还跑回来折腾我妈?!"

在这一刻,杜明堂终于将内心压抑了这么多年的不满和仇恨都爆发了出来!

"你知道,我小时候在农村的日子是怎么过的吗?被人追着叫'野种''杂种',我妈被乡里乡亲指指点点,直不起腰,抬不起头,夜夜抹泪!每年每月每天,我们都能听到数不清的污言秽语!时时面对的,都是鄙夷歧视的眼神!被人指指戳戳,受尽冷语白眼。但——

"但就是因为你有几个臭钱!你把我从乡下接来后,我还得对你笑脸相迎!逢场作戏!装出特别崇拜、听你话的样子!因为只有这样,你才会善待我妈,给她钱,给她医药费!杜康生!你知道这20年我是怎么过的吗?"

杜明堂气愤得肩一直在抖,他说不下去也要说。

"这些年,我拼命学习!各种学!从初中开始,我就必须时时刻刻在学校力争第一名!你以为,我那是做给你看的吗?为了和杜明泉竞争?你就喜欢看我们竞争!我告诉你,我那是为了学真本事,从小我就立志,总有一天会扳倒势力强大的你,脱离你这种自私自利的人的掌控!"

"可是,明堂,你不可否认,是我培养,我出钱出力……"

虚弱的杜康生不甘心地为自己辩解了一句。

"呵呵。杜明泉才是你培养的!"

一句话诛心，杜康生老泪纵横。杜明泉在门外偷听，沉默怨恨地一言不发，攥紧拳头。但他也知道，他确实不如杜明堂"优秀"。

"杜明泉谨小慎微地看了你这么多年的脸色，有什么用？我只不过小施伎俩，你就完全信任了我，让他成了弃子，我都替他悲哀。你这样的人，从来眼里就只有你自己，只有利益！你就是个没有感情的……畜生。"

听到"畜生"两个字，杜明心赶紧推门进来。她知道杜明堂失控了，她也知道他为什么失控！这些年，他的确也过得不容易。但这样就有用吗？要说恨，杜明心的恨不比杜明堂少。但是每个人都无法选择自己的父母啊！

"明堂，别说了！让爸休息会儿吧！"她劝道。

杜明堂不说话，却用一双报血海深仇的眼睛，死死勾住杜康生。杜康生气到用最后一丝力气，猛烈捶床："我那是为了神武啊！"杜明心怕他激动，死拽活拽地拉着杜明堂离开了。明堂从病房里出来的那一刻，只见褚灵灵立在门口，用看仇家的眼神怨恨地望着他。比过去还恨。这就是她的本来面目，什么亲人！兵戎相见的时候，才是他们的真实面目！杜明堂的嘴角勾起一丝冷笑，回瞪了她一眼。他没有做错！他只是对这些人做了他们对自己所做的事！

唯有杜康生还在病房里搏命大喊："我为了神武，我哪有错啊？你们吃我的、喝我的、看中我的钱，这些不都是神武带给你们的！你怎么能毁了神武！明堂啊，你怎么能……咳咳咳咳！神武啊！我的神武……"

回去的车上。车子开了许久，杜明心和杜明堂姐弟俩，很久都没有说话。快到家的时候，杜明心还是忍不住问了句："明堂，你到底要对神武做什么？"

杜明堂看向窗外，"姐，不是你说，只希望我开心一点的吗？"他幽幽问。

"可是你现在真的开心吗？"杜明心真心劝说他，"收手吧，明堂。现在收手，一切都还来得及。我真的不希望……不希望你将来后悔！"

面对杜明心的苦口婆心和满脸为他担心的愁容，杜明堂只能告诉她，一切都已经来不及了。他今天就会卸去神武建筑CEO的职务。明天就是SPACE项目的全新一轮招标。本来杜康生以为这次市政项目志在必得，于是将"神武之夜"也定在了同一天。其实杜明堂也明白，只要杜康生没咽气，今天这么一闹，他就是不卸任，杜康生也会立马把他赶下来。

九点的头条新闻。

"突发：神武董事长杜康生因病危住院，小儿子杜明堂卸任 CEO，是豪门争斗还是商业考量？"

几分钟后，杜明堂手机收到了神武董事会的辞退函。他最终做了和路佳一样的事。

在 SPACE 招标前，离开了神武，投身了憬悟。

路佳是为了项目，为了建筑理想。而，杜明堂，除了这些，他还想复仇。其实，他也想过，有些仇这辈子是非报不可吗？一路走来，他也是坎坷不已。他就是无论自己如何挣扎都无法抽离过去的痛苦与委屈，所以在这条坎坷的道路上一条路走到黑。他让老靳去提醒过路佳，就是希望她能接受老靳的建议，接受忍耐人生的委屈和挫折，获取实在利益，糊涂向前……这一秒，他才明白，他也做不到！杜明心说得对，其实只要他收手，他就还是神武建筑的 CEO，风光无限。甚至，以他对杜康生的了解，在冒犯和用人之间，杜康生还是会选择用人。他是真的视神武如命，但杜明堂就是要把事情做绝。不做绝，他的后半辈子都会纠结在前半辈子的梦魇里。

第十九章

比"走马灯"更好的设计

终于到了 SPACE 重新招标这天。

"今天是非去不可吗？"杜明心问。

杜明堂没说话，直接拎起自己的背包往外走。

"等一下。"杜明心叫住他。杜明堂回头。

"你等我一下，我陪你一起去。"

"姐……"

杜明心拎起背包，扯过杜明堂的袖子："走吧。"

她什么都没说，却又好像什么都说了。杜明堂与杨叶在招标中心门口再次相遇。杨叶不明白为什么临门一脚，杜明堂会做出这样的选择。

"明堂、明心。"

杨叶很客气地跟他们打招呼。

"杨叶。"杜明堂望着招标中心的大门，颇为感慨，"上次来，我们俩都是老板，不用自己冲锋陷阵。今天……"

"今天就不同了，我们又重新变回建筑师了。"杨叶礼貌地对杜明堂伸出手，"你是代表憬悟建设来的吧？"

"嗯。"

"等会儿亲自上台陈述？"杨叶问。

"是。"

杨叶点了点头，说了一声"那我们俩今天来一场公平的竞争"，就打算进去。

"杨叶！"

一个熟悉爽朗的声音叫住他。

杨叶回头。

是老靳，他身边还带着一个熟悉的身影。

"路佳！"

杜明堂简直不敢相信自己的眼睛！

真的是她！

杨叶也愣了，路佳却自然而然地冲他微笑着。

"路佳，你怎么来了？"

本来杨叶都已经走上招标中心的台阶了，这会儿立刻一路小跑折了回来。

杜明堂也两步跨了过去，满脸绯红地出现在路佳面前。

"路佳，你怎么会和老靳在一起？"杨叶疑惑地问。

想了想，他又问："不对！老靳你也不该出现在这里啊，精心建设不是已经卖了吗？套现走人，人还没走？"

老靳笑了，拿食指杵了杵杨叶鼻尖："你这小子，刻薄我。"

而后，他一转，用十分亲切的口气对杜明堂喊了声："杜总。"

杨叶和路佳同时心往下一坠！

什么？老靳是杜明堂的人？杜明堂就是老靳背后那个真正的老板？杜明心也惊了，蹙眉难以置信。

"杨叶，我有憬悟10%的股份，你说我该不该来啊？"

老靳得意扬扬，笑眯眯说道。憬悟这么小公司的10%，他都要，老靳还真是不嫌苍蝇再小也是肉。

"那路佳，你来……是？"杨叶转向路佳。

路佳云淡风轻地笑笑："是我求着老靳带我来的。因为老靳和我说，这次有比'走马灯'更好的设计。"

说到这儿，她看了眼一旁的杜明堂，杜明堂也正在看她。

"所以我来看看。"路佳很快将目光收回。

众人还想再聊一会儿，但可惜时间不等人，招标马上就要开始了！于是大家各自带着自己尚未消化的谜团，进入会场。前面几个走过场的方案结束。杨叶一身正装，正式代表神武上台提交自己的方案。专家评委在台下坐着，显然，到目前为止，对他的这版方案最为满意。

"现代主义建筑的尽头已经是人文主义。只有带着人文主义关怀的建筑，才配成为市民活动中心。市民在这集聚，他们活动，他们交谈，他们欢笑，他们发呆，所有的情感，在这个空间里流动！所以，我的建筑不是融入自然，它就是自然本身。它的每一个细节中体现的爱与关怀，照顾每一位市民心理生理的感受。它就像空气一样，无味无色，又像绿树一样，破土而出，天然就屹立在那里。"

杨叶说完，评委频频点头，全场其他听众集体鼓掌！路佳坐在台下，望着台上闪闪发光的杨叶，发自内心地为他高兴！他终于找到了自我，不再在世俗和理想间摇摆纠结！回归了初心，建筑是居住的机器，建筑是为大众的设计。这样的杨叶，谁不爱？路佳看见，坐在前几排的杜明心拼命鼓掌，她甚至听得眼含热泪，杨叶就是她今生的偶像！

"路佳啊，你亏了，错过了杨叶这么有才华有能力又对你好的男人。"连老靳都这么说。路佳鼓着掌，她心里永不后悔。

"下一位，憬悟建设。"

随着主持人的一声喊话，杜明堂带着自己的方案，穿过人群，自信笃定地走上台去。他看起来意气风发，丝毫未受昨天风波的影响。杜明心刚刚因为杨叶而露出的崇拜，此刻一秒收敛，她暗暗揪紧自己的裙摆。

也不知道在紧张什么，但她就是很紧张，她也完全搞不懂他接下来会抛出什么样的方案。只见，杜明堂将自己准备好的PPT投影在大屏幕上。

这时，映入整个会场里所有人眼帘的，是之前路佳被爆抄袭的那篇论文！

路佳惊到嘴巴张大，下巴险些脱臼，她激动地想立刻站起来和台上的杜明堂对峙。原来，举报她抄袭的人，竟然是——杜明堂！老靳一把捉住路佳的手，死按住，不让她起身。路佳侧脸，怒瞪老靳，他也是帮凶。

　　但老靳是了解她的，只是淡淡地说了一句，便稳住了路佳："不是想看比你的'走马灯'更好的设计吗？这么沉不住气。"

　　路佳瞥他，气到整个眼眶都是通红的，杨叶本来正低头收拾自己的材料，一抬头的瞬间！他的第一反应，回头看路佳。路佳看起来还好，表情平静地坐在最后一排。杨叶略放心。但他不知道的是，路佳的手此刻仍然被老靳死死按在手里。

　　"我就是这篇论文的第一作者 Tommy Wong。建筑'走马灯'的表现形式由我发现，并且申请了专利。请看专利。"

　　杜明堂举了举手里已经批下来的专利。

　　在场的所有人，根本没人再在意方案了，都把注意力放在了杜明堂就是举报路佳的人这件事上。现场气氛跌至冰点。

　　……

　　神武医院。

　　病房里。

　　秦昌盛正陪着杜康生收看今天的招标直播，看到这里，杜康生微微眨了眨眼睛。

　　秦昌盛怕他难受，扶他起来，又给他脑后加了个枕头。

　　"杜总，您身体还没康复。直播看多了伤神，要不休息一会儿？"

　　"我要看！"杜康生直挺着身子坚持。

　　纵然秦昌盛已经告诉了他，杜明堂会以自己小公司的名义来参加今天的招标。但杜康生还是没料到，自己的小儿子竟然这么狠！开场就能拿这么劲爆的话题，做铺垫。炸场。他不仅敢做，还敢当。杜明堂连外号"九尾狐"的老靳都能收下，杜康生只觉得胸口一寒，却又不知是喜是忧。忧的是，事情变成了现在这样。但那心底的一丝窃喜又是，他终于有一个能继承自己衣钵的儿子了！

　　"老秦，那个女建筑师……"

　　杜康生这时想起，当时秦昌盛对他提起过的"要楼要地"的女建筑师，似乎是杜明堂的心头好。

杜康生作为他的亲爸，从来没听说过杜明堂传过任何绯闻，他甚至一度怀疑自己的这个儿子不喜欢女人。

"叫路佳。她今天也去现场了。"秦昌盛答，"被杜明堂举报抄袭的，也是她。"

"哦。这就对了。"

杜康生听了若有所思，继续全神贯注地看直播。

"走马灯的设计是利用了空气的热动力的原理。所以，将这个元素用在建筑设计中时，除了强调移步换景的美感，还要注意整个空间的通风。

"既然是市民活动中心，为了给市民最好活动的体验，我们应该避免拥挤的空间和浑浊不流通的空气。所以，在走马灯旋转装置的顶部，我采用了长信宫灯的通风口上升原理，走马灯旋转产生的热量，可以被吸入虹管，从而保持市民中心空气的通畅和舒适的温度。

"同样，建筑的外形，我亦将长信宫灯的外形简化再简化，以明快的流线形和弧形，减少建筑的轮廓感，避免了锐利地分割天际线，消除了市民在走过来的时候，看到锐角转折的视觉不适。"

杜明堂的设计，简直就是路佳之前方案的加强版本！他利用中国传统宫灯长信宫灯的排烟智慧，解决了只能用国外通风系统解决排风的问题。更加地节能环保。同时，长信宫灯的外观更具有现代感，让市民中心的轮廓更柔和更亲民！

抛开抄袭的事，路佳不得不从心底发出佩服，确实杜明堂的方案更好。

她和杨叶都输了，至少在方案上，他们最终都还是杜明堂的手下败将。

"真好！真好啊！"

"太厉害了！现在的年轻人真不简单。"

"原来他就是原作者，他的方案不得不说比之前那个女建筑师的版本更好。"

"厉害！厉害！"

在众人的称赞声中，路佳看到了老靳口中那个"比走马灯更好"的方案。比路佳的"走马灯"更好的，就是杜明堂的"走马灯"。她心服口服，甘拜下风。于是，路佳站起身，在众人的交口称赞声中，默默从后门先离开了。台上的杜明堂正接受着称赞和掌声，在他看见路佳从后门离开的那一霎，眼中闪过一丝失落和落寞。

179

杨叶礼貌性地拍手。纵然他铩羽归来,这一仗,毋庸置疑,还是憬悟赢了。杜明堂这个海归确实不简单,懂现代主义设计,还将中国的传统文化吃得这么透,玩得这么通。中华第一灯,烛照两千年。他做到了真正的中西合璧,融会贯通,集大成。

杜康生看完了招标直播,许久没说话。
秦昌盛问:"杜总,需不需要……?"
他懂老秦又在揣测他的心意。杜康生睚眦必报,对于背叛他的人,即使是自己的亲儿子也不例外。他是想问,需不需要他们背地动手捅憬悟一杠子,给杜明堂长长教训。
杜康生沉默良久,最终摇了摇头。
并且,他说:"这小子不会只有这一招。等着吧,好戏在后头呢。"
秦昌盛垂下头,给杜康生喂药。
"你和你儿子关系还好吧?"杜康生饮了口药,突然发问。
秦昌盛苦笑:"杜总,我们几十年的老交情了。跟您说句实话,要不是为了我那不争气的儿子,我是绝不会这样做的。但现在……有什么好不好的,凑合过呗!"杜康生伸脖子抿了口药。
秦昌盛继续道:"我是震旦文科毕业,我老婆是交大理科毕业,结果生了个儿子,'头大脑科'毕业!"
杜康生一口老药差点没喷出来!
"老杜啊,我当初决定帮明堂那小子。一来,真是因为儿子不成器,我要是不提携,这辈子他肯定就是个二流子!"
"可怜天下父母心。"杜康生喝完药坐正,拧眉喟叹了一句,"不成才也有不成才的好,至少听话,不会搞出大事来气你。"
秦昌盛听出杜康生话里的意思是在指责杜明堂,尴尬地笑笑。
"那二来呢?"
闲来无事,杜康生心平气和地和这位老部下聊聊天。
"二来……"秦昌盛放下手里的药碗,郑重其事地说道,"二来,我真的是为了神武!老杜,咱们创业几十年,神武已经从一叶扁舟裂变成了一艘巨大的航母,外表坚固如铁,威势逼人,但其实很多零件都已经从内部腐锈溃烂。都说,千里之堤,溃于蚁穴。老杜,是时候了,得让这艘航母做个大检修，然后动一动了！"

杜康生耐心地听完，蹙眉一言不发。他相信老秦对神武的感情，创业这么多年，这些话他的确发自肺腑。这同样也是杜康生想的。于是，他转头问老秦道："老秦啊，我是不是老了？怎么说中风就中风了呢？"

他又道："过去我听韩磊的歌《向天再借五百年》，很不以为然。因为我对自己有自信，总觉得自己还年轻、身体好、本事大，干到80岁完全不成问题！我当时畅想，等我80岁的时候，神武会是何等地辉煌霸气！可惜……"

"也许这就是现在年轻人说的，明天和意外真不知道哪个先来。"杜康生无限感慨。

秦昌盛点了点头，表示理解。他俩也算半个知己吧。

"今晚！"杜康生突然抬高了声量，"明堂肯定还会搞事情。"

"神武之夜？"

"是，他那么恨我……"

"那需不需要取消？或是我去现场防范一下？"秦昌盛问。

杜康生想了想，斗争了许久，最后轻轻摆了摆手："算啦，由他们折腾去吧！晚上你让明泉代替我去主持，明堂要闹就闹吧，反正神武本来就是留给他们的。"

秦昌盛了然于心，两个老战友对视，仿佛要一起拱手交出多年拼搏出来的阵地，皆眼眶泛着泪光。

老秦绷不住，摘下眼镜，用餐巾纸擦了擦。

"老秦啊，你别难过。"

杜康生醒来后躺在病床上，看透了想透了，反而坦然处之了。

"如果明堂，真的能将一切都玩得转。那么未来神武就还有希望，如果他像明泉，只是一味地乖觉顺从，那么神武也不过就是温水煮青蛙，会在不知不觉中渐渐式微，直到没有人记得曾经有这么一家伟大的企业。"

"所以您的意思是，让明堂去折腾，去试？"老秦问。

杜康生点了点头，又道："但是他还必须通过最后一道考验，我才能将神武完全放心地交给他。"

"什么考验？"老秦好奇地问。

"我估计，明堂会在今晚'神武之夜'上搞事情，而且肯定不是小事情。

181

你不是说他私下搜集了很多神武的负面证据吗。那么，接下来神武的股票必然会大跌。"

杜康生目光如炬，看向秦昌盛。

"你帮我死死盯住那小子。如果他没有抄底买进，那就说明他只是想搞垮神武，对我纯粹是恨；但如果，他大量吃进神武股票，那他就不光是恨，而是贪！"

"这恨还有的治。贪，就是死路一条。"说到这儿，杜康生喟然换了副口气，叹道。

老秦点头："您放心，我会死死盯住盘的。"

"还有。"

躺在病床上的杜康生，气愤地挣扎坐起，最后吩咐秦昌盛道："你帮我带句话给杜明堂。对于伤害我的人，我从来都不会姑息，明堂也不能例外，既然他让我躺进医院，那我也要让他不舒服几天！"

杜康生还是那个杜康生。他的大器是为了神武的将来，他的小气却是刻在骨子里的。犯我者，必诛之。

"什么话？"

"你帮我去问一问明堂：他为了报复我，搞垮神武，不惜出卖路佳，置自己最心爱的人于死地。请问，他的这种做法，和我当年对他妈做的，又有何不同？"

妥妥的杀人诛心。

秦昌盛叹了口气，果然，那个阴狠毒辣的大老板又回来了！龙生龙，凤生凤，这父子俩一个坏料，都是狠人。

……

神武之夜。

贵宾休息室。

大嫂一身正装，给杜明泉系上领带。

"明泉，爸还是器重你的。他被明堂这么一气，肯定不会交班给他了。爸让你主持'神武之夜'，这意思再明显不过了，你就是未来神武的接班人……"

杜明泉听得很不耐烦，"行行行。别弄了！"

他一把推开妻子。也不知怎的，自从在病房外听到了杜康生和杜明堂的谈话，他就总觉得心慌气短，总感觉有什么意外要发生。

"张秘书！张秘书！"

张明泉喊自己的秘书。

"神武的纪录片准备好了吗？八点钟，市委的领导和媒体就都到了，记得准点大屏幕投放！"杜明泉紧张得很，"记得是准点，到时候经济区和环球港同时亮灯，这是今晚最大的高潮，都给我打起十二分精神准备！"

同时。

去"神武之夜"的路上。

杜明心警觉地问一身深色西装，坐在身边的杜明堂："今晚，你是非去不可吗？"

"爸又没说不让我去。"杜明堂冷冷道。

"可爸也没说让你去啊！"杜明心焦心万分。她当然知道杜明堂是去砸场的，夹在中间，没有人比她现在更难做了。

"好了，姐。我的事你就别管了。好好卖你的燕窝，我们就还是姐弟。"杜明堂拨了一下手里的伯爵戒指。

杜明心束手无策地望着他，杜明堂却故意躲避她的目光。姐弟俩就这样，各自望着窗外，静默地过了接下来的路程。神武之夜。为了迎接嘉宾，丽思卡尔顿门口铺着长长的红色地毯。所有嘉宾都盛装出席。一线大牌明星，通通只有提前到达暖场的份儿。黑色的迈巴赫停在红毯的起点。杜明堂准备推开车门下车。杜明心终究还是情感战胜了理智，她拖住他！

"干吗？"

杜明心似乎下定了很大决心似的，用最坚定的口气对他说道："既然做戏，那就做全套。不上演一出姐弟情深吗？明天的头版。"

杜明堂睁大了眼睛，不敢相信。家族和杜明堂，最终，杜明心居然选择了自己！这么多年，什么都变了。唯有，他二姐……心硬如磐石的杜明堂，此刻只觉得心被某根柔软的羽毛拨动了一下。

"走吧。"

杜明心大方地陪杜明堂走下车。她一身高定，熠熠生辉，轻轻挽着风流倜傥的杜明堂，边走红毯，边轻轻向周围的媒体挥手致意。姐弟俩男帅女靓，笑靥如花，立刻刺激了现场所有闪光灯的闪烁！一片光海中，称赞声不绝于耳！

183

"真是妥妥的豪门姐弟啊！太养眼了！"

"人间富贵花！人间富贵树！"

"杜家的基因真不是盖的。这么有钱，还这么帅这么美！"

"大小姐！看这里！笑一个！"

"小杜总，这边！"

杜明心虽然不知道杜明堂最终要干什么，但无论他干什么，哪怕刀山火海万劫不复，这种关键时候她也要选择站在他这一边。

这是默契，也是习惯。

从来如此。

"听说他俩同父异母啊。"

"小声点。杜明堂是私生子不知道啊？"

"哦哦，难怪长得像又不像！"

"他俩关系挺好的哈。看来杜家内部很和谐啊，不像外面传的那样！"

"明星、政客、富商，是最会做戏的，私下怎么样谁知道啊？"

这时，杜明堂见明心的礼服转不过来，立刻蹲下身，替她整理。

这一幕，就在大庭广众之下，直接为他拉了一波好感。

"谁说是做戏啊？你看都蹲下替姐姐整理裙子了，你就是见不得人家好！"

"这杜明堂真绅士啊！听说还单身，妥妥的豪门贵公子啊！"

"太帅了，实在是太帅了！公子世无双。"

杜明堂通过红毯这一出，迅速在现场集齐了一波颜粉。现场媒体的镜头也大多对着他，连杜明泉站在台上宣布"神武之夜即将拉开帷幕"，都没人搭理他。钟明理在内场，今天也一身盛装。她选了一条贴身的鱼尾裙，衬得她长期健身的身材玲珑有致、前凸后翘。她的靓丽很快吸引了众多异性的注意，他们纷纷过来和她搭讪。人群里，林伟忠嫉妒地抿了一口烈酒，走过来，很粗暴地打断了钟明理和另一位男同事的对谈。

"哟，明理啊？怎么今天穿得这么性感？我都快认不出了！"

钟明理看见林伟忠就生理不适，于是立刻想躲开。谁知，林伟忠居然硬凑过来，附耳在她耳边说道："你今天穿的，比不穿衣服还好看。"

真是狗改不了吃屎，都这么多年过去了，林伟忠怎么还是死性不改，甚至越发低劣！果然坏人不会变好，只会变老。钟明理受了他这么多年的鸟气，也忍够了。她一甩头顶的高马尾，"啪！"地打在林伟忠的脸上。林伟忠居然不恼，还很享受地嗅着空气中钟明理的发香。

钟明理冷笑："神武都几十年了，可是有些人却还停留在原地。"

"彼此彼此。"

到底都是当律师的，打起嘴炮来，谁也不逊色谁。两柄冷剑，就这样在华灯中开始相互磋磨。

"本来因为阳溢的收购，我以为你作为我的学生，这些年终有进步，不再什么鸡零狗碎的案子都接。但其实，不过还是运气好而已。抄袭案，还不是一下子就露出了马脚。"

林伟忠扬扬得意。

"明理，读书的时候，我就和你说过。当律师要爱惜羽毛，别什么案子都接。明知打不赢的案子，为几个臭钱，接了不是砸自己的招牌吗！所以，我就说，女人呐，一辈子的井底之蛙、小农经济、给钱就能干，永远成不了大律师。你也不小了，现在还在外头打工，早点嫁个人，生几个孩子，在家相夫教子不好吗？非要出来角色扮演什么'律政俏佳人'。"

林伟忠从调戏明理，直接上升到亵渎女性！钟明理冷冰冰一张脸，静静看这只猴子表演！

"不过，说起角色扮演，你今天这套衣服，我很喜欢，腰收得真好。"说着，林伟忠还在大庭广众之下比画了一下女性臀部的曲线。

钟明理忍无可忍，咬牙回怼："林伟忠，你觉得自己特了不起是不是？人生漫长，我倒要看你能得意到几时！"

林伟忠也回以冷笑："钟明理，你跩什么跩？峰回路转，你还不是最后落在我手上！阳溢被神武吞了，你不还是得乖乖在我手下办事，我叫你怎样你就得怎样！"

"呵呵，所以，你是承认这一个多月都在给我穿小鞋咯？"钟明理乜斜了他一眼。

林伟忠一笑："除了小鞋，以后给你穿别的也可以，比如……"

钟明理后退一步，先是愠怒，而后心底发出一阵冷笑。

"我最后再和你说一遍！路佳没有抄袭，我一定会找到证据证明路佳没有抄袭！还有……"

这回，轮到钟明理勾了勾手指，让林伟忠凑过来，她假意暧昧地说道："你知道为什么我忍气吞声在你手下蛰伏了一个多月吗？就是为了今晚！送你一份大礼！"

说完，钟明理用力推开林伟忠。

他摔得差点狠狈地碰倒旁边的香槟塔。

……

"各位领导，各位同仁，各位媒体朋友，我在此谨代表神武集团，欢迎各位贵宾，莅临今晚的'神武之夜'暨神武集团的周年庆典！感谢市领导多年来对神武的帮助与提携，感谢各位同仁日复一日的艰辛付出，感谢……"

杜明泉义正词严，像神武当家人一样，站在台上，做开场致辞。所有人都在底下竭力鼓掌，烘托气氛。包括杜明堂，他和杜明心站在第一排，用邪魅的目光一直盯着台上的杜明泉。他眼光时而灼热，时而阴冷，杜明泉若不是跟着杜康生有这么多年的历练，必定早就乱了阵脚。

"今天，我们特意做了一个大型纪录片，和到场嘉宾一起回顾神武成立、奋斗、辉煌的路程！请看大屏幕——"

杜明泉说完豪言壮语，手一挥，指向偌大的大屏幕！

"神武集团，由杜康生先生创立于1990年……"

大气磅礴的画外音，配合神武集团的大楼和各路厂房的远近景切换，使得现场的气氛一下子严肃起来。

所有人热血沸腾，满怀期待地准备见证这座魔都大船的数十年辉煌！但是，很快，大屏幕上就画风一转，开始播放一些奇奇怪怪的东西！

"神武集团多年来利用向银行借贷，买地，龟速开发，炒高房价卖给购房者圈钱；再买地，再圈钱的模式，持续扩张，才造就了如今庞大的神武帝国！

"同时，神武药业，上半年的财报显示，开发新药失败，收入同比减少了8%。作为其拳头产品的胃舒冲剂，目前也面临可替代……

"神武目前的财务状况不容乐观，由于他借钱下蛋的商业模式类似于庞氏骗局，所以资金已濒临无法兑付的边缘……

"还有神武的法务，法务部老大林伟忠律师，涉嫌收受贿赂，倒卖公司机要文件以及伪造证据，帮助打赢不法官司等劣迹，已经被人实名举报，有关部门正在介入调查……"

这段纪录片，每一句话的背后，大屏幕上都相应投出了精准的证据画面，无从抵赖！洗都洗不白。偏偏这部纪录片还是全球同步直播。现在就是把卫星打下来，也来不及了！因为根本找不到视频的来源，还有视频是怎么被替换的，现场完全乱成一锅沸腾的鸳鸯锅！白色，是噼里啪啦闪烁不停的闪光灯。红色，是人声鼎沸混乱不堪的红毯。说到"神武法务"这段的时候，林伟忠明显心虚不已，一下子满头大汗。

钟明理故意走到他身边，不看他，而是盯着大屏幕，用镇静无比的声音说道："我说过，今晚会送你一份大礼。"

"所以，证据是你交上去的？"林伟忠的眼神中满是惊恐。

"不然你以为，就我们俩这关系，我为什么会回到你手底下上班？"钟明理抿了杯香槟，不屑地一笑。

"你！"林伟忠气到内伤。

"对了，我还要告诉你一声！路佳抄袭案，我已经向中级人民法院重新递交了状子，不过很可惜，你是没机会和我对簿公堂了。我一定会找到证据，你就在牢里等着看我胜诉吧，恩、师！"

钟明理最后的一句"恩师"，如同一把插进林伟忠心脏的利刃。

很快，林伟忠就被有关部门现场带走了，临走，他不甘心地回眸看了钟明理一眼。

这一回，钟明理没有再施以冷脸，而是抬手和他说再见，笑得美丽，开心极了，她要用胜利者的姿势和自己不堪的过往告别。

……

路佳带着路妈、路野坐在电脑前，看着"神武之夜"的视频直播。

路妈惊叹："哎哟乖乖！女儿，这个什么盛典，是不是场子被砸了！怎么闹成这副鬼样子？"

"这还用说吗？一地鸡毛！"路野道，"微博已经5条热搜置顶了。神武不完，元气也会大伤。"

"是杜明堂做的。"

路佳死死盯着屏幕，联系这几个月的前因后果。她嘴里进出自己的判断。原来，杜明堂布那么大一个局，就是为了搞垮神武。

"这神武不是杜明堂家开的吗？他为什么要这么干？"

连路妈都想不通。

"是啊，姐！如果是他做的，他这不是要夺权，是要毁了家族产业啊！"

187

路野也说。

　　路佳蹙眉，她只是说："我也不知道为什么。但我的直觉告诉我，就是他做的。"

　　"太奇怪了。"

　　"邪门了！"

　　路妈和路野看完热闹就散了。但路佳一个人痴痴地守着乱七八糟的电脑屏幕许久……她一遍一遍地复盘，在迷惘中想起几个月前杜明堂清朗阳光的脸，一阵感慨纠结。

　　是啊，他为什么要这么做？路佳猛然醒悟：自己犯了一个极大的错误。

　　在这个局中，她了解老靳，了解杨叶，唯独不了解的，就是杜明堂。

　　"明堂哥哥！"

　　这时，小鲁班不知道从哪儿冒出来，指着屏幕上的杜明堂喊道。

　　"妈妈，明堂哥哥怎么好久不来找我玩儿了？我用电话手表给他发了好多消息，他一条都没读。你和他，是不是闹掰了？"

　　"呵呵，你知道什么是闹掰了吗？"路佳笑着，随意地逗着小鲁班。

　　小鲁班道："我知道，就是原来很好，后来因为吵架，不好了。"

　　不对！

　　路佳突然觉得小鲁班方才随意的几句话里，有哪里不对！

　　是了！

　　太久了！

　　路佳已经把小鲁班有杜明堂联系方式这件事忘得干干净净了！

　　"你刚说什么？你给杜明堂用电话手表发过消息？"

　　路佳双手把住儿子，敛起神色，严肃地问。

　　小鲁班认真回答："是啊，我还给他发过图呢！"

　　路佳大惊！

　　"儿子，你赶紧去把电话手表拿来！去！"

第二十章

金不换

"妈妈！手表！"

路佳接过小鲁班的手表打开。结果刷出几十张从来没见过的图片。

"班班，这些是……"

小鲁班得意扬扬，跌跌地接过自己的手表，一幅幅地对路佳展示道：

"老妈，这张是你趴在桌子上画图的时候我偷拍的。"

"这张，是你去上班的时候，我拍的你的建筑模型。"

"还有这张，老妈，我拍的你画的图和上次明堂哥哥送给我的走马灯，你看它俩形状好像……"

不等小鲁班一一介绍完，路佳便一把夺过手表，仔仔细细一张一张翻阅起来。

果然！

她发现了，澄清自己抄袭的证据就在小鲁班的电话手表里。

路佳觉得自己这辈子做得最值的消费，就是花几百块钱，给儿子买了一块可以拍照的电话手表！

无巧不成书。

路佳发现，小鲁班在 6 月 2 日这天，拍下了她伏案画图的照片，她整个人和桌面的手稿都异常清晰。并且，在 6 月 3 日，小鲁班还将这两张图分别传送给了杜明堂和陆之岸。陆之岸的那张显示"图片已接收"，而杜明堂的那张则显示"图片发送失败"！

"班班，你为啥要把妈妈画图的照片发给他们？！"

"我就是觉得妈妈画图的时候好投入好帅，所以拍完之后，就发给了爸爸和明堂哥哥！"小鲁班嘟着嘴解释道。

路佳捏紧那个电话手表，立刻打电话给钟明理，问照片拍摄时间和短信发送记录，是否可以作为证据，证明她的清白。钟明理当然是给出了肯定的答复！当时认定路佳抄袭，就是她无法自证，自己从未见过杜明堂发表的论文。杜明堂的论文是 6 月 6 日发表的，而路佳的这些照片，可以证明她在 6 月 2 日就已经形成了成熟的灵感和方案。

"这陆之岸真够无耻的。"

钟明理不禁骂道!

"他是唯一一个可以肯定你没有抄袭的人,不站出来帮你说话也就算了,还继续冤枉你。人渣!"

路佳无所谓,习惯了,人渣都没有好下场。

她现在只是有些疑惑:既然杜明堂没有接收小鲁班的图,那么他6月6日那篇论文……

难不成?

总不会?

这世界上真的有所谓的心有灵犀?!

这个问题,钟明理表示,无法帮到她。可能真就这么巧。

如果路佳想知道答案,为什么两个人的灵感会产生碰撞,同时联想到"走马灯"方案,那她只能去找杜明堂本人求证。

路佳捏着电话手表,一晚上在床上辗转难眠……

……

接下来几天。神武彻底乱了!各路记者围门堵门,抢新闻。所有的供应商与合作商都快把神武的大堂给挤爆了。人人要求兑付。神武股票一跌千里,连着三个跌停板。杜明泉忙得四脚朝天,连喘气都没有时间。褚灵灵和杜明心日夜守在医院,就怕有记者上来骚扰病床上的杜康生。本来杜明堂在憬悟,听着这一切,沾沾自得。他亲妈的仇和他童年的恨,就这样也算是了却了。

但秦昌盛这时候却对他说:"明堂,老杜总有句话让我带给你——你为了复仇,搞垮神武,不惜出卖路佳,置自己最心爱的人于死地。请问,你的这种做法,和他当年对你妈做的,又有何不同?"

一句话,问得杜明堂内心波涛汹涌,五味杂陈。杜明堂知道往哪里放火,杜康生更清楚往哪里扎刀,杜明堂的脸色一下子黯然了。他静静地孤独地站立着,望着憬悟空空如也的窗外。

"明堂,你听我一句劝,去医院看你爸一趟。他还没有放弃你,有话和你讲。"

秦昌盛说完这句,叹了口气,便起身向外走。临行前,他手把着木门把手,回头像最后提醒杜明堂似的,说道:"神武股票都跌穿地心了,不是底也是底了。憬悟的发展需要资金,明堂我劝你买点吧。不瞒你说,我自己这两天都是满仓吃进的。"

杜明堂没说话。神武的股票他再也不会碰。这样赚来的钱,会脏了他,脏了憬悟。

……

"明心啊,明堂这两天为什么没来看我?"

杜康生的身体略有好转,能下地散散步了。

杜明心低着头,解释:"可能他忙,憬悟不是中标了嘛,他得忙SPACE啊!"

褚灵灵在一旁,削着苹果,愤愤不平:"我们家给他害成现在这副样子,神武也快完了,明泉天天忙得脚不沾地,给他擦屁股!你还惦记着你的小儿子呢。"

"你懂什么?"杜康生喝断她。

"好好好,我不懂。"褚灵灵把苹果递了过来,"趁现在还能吃上苹果,就多吃一口。"

杜康生冷眼看她,而后说了句:"你放心,只要我杜康生一天没死,神武就完不了!"转而,他又严肃地对杜明心说:"你去把那个混账叫来!就说我要见他!"杜明心踟蹰在原地,很为难。杜康生却道:"还不赶紧去?要是喊不来那个逆子!明心,明天我就断了你的燕窝生意,瘦死的骆驼比马大,就算神武大厦将倾,我捏死你那么个小生意,还是跟捏死一只蚂蚁一样!"杜明心怕了,她知道爸是真心想见杜明堂。她只能去试,不能打包票。

"爸,得得得!你快上床歇着吧,医院里哪来的蚂蚁?还断了我的燕窝生意!您要真这么做,我就搬回来啃老!一天买它三个包五支表!看您肉痛不肉痛!"杜明心早已不是以前那个被杜康生吼两句,就没了自己主张的小女孩儿了。

"我今晚回去会和明堂谈的。"

杜明心会劝他们父子俩见面,却不单单是为了杜康生,她眼看着杜明堂闷闷不乐许久了。

他的计划、他布的局,是全部成功了。可是他并不快乐。……晚上,杜明堂在家里的电脑上,反复比对路佳的方案和他的方案的效果图。杜明心轻轻推门进来。杜明堂头也不抬,就跟膝跳反应似的,立即主动回答:"不去。"

他猜到,杜明心是来当说客,为的就是让他见杜康生。杜明心见状,就故意开始抹眼泪儿。

"明堂！求你了。你就去一趟吧！爸说，你不去，他就要让我卖不成燕窝，还要把我的心理咨询中心给关了！明堂，你看我，好不容易能自食其力了，你也不想我又退回到过去吧？"杜明心嘤嘤流泪，"我最近总觉得心慌气短，可能我过去的抑郁症又要发了……"

"你少拿抑郁症吓唬我。"

杜明堂头也不抬，他低着头拿铅笔画图，他总觉得SPACE这个方案的建筑外观尚不够完美，还有改进的空间。却一时又想不出要怎么调整，才能把尽善尽美变成巧夺天工。杜明心见杜明堂软硬不吃，便索性撒起泼来。

她缠着杜明堂，道："你不去！我就抽烟、喝酒、文身、泡夜店、学坏！当不良少女！"

杜明堂都无语了，他斜了斜尺子："你都三十多了，还少女呢？"这时，杜明心突然发现了杜明堂的软肋。她一振作，将杜明堂尺下面刚画好的铅笔图纸给抢了过来！

"去不去？不去我现在就撕！"

杜明心做撕图状。这可把杜明堂吓坏了！他竭力稳住杜明心，然后无奈地丢下铅笔道："我去！我去还不行吗？"杜明心笑了，立刻放下图纸："我开车。"杜明堂无奈地摇了摇头。其实，杜明堂自己心里也明白，他这辈子不可能永远拖延着不见杜康生。他们父子这笔烂账，不是复仇完，血缘也就一笔勾销的。有些话，还是当面说清楚比较好。

来到医院，杜明心让杜明堂一个人上去。

"爸想单独见你。你……"杜明心顿了顿，"你心里有什么话，不妨直说，说出来，别放在心里。"

杜明堂盯着杜明心湖水般澄明的眼睛，点了点头。

"来了？"

杜明堂上楼的时候，杜康生正在自己喝晚饭的白粥。

见他进来了，立刻让褚灵灵和护工都出去。他独自颤颤巍巍地又重新端起那碗粥，可能是术后还没恢复的缘故，他的手一直在抖，几次粥都从嘴角溢出，流到脖子上，狼狈不已。

"来了。"

杜明堂平静地在杜康生床对面坐了下来。杜康生的嘴角沾了米，杜明堂终究不忍，递了张纸巾给他。

"好小子，布了这么大一个局，算计你老子。"杜康生擦了擦嘴道。

杜明堂不言不语，只是坐着。

"你就那么恨我？"杜康生直起身，询问他。

"你说呢？"杜明堂丝毫不给这位病床上的老人面子。

"是为了你妈吧？"

"你别提她。"

杜明堂不想提，他妈现在已是阿尔茨海默病晚期，什么都不知道了。她没了爱恨，那便由自己这个做儿子的延续她的记忆。

"明堂啊，是我错了。"

堂堂说一不二高高在上的杜康生，竟然对自己的亲儿子主动认错了。杜明堂抬起眼眸，微微讶异。他的语气不像是敷衍，倒显诚恳。

"明堂啊，我从小受的教育，就是你爷爷对我说，男人要有事业，有了事业，也就有了一切。所以我视神武如命！为了神武，我什么都可以牺牲，时间、身体、友情、亲情、尊严……"杜康生继续道，"为的就是对得上你爷爷的教育。"

杜明堂默默听着，从前他爸从来不会对他平平静静地说这些。

"但现在，我到了你爷爷的年龄，躺在病床上，连喝碗粥，都无法自己做到。可见，你爷爷的话对也不对！"杜康生自嘲地苦笑。

"也是直到躺在病床上，失去所有，我才明白了，留下来的都是真的，能失去的，再灿烂再辉煌，都是过眼云烟，南柯一梦！"杜康生幽幽道来，感慨良多，"也是因为躺在病床上，我才懂得了生活不能自理的苦，和日日只能对着吊瓶、氧气瓶和各种管子的烦。"

说到这，杜康生强行拉起杜明堂的手，道："明堂啊，我对不起你妈。她是我的原配。她躺在医院里那么久，我都没去看她。我该死啊！"

他缓了缓神，继续道："可我不能真的去死，既然命运一直在走，我就也得走。我的世界里，不仅有你妈，还有你，还有明心、明泉，还有你后妈。我已经对不起你妈了，所以我更加要对这些人负责。明堂，你可能以为我是在找借口，但这些确实都是我的真心话。明堂，你仔细想想，从把你接回来之后，我不负责吗？我对你，真的就没有给过父爱吗？"

杜明堂不语。

杜康生又叹了口气道："也许我这种严苛的方法不对，但是，明堂，我也是第一次当父亲，我也受我那个时代的局限，我只是把我能给你们的爱，用我自以为对的方式给了你们！你们不理解，我除了道歉，别无他法！谁也不能再回到过去，重活一次了。"

"你到底想说什么？"

其实自从杜康生叫秦昌盛给他带了那句话之后，他也很纠结。杜康生的话里话外，十分明确，他们父子俩是一样的人。杜明堂谴责父亲，就是在不屑于他自己。但他又能怎么办呢？当这一切都没有发生，继续做杜家的儿子？！他不想去想。烦恼不已。

"明堂，今天叫你来，除了说一说往事。还有一件重要的事，爸爸想和你商量。"

杜康生戴起金丝边眼镜，颤抖着手，从病床床头抽屉里拿出一份文件。他手抖得厉害，几度文件几乎掉下去。杜明堂无奈，抬手接住。父子俩亲手握住那份文件。

杜康生抬眼看了眼自己的小儿子，郑重道："我打算让你立刻上任神武的接班人。神武虽然被你这么一闹，传出一些负面的新闻，但是，这是我自己一手创办的集团，我知道它的分量。神武一时半会儿垮不了，只要将你搜集的那些问题修正了，神武不但不会垮，还会向前迈进一大步。明堂啊，我有信心！你愿不愿意，将这艘大船的船舵，接到自己手里，带着它驶向崭新的、更远的方向？"

杜明堂怔住，疑惑地问："都这时候了，你还愿意把神武交给……我，而不是大哥么？"

杜康生微微摇了摇头："如果你不接，我再给他。以你大哥的实力，不过做个守城之主。而我需要的是能守土又开疆的元帅。明堂，相信爸爸，你可以的。"

杜明堂接过那份文件，内心百感交集，他千算万算，也没想到杜康生今天叫他来，竟然是为了这个事。被人信任的感觉是很好。杜明堂和杜康生的恩怨，在这一秒得到了破冰。但就算是冰开始融化，也不等于杜明堂就愿意接受这样的安排。

挣了挣，杜明堂还是叫出了口："爸。不是我不愿意接手神武。其实如果不是为了复仇，我根本就不想介入家族产业。我的梦想，不说您也知道，我只想成为像贝聿铭那样的建筑师。建筑，才是我的心之所向。对权力，我毫无热情。"

杜明堂站起身，最后还是无奈地将那份文件放在床头。

"对不起，爸。让您失望了。"

说完，杜明堂便起身向门外走去。他拉开门，直直撞见正在偷听的杜明泉和褚灵灵。这时，杜康生叫住他，说道："明堂，安排一下。我病好了，你陪我去看看你妈。"

杜明堂没说话，从杜明泉和褚灵灵的中间径直穿了过去。杜明泉气喘吁吁地追到电梯口，他也想通了，帮着杜康生一起劝杜明堂："明堂，你要不要听爸的话，再考虑一下？神武需要你，只有你可以救神武。"

杜明堂叹了口气，望着这个和他从小竞争到大的大哥，此刻竟然站在他面前服软。

他点点头，认真回绝："哥，话我已经说得很清楚了，我有憬悟。而你和爸，只有神武！与其将信心和希望寄托在别人身上，不如相信自己，大胆向前，做自己想做的事。"

这时，电梯来了。杜明堂阔步走了进去。电梯门缓缓合上。兄弟俩，一个在门里，即将离开此地；一个在门外，即将折返回病房。杜明堂努力改写过自己的命了，就算不择手段，就算这条路不一定对。至少他，对得起当时的自己，把想做的事做了，想解开的心结解了……

……

左思右想了好久好久。

路佳还是拿起手机，鼓足勇气，给那个熟悉的微信头像，发过去一条微信：见一面？

对方秒回："可以。哪里？"

"去游乐场吧。上次那家中心咖啡厅。"

"好。"

"时间呢？"

"这周六。老时间。"

"好。"

再见面，路佳将小鲁班带上。杜明堂去前台给他点他爱吃的香蕉船。

距离上一次在这里见面，整整过去了小半年时光，可以是弹指一挥间，也可以是轻舟已过万重山。

"没想到,你会约我。"

杜明堂放下东西,望向路佳。

"你胖了,更白了。气色也变好了。"他由衷地夸奖。

自从路佳不当建筑师,行业内除了当传说讲,便不再有她的音信。

"你最近还好吗?干吗呢每天?"杜明堂故作轻松地问。

路佳一笑:"我不做建筑师了。在当室内整理师。"

"室内整理师?"

"对,一种新兴的职业。帮助客户整理建筑的内部空间。"路佳自豪地回答。

"你喜欢这份工作吗?"杜明堂不放心地问。

"还挺喜欢的。"路佳如实相告,"过去我做建筑,总是想着如何将建筑师的自我表现和功能性结合,考虑了太多的宏观因素。可等我当了室内整理师之后,才知道,建筑不过就是一个容器。是生活的容器,是人生的容器,是一切的容器。建筑不是拿来看的,更不是拿来表现的。它是实实在在屹立在那里,融入我们生活的空气。建筑师的每一个外立面的设计和动线图的修改,都有可能牵扯到生活在里面的人三五年甚至一辈子的生活习惯。所以,更加要慎重!"

"哦。看来你感触挺深啊。"

见到路佳的好状态,杜明堂由衷地为她高兴。可他又很快低下头,假装吸饮料,他做的那些事,确实愧对她。

"你怎么样?别光说我。"

路佳问杜明堂。

"我爸想让我接神武的班,我拒绝了。现在我只想把憬悟建设弄好,把SPACE项目最好地呈现出来。"

"有困难吗?"路佳淡淡地望着他的眼睛笑。

"没有。啊,有!"

杜明堂吐词又吞字。

"到底有没有?"路佳笑眯眯。

小鲁班也帮腔:"是啊,明堂哥哥!你要是有困难就说出来,我们一起帮你想办法!小鲁班办法可多了,你要相信我!"

小孩子的一番话,把杜明堂和路佳都给逗笑了。

杜明堂认真抬起头，用最真诚的语气，对路佳道："路佳！真心对不起！我不应该、不应该诬告你抄袭。我……"

　　这时，路佳突然打断他，也很认真地问了杜明堂一句话："你是真的确定我没有抄袭吗？还是仅仅凭直觉相信我这个人？"

　　杜明堂被她问住了！

　　但还是不得不坦白："我不知道。"

　　路佳笑笑，喝了口饮料。

　　"我来帮你说吧。"

　　路佳大大方方道。

　　"明堂，你其实也不确定我有没有抄袭。因为上次从游乐场回来之后，你就有了'走马灯'的想法对不对？所以，你在6月6日前，将自己的灵感写成论文，记录下来。但你没料到的是，其实你送我的那盏走马灯，也给了我灵感，我也创造出了和你类似的方案。那段时间，我们又天天在一起，所以，你也无法真切地知道，我到底抄没抄袭你。但是因为时局需要，你毫不犹豫地举报了我。你心底也有赌的成分，各50%吧。"

　　杜明堂被路佳说得无言以对，他双目炯炯地凝视着对面这个让他欢喜让他忧心的女人。

　　这时，路佳将小鲁班的电话手表给掏了出来，递给杜明堂。

　　"还好，小鲁班拍到了我从游乐场回来之后的绘稿图，上面有日期。"路佳指了指道，"他还想把照片发给你，可惜不知道什么原因，发送失败了，导致你没有收到图。"

　　"所以，你的意思是……"

　　杜明堂大惊失色，这不可能，绝对不可能！

　　路佳竟然和他在同时同刻，有了一样的灵感，创作出了一样的方案！

　　如果说这不是心有灵犀，那又是什么？

　　"这……太不可思议了！"

　　杜明堂抬起头，惊讶地望着路佳。路佳也是花了好多天才想明白，原来所有事件的巧合点，就是在相同的时间，因为相同事件的触发，他们俩有了心有灵犀的方案！所以，才有了后面的各种撞车！其实，不需要电话手表的佐证，在后来的相处中，杜明堂也根据她的人品相信了非路佳所为。但是他想刹车的时候，自己已经像脱缰的野马一样冲出去了，开弓没有回头箭，一切都来不及了！

"你刚才说，现在 SPACE 项目有困难？"路佳主动开口追问。

杜明堂这时才将纷飞的思绪收回。

"是！走马灯＋长信宫灯的方案固然是好。可我总觉得，这座建筑的外观还是不够简洁。"

杜明堂掏出背包里的图纸，指给路佳："你看。"

路佳接过图纸，端详。而后，她莞尔一笑。

她笑道："当时老靳和我说，一定有比'走马灯'更好的方案！我不信！后来，他带我去了招标会，我心服口服！不过——"

路佳先卖了个关子，才垂下眼睑对着图纸道："你的方案是更好的方案，却不是最好的方案！"

杜明堂亦叹了口气："是啊，文无第一，武无第二。建筑，永远都有改进的空间。"

路佳点头。

杜明堂笑着求问："那路大建筑师能不能给我这个小学弟，提点建议，先解决眼前的这个难题呢？"

路佳当然点头。她问服务员要了一根铅笔，三下五除二，在杜明堂的手稿上对几根线条进行了大刀阔斧的修改。

"建筑，在于术数，不在技能。你把 SPACE 的外形已经够简化的了，但是目前来看，线条还是过于繁杂。长信宫灯的创意是很好，但中国建筑的未来不等于复古建筑，而是传承中国建筑的审美精神，同时吸收西方建筑的技术手段，运用现代高科技材料的灵魂综合体。你这里面还是运用了很多榫卯结构和框架几何图形。看得出来，你受大师贝聿铭的影响很深。但是，你却没有学到精髓，除了大胆，你不够洒脱！你看，这里五笔，你干脆改成一个大弧线，就会看起来流畅许多！有时候做减法，也许更轻松。"

确实！

经过路佳的画龙点睛，SPACE 项目确实像被注入了新的有力的灵魂。

巍巍气魄华夏龙鳞中又透出丝丝生龙活虎满怀生机，灿若朝霞之初起，耀若繁星之竞发！

美哉！妙哉！

"路佳……"

杜明堂由衷地想称赞她，却一时找不到词汇。

"你确实比我厉害。我苦思冥想了那么久的难题，你居然一点拨就通了。佩服佩服。"

杜明堂连连拱手。

小鲁班比路佳还得意，他眉飞色舞地回："怎么样？我妈妈厉害吧？"完全忘了自己吃香蕉船吃得满嘴满脸白色的奶油。杜明堂笑了，捏了捏小鲁班的脸，用餐巾纸替他擦了擦。

"明堂哥哥！你不是说过，我们会一直是好朋友的吗？可你后来，为什么就不理我了呢？"

冷不丁地，小鲁班提出了这个疑惑。

杜明堂刚刚抬起的头，又微微低了下去。路佳也怔怔地望着他。半晌，杜明堂才又重新抬起温柔诚恳的面容，道："小鲁班，不是哥哥不理你。而是，而是……而是那段时间，哥哥做了对不起你妈妈的事，实在是没脸联系你。哥哥怕你笑话我。"

"哥哥，你做了什么对不起我妈妈的事？"

小鲁班奶声奶气，童言无忌。周围的食客和服务员都投来八卦的目光。杜明堂百口莫辩，他真的不是那个意思！路佳也低下头，红了脸，何其熟悉的场景。这时，杜明堂终于鼓足勇气，决定把埋藏在心底想对路佳说的话给说出来。

"路佳，我想……"

"服务员！请帮我拿点餐巾纸，谢谢！"路佳异常忙碌，打断了杜明堂的话。

转而，她又对小鲁班，板起"妈妈的面孔"："好了，不许吃了，再吃明天肚子要疼了。"

"路佳，我……"

"哎呀，你怎么还在吃。说了，糖吃一点就行了！小心虫虫来蛀你的牙！"

"路佳，我想……"

杜明堂再次开口，这次还在等路佳又对小鲁班有什么训话。

可是路佳这次什么也没说，她全部忙完了，正和小鲁班排排坐，认认真真听着杜明堂接下来的话。看他吞吞吐吐的样子，路佳也意识到他应该是有什么重要的话要说。于是，坐在对面，她耐心倾听，小有期待。

杜明堂想了又想，挣了又挣，努力了再努力，才好不容易从牙缝里挤出一句话："路佳，你……你愿意……你愿意加入憬悟吗？"

终于说出来了！杜明堂深深吐了口气，其实，貌似，也没那么难嘛。

小鲁班虽然是个小孩子，都看出来，其实他真心想说的话不是这句。

这时，一旁的服务员也看出端倪，好心过来助力道："小朋友，下次想要什么，要自己举手和阿姨说哦，不要总是依赖妈妈。想要什么，就说什么。"

"谢谢！"

路佳接过餐巾纸，感谢服务员。

杜明堂有所醒悟，于是再努了努力，挣扎了又挣扎，终于，他拿出第一次见路佳时的自信和找她面试时自我推销的话术，说道："路佳，路大建筑师，我们可以先从朋友做起吗？我想，我想追求你，做我女朋友！如果可以的话，试用期三个月，管饭就行。"

这一回，是真的没有那么难。但其实，也挺难的。杜明堂说完恨不得钻桌子下面去！路佳坐在他对面，嘴巴张得大大的。她一直隐隐约约觉得杜明堂这个大帅哥似乎是对自己有好感，但是没想到他居然真的在大庭广众之下，就这么落落大方地给说出来了。这……算是表白吗？小鲁班眨巴眨巴眼睛，他当然是求之不得。

但他还是好奇地问："哥哥，你追求我妈妈，那我怎么办？"

杜明堂刚表白过，大脑短暂出现了宕机，居然脱口而出："我可以当你爸。"

路佳羞红了脸，忙捂住他的嘴："别乱说。"

旋即，她自己也忍不住笑了。杜明堂也终于在这难熬的这段时间之后，露出了久违的、发自内心的笑……

他和路佳相视而笑，他把桌上的图纸推给路佳，路佳又给推了回来！来来去去间，日子如常继续。有人离开，有人到来，生活永远不会停滞在某一个点，闪闪发光。但生活中，永远有那些可以发掘的点，它们就是光！

……

一个月后。路佳拿到了中级人民法院的平反判决书。从法院走出来的时候，路佳勾着杜明堂，杜明堂牵着小鲁班。路野和钟明理，一左一右地扶着路妈。

"走吧，我请大家吃黑珍珠。"路佳又豪气了一回！

路妈却不干了，连连摇手："又吃猪啊？！不吃不吃，这大好的日子，应该吃素，谢谢佛祖！"

杜明堂笑着对路妈道："那我们就找一家黑珍珠全素餐厅，我来请！"

路野听了，忙挤对道："杜明堂，杜大少！你今天可是被告，输了官司，还要赔付原告律师费，请得起么你？"

杜明堂也不和他客气："要么你来？"

"我来就我来！"路野把头昂得高高的！"我刚又拿了一笔国家奖学金，一万块！够不够你吃？"

都说婆媳是天敌，其实姐夫和小舅子也差不多。自从杜明堂和路佳确立了恋爱关系，路野就看他哪儿哪儿不顺眼。路野曾经说过：路佳就是他们全家悉心养大的那一盆鲜花，娶她的人，那就是从他们家阳台连花带盆地将他们的心血给搬走了！

"路野，你这个心态该改改了。"路佳护着杜明堂，道，"将来要是你生个女儿，那还不得从明理孕期就开始愁男方出多少彩礼啊？"

路妈主持公道："佳儿，你又来，明理都说了不生。你催生有瘾的话，那，你和明堂先生一个！不过瘾，再追个二胎！"

小鲁班一听这话，立马雀跃起来："我要妹妹！我要妹妹！"

路佳不好意思地摸了摸小鲁班的头。

这时，钟明理悄悄捅了捅路佳，小声道："路佳，我也不是一定不生。顺其自然吧。我的心结解了，现在觉得世界也不全是阴暗，还有很多的美好。"说到这儿，她又高声宣布道："妈，路佳！我已经决定了！和路野一起去西安。我在那边，边做律师边陪读！逛逛大唐不夜城，看看真正的盛世气象。我们还会把妈也一起带去，妈也同意了。"

"妈也同意了？"路佳觉得不可思议！

钟明理去西安陪读，她当然愿意；可是路妈……

谁知路妈却坦然笃定地主动开口解释道："怎么了？你怕我客死异乡啊？"

路佳忙摇手："不不不，妈，我可不是这个意思。"

路妈淡淡道："其实，我留在这里，魔都又何尝不是异乡？你们都在外打拼，老家没有人了，也不算是家了。路佳，你妈我真的看得明白，心安之处是吾乡。不管从哪里走，最后都是殊途同归，和你爸团聚。"

"妈。"

"妈。"

"妈。"

"阿婆。"

路妈在众人的围绕下,坚定地点了点头。上车。

半个月后。

"杨叶,杨叶,你到机场了没啊?"

路佳打电话催。

"我和明堂都到了!"

浦东机场。

"我这不停车吗,马上上来了。"

路佳捂着话筒,望着远处的婴儿车:"老靳的飞机就快起飞了,你倒是快点儿啊!不是说好今天要给他一个惊喜的吗?"

老靳再次套现走人。这一回,路佳和杨叶商量好,先故意装作不知情很冷漠,但其实各自带了礼物来机场送他。老靳看见他俩果然很惊讶!惊讶得都快热泪盈眶了!路佳递过去几套童装,笑着和老靳拥抱告别。杨叶匆匆赶到,想拥抱老靳,却最终在贴近的时候故意捶了他一拳!

"老靳啊,老靳,你怎么动不动就跑路?你这不是在跑路,就是在跑路的路上啊你!"

老靳和路佳同时笑出声。

路佳也帮腔"挖苦"道:"杨叶,你别这么说!别人跑路,那都是混不下去了!只有咱们老靳,天生的'跑男',资产越跑越多!财富越跑越旺!我要有他那本事!我也冲出亚洲,奔向全球!"

老靳笑了。

"不过老靳。"路佳又换了副口吻继续调侃道,"咱也要注意,毕竟老了,也50岁的人了!岁月不饶人,该停就得停,身体第一。"

"那不行!"他挺起胸膛道,"我老靳永远年轻,永远在路上!"

"老靳,你不光在路上,马上还在天上!"

杜明堂指了指手腕上的百达翡丽,提醒,登机的时间不多了。这时,老靳再次郑重其事地从自己的口袋里,掏出一个三七盒,递给路佳。这一回,是一盒满满的三七。

"路佳，上次的谜语，你还是猜错了。"老靳道，"我给你三七的意思，不是想告诉你精心只是一场空城计。而是要告诉你，三七，又名金不换。就像你路佳，历尽千帆，不忘初心，踏遍海洋，依旧真金不换。"

说着，老靳给了路佳一个深深的拥抱。

"加油，路佳！还有万里路要行。"

"谢谢老靳。爱你。"

"来来来！你们几个一起拍张照吧！"老靳的老婆提议。

老靳、路佳、杜明堂、杨叶几人站好，准备拍照。路佳想起，她和老靳合作这么久，居然一张合照都没有！唯一的一张，还是半年前模糊的狗仔偷拍。

于是，路佳果断咧开笑容，喊："大家一起说茄子！"

老靳纠正她："说什么茄子啊！茄子在上海话里是'落苏'，一说脸都挂下来了！"

"那你说说什么。"路佳迁就他。

老靳在浦东机场的大厅里，一个振臂："来！大家跟我一起喊：三七！"

"三七！"

咔嚓，咔嚓。

路佳站在画面正中比"耶"，笑容灿烂明媚。杨叶、杜明堂一左一右，各竖起一个大拇指。老靳还是最老谋深算，没有C位，他自己在最后将身体扭出一个S位，无比吸睛。

飞机扬起，掠过头顶。路佳仰望蓝天白云，手里紧紧捏着那盒三七。

（全文完）

【注释】

三七：中药材。又名金不换、田七。微苦，味甘，性温。有甘补温通，走守兼备，泄中兼补的功效。止血与化瘀力均强，并能补虚，有止血而不留瘀、活血而不耗气之优。